Jules Besson

MORD IM BURGUND

JULES BESSON

MORD IM Burgund

• Monsieur Keller ermittelt •

PIPER

Mehr über unsere Autoren und Bücher:
www.piper.de

Wenn Ihnen dieser Krimi gefallen hat,
schreiben Sie uns unter Nennung des Titels
»Mord im Burgund« an *empfehlungen@piper.de*,
und wir empfehlen Ihnen gerne vergleichbare Bücher.

Von Jules Besson liegen im Piper Verlag vor:

Hausboot-Krimi-Reihe:
Band 1: Die Toten von Carcassonne
Band 2: Mord im Burgund

MIX
Papier aus verantwortungsvollen Quellen
FSC® C083411
FSC www.fsc.org

ISBN 978-3-492-06180-3

Redaktion: Uta Rupprecht
Satz: Uhl + Massopust GmbH, Aalen
Abbildungen Kapitelanfänge: © freepik.com
Gesetzt aus der Stempel Garamond
Druck und Bindung: CPI books GmbH, Leck
Printed in the EU

1

So ließ es sich aushalten. Leben wie Gott in Frankreich! Konrad Keller wusste sehr wohl, wie gut es ihm ging. Und er beabsichtigte, diesen Zustand absoluter Zufriedenheit so lange wie möglich auszukosten. Denn er hatte bereits erfahren müssen, wie flüchtig das Glück sein konnte. Wie schnell man alles verlor und sich auf der Schattenseite des Lebens wiederfand – für ihn der wahre Grund, das Ende des Urlaubs noch hinauszuzögern und das Land weiterhin mit all seinen Facetten zu erkunden.

Nun also das Burgund. Man sagte ja, die Region Bourgogne-Franche-Comté sei das wahre Frankreich, hier sei das Land am authentischsten. Hier liege die Wiege seiner Kultur, befinde sich die Seele der Nation. Und wirklich: Von dichten Wäldern und zerklüfteten Felsen über friedliche Weidelandschaften, unzählige Flüsse und Kanäle, sonnige Weinberge bis hin zu uralten Klöstern und Schlössern hatte dieser Landstrich im Herzen Frankreichs so ziemlich alles zu bieten, was Keller sich erhoffte. Er fuhr durch eine Bilderbuchlandschaft.

Das für seine ausgezeichneten Tropfen bekannte Gebiet um die Provinzhauptstadt Dijon wirkte gemütlich provinziell. Die Leute, denen er begegnete – manche vielleicht etwas kauzig, aber dennoch sehr freundlich –, nahmen sich Zeit für die schönen Dinge des Lebens. Sich nicht aus der

Ruhe bringen zu lassen, das war die oberste Maxime. Es gab viele Menschen, Männer wie Frauen, die aussahen wie in alten französischen Filmen: runde rote, wohlwollende Gesichter. Oft und gern sprachen sie von der Liebe zu ihrer Heimat und deren Produkten. Die Region war stark geprägt von der Landwirtschaft und natürlich dem Wein, und man hatte den Eindruck, dass die Zeit hier langsamer verging.

Der leibliche Genuss kam dabei nicht zu kurz, davon hatte Keller sich schon zu Beginn seiner Tour überzeugen können, bei einem Restaurantbesuch im lieblichen Saint-Jean-de-Losne im Département Côte-d'Or, wo man ihm Bœuf bourguignon, ein in Rotwein mariniertes Rindergulasch mit Champignons, Karotten und knusprigem Speck und einen dazu passenden schweren, barriquegereiften Rotwein serviert hatte.

Die kleine Ortschaft mit gerade mal tausend Einwohnern lag strategisch bedeutsam auf dem rechten Ufer der Saône, am Schnittpunkt dreier Wasserstraßen: der Saône, des Burgund-Kanals und des Rhein-Rhône-Kanals. Mit anderen Worten: Sie bildete den idealen Ausgangspunkt für Kellers nächste Hausbootfahrt.

Wo heute Freizeitkapitäne wie er entlangschipperten, hatte man in der Antike Salz aus den Minen der Franche-Comté auf dem Fluss transportiert. Saint-Jean-de-Losne war auch Schauplatz wichtiger historischer Ereignisse gewesen: So hatten die Bewohner während des Dreißigjährigen Krieges erfolgreich Widerstand geleistet gegen die Belagerung durch feindliche kaiserliche Truppen. 1814 hatte der kleine Ort erneut vierzig Tage lang der österreichischen Armee widerstanden und war dafür von Napoleon ausgezeichnet worden.

Von hier aus wollte Konrad Keller seine ausgedehnte Sommerreise fortsetzen, die er vor der Hauptsaison im Languedoc-Roussillon begonnen hatte, um sich nun bis weit in den Herbst hinein ins Landesinnere treiben zu lassen. Das Wort »Treiben« traf es recht gut, fand Keller und schmunzelte über sein eigenes Gedankenspiel. Denn nichts tat er lieber, als an Bord eines gemieteten Hausbootes in behaglicher Ruhe über Kanäle und Flüsse zu schippern und dort haltzumachen, wo es ihm gerade gefiel. Nach einigen Wochen Unterbrechung, die er in Deutschland verbracht hatte, war die Entscheidung auf ein etwas größeres Leihboot gefallen. Darin hatte er nicht nur reichlich Platz, sondern auch mehr Komfort.

Das gemächliche Gleiten über das grünblaue Wasser war Balsam für die Seele und entschädigte Keller für die Strapazen und Aufregungen während seiner letzten Etappe nahe Carcassonne. Durch Zufall war er dort in einen Mordfall verwickelt worden, und noch heute, fast zwei Monate danach, schauderte es ihn bei dem Gedanken, dass er diese böse Geschichte um ein Haar nicht überlebt hätte.

Dabei wollte er leben, und zwar noch möglichst lange! Wollte seine Rentnerjahre genießen, bis es nicht mehr ging. Das hatte er sich fest vorgenommen, wusste er doch, dass sich das auch Helga so sehr gewünscht hatte.

Helga. Als er an sie dachte, legte sich eine melancholische Stimmung über den sonnendurchglühten Tag. Seine Frau, mit der er die Idee zu den Hausbootfahrten durch Frankreich gehabt und mit der er alles dafür vorbereitet hatte, war kurz nach seiner frühzeitigen Pensionierung einem zu spät diagnostizierten Krebsleiden erlegen. Ein Schock für Keller, eine scharfe Zäsur und ein unüberwindbarer Verlust. Seitdem war er auf sich allein gestellt. Doch in gewisser Weise begleitete Helga ihn trotzdem. In seinen Träumen oder in Momenten wie diesem, wenn er sich ihrer unbeschwert liebevollen Art und ihres herzlichen Wesens besann, fühlte er sich ihr nach wie vor eng verbunden.

Eine Schleuse, eine von vielen auf dem Canal de Bourgogne, kam in Sichtweite und rief ihn zurück ins Hier und Jetzt. Keller hatte sich vor der Tour schlaugemacht: Als sogenannter Wasserscheidenkanal musste die von Menschenhand geschaffene Wasserstraße einen Höhenunterschied von knapp dreihundert Metern überwinden, wofür insgesamt zweiundsiebzig Schleusen nötig waren. Ein typischer Vertreter seiner Art, dessen Bau um 1780 begonnen hatte und der Mitte des 19. Jahrhunderts in Betrieb genommen worden war.

Seitdem trotzten die keilförmig angeordneten Schleusentore dem Druck des Wassers auf bewährte Weise. Etliche der ursprünglich hölzernen Wehre hatte man zwar durch solche aus Metall ersetzt, die Technik, die dahintersteckte, blieb jedoch die alte. Was zur Folge hatte, dass jede Schleusung ihre Zeit brauchte und so selbst den größten Hektiker zur Geduld zwang.

Bei diesem Musterbeispiel einer historischen Schleuse schien es nicht anders zu sein, dachte Keller, legte seine Hand auf den Gashebel und stellte ihn auf neutrale Position. So würde sein Boot über die noch verbleibenden Meter an Fahrt verlieren und schließlich zum Stillstand kommen, bis die Tore sich öffneten und er einfahren konnte.

Keller war jetzt ganz bei der Sache. Zwar kam er gut allein zurecht, er beherrschte das Manövrieren mittlerweile wie ein Profikapitän und traute sich auch in stark frequentierte Häfen größerer Städte. Für das Schleusen aber war er auf Hilfe angewiesen. Während andere Bootsmannschaften – Familien meistens oder Freundesgruppen – die anstehenden Aufgaben auf mehrere Schultern verteilen konnten, musste Keller alles selbst erledigen. Das funktionierte jedoch nur bis zu einem gewissen Punkt, denn man konnte ein Tau nun einmal nicht werfen und gleichzeitig auffangen.

Dies aber war nötig, um ein Schiff in der Schleusenkammer zu sichern: Es musste an Leinen gehalten und dadurch stabilisiert werden.

Meistens fanden sich helfende Hände von Besatzungen anderer Boote, die sich mit ihm schleusen ließen, hin und wieder fasste auch mal ein Schleusenwärter mit an. Diesmal allerdings sah Keller niemanden. Wie es aussah, würde er die Kammer allein befahren. Auf dem Kanal hinter ihm dümpelte nicht ein einziger Kahn.

Das Rattern der Mechanik setzte die beiden stählernen Tore in Bewegung. Während das Wasser gischtartig aus allen Ritzen und Rillen drang und Kellers Boot leicht zum Schaukeln brachte, setzte er das Gefährt langsam wieder in Bewegung und steuerte das rechte Ufer an, um ein ausfahrendes Schiff passieren zu lassen. Eine in die Jahre gekommene Barkasse, auf der es sich eine Rentner-Gang gut gehen ließ. Mit erhobenen Weinkelchen prosteten sie Keller im Vorbeifahren zu.

Keller nickte freundlich zurück und ließ den Schiffsdiesel röhren. Trotz Vollgas machte sein Boot nicht besonders viel Fahrt, sodass er die Schleuse gerade mal mit der Geschwindigkeit eines gemütlichen Radfahrers ansteuerte. Links und rechts von ihm glitten die haushohen Seitenwände des Beckens vorbei und warfen lange Schatten aufs Deck. Über das gemauerte Becken zogen sich grüngraue Algenstränge, die eigentümlich nach Brackwasser und Schwefel rochen.

Keller drosselte das Tempo, indem er den Rückwärtsgang einlegte. Dann bemühte er sich, das Boot im Zentrum der Schleuse zu halten. Seine Blicke huschten währenddessen nach oben. Doch nach wie vor erblickte er niemanden, dem er seine Taue zuwerfen konnte.

Die Tore begannen sich bereits wieder zu schließen, in wenigen Momenten würde Wasser aus der nächsthöheren

Kanalstufe ins Becken strömen und das Boot anheben. Da zeigte sich, genau zur rechten Zeit, doch noch ein Helfer – beziehungsweise eine Helferin. Keller sah zunächst nur ihren Kopf, der von einer riesigen verspiegelten Sonnenbrille und einer ungebändigten nussbraunen Lockenmähne dominiert wurde. Mit jedem Zentimeter, den das Schiff nach oben stieg, gab die Unbekannte mehr von sich preis. Keller registrierte eine blassblaue Bluse, eine lange Kette mit pastellfarbenen Kugeln und allerlei Armbänder. Dann wurde ein geflochtener Gürtel sichtbar, der eine verwaschene Jeansshorts zusammenhielt, aus der ein Paar schlanke Beine ragten, ebenso sonnengebräunt wie die Arme.

»Könnten Sie die Leinen fangen, bitte?«, rief Keller der jungen Frau zu, die er auf Anfang bis Mitte zwanzig schätzte. Ohne eine Antwort abzuwarten, verließ er den Steuerstand und eilte zum Bug, um eines der Taue aufzuheben.

Die Frau, deren Gesicht fast vollständig von der riesigen Brille verdeckt wurde, streckte auffordernd die Arme aus. Keller brauchte nur einen Versuch, schon hielt sie die Leine in den Händen und befestigte sie mit gekonnten Schlingungen an einem Poller. Währenddessen ging Keller zum Heck, um ein weiteres Tau an Land zu werfen. Wieder klappte es sofort, woraus Keller schloss, dass seine Helferin das nicht zum ersten Mal machte.

Die aufgewirbelte Wasseroberfläche beruhigte sich, sobald das Niveau des nächsten Kanalabschnitts erreicht war. Das eben noch heftig schaukelnde Hausboot fand zu seiner ausgeglichenen Balance zurück, sodass die Leinen wieder gelöst werden konnten. Ohne dass weitere Anweisungen nötig gewesen wären, tat die Frau, was getan werden musste: Zielgenau warf sie die Taue zurück an Bord, sodass Keller weiterfahren konnte, sobald sich die vorderen Schleusentore öffneten.

»*Merci bien!*«, rief er ihr zu.

»Gern geschehen!« Sie lüpfte ihre Brille und sah ihn aus meerblauen Augen an. »Wo soll die Reise denn hingehen?«

Keller legte seine Hand aufs Steuer und wartete, dass sich die Tore in Bewegung setzten. »Nach Châteauneuf.«

»Also nicht auf die Saône? Schade, da verpassen Sie was. Sie ist leicht schiffbar. Ein breiter, langsamer Fluss. Anlegen dürfen Sie allerdings nur an Pontons oder in Häfen.«

Die junge Dame kannte sich wirklich aus, stellte Keller fest und zog unweigerlich Vergleiche zu seiner Tochter Sophie. Sein Nesthäkchen war zwar ein paar Jahre älter, doch das unkonventionelle Auftreten und die selbstsichere Art hatten beide gemeinsam. Keller hegte auf Anhieb eine Sympathie für seine Helferin und winkte ihr zum Dank noch einmal zu.

»Nein, ich bleibe lieber auf dem Kanal. Damit kenne ich mich aus und komme zurecht.« Da die Tore nun gemächlich aufgingen, war es an der Zeit, sich zu verabschieden: »*Adieu!*«

Während sich sein Schiff im Schritttempo in Bewegung setzte, begleitete ihn die Frau zu Fuß bis zum Beckenrand. »Ist Ihnen klar, dass Sie sich mit der Strecke nach Châteauneuf einen Kanalabschnitt mit sehr vielen Schleusen ausgesucht haben?«, rief sie ihm zu. »Jemand, der Ihnen dabei zur Hand geht, würde doch sicher nicht schaden. Wie wäre es mit einer Matrosin?«

»Eine Matrosin?« Keller wandte sich ihr mit einem Lächeln zu. Er glaubte an einen Scherz.

»Ja. Das wäre bestimmt nicht schlecht. Wenn Sie wollen, kann ich auch mal das Steuer übernehmen.«

Wohl doch kein Scherz, folgerte Keller und schlug das Ruder ein, sodass das Boot aufs Ufer zuhielt. »Wenn ich Sie mitnehme, wie kommen Sie dann zurück?«, wollte er wissen.

Der Lockenkopf schulterte einen Rucksack und stellte sich an die Böschung, bereit, um an Deck zu springen. »Ich will gar nicht zurück«, antwortete sie fröhlich. »Ich bin als Tramperin unterwegs.«

Keller musste lachen. »Eine Bootstramperin? Mal was Neues.« Er war drauf und dran, auf ihre nette Offerte einzugehen und sie mitzunehmen. Ein wenig Gesellschaft würde ihm guttun, immer nur allein unterwegs zu sein konnte auf Dauer langweilig sein. Da er die junge Frau nett fand und er sich gut vorstellen konnte, wie seine Tochter auf ähnliche Weise durchs Land reisen würde, gab er sich einen Ruck und sagte zu: »Also schön, kommen Sie an Bord!«

Mühelos überwand die junge Frau die kurze Distanz zwischen Ufer und Schiffsrumpf und schwang sich über die Reling. Sie warf ihren Rucksack auf die Planken und stellte sich neben Keller an den Steuerstand. Wie er feststellen musste, überragte ihn die schlanke Erscheinung um einige Zentimeter. Was keine Kunst war, denn Keller war weder besonders groß noch breit, sondern eher ein wenig schmächtig, ein Eindruck, den sein kahler Kopf noch verstärkte.

»Odile«, nannte die junge Frau ihren Namen und schob sich die Brille ins Haar.

»Konrad«, stellte auch Keller sich vor. »Dauerurlauber aus Deutschland.«

»Deutschland? Oha, das hört man Ihnen nicht an. Sie sprechen ein ausgezeichnetes Französisch«, lobte Odile.

Keller erklärte ihr, dass er und seine verstorbene Frau Helga französische Freunde hatten und er selbst in jungen Jahren längere Zeit in Frankreich verbracht habe. Anschließend erkundigte er sich nach Odiles Reiseplänen.

»Die gibt es nicht«, antwortete sie entspannt. »Wenn mich jemand mitnimmt, fahre ich einfach mit und lasse mich überraschen, wo ich ankomme.« Weil Keller sie fragend ansah, führte sie aus: »Nach meinem *baccalauréat* habe ich lange studiert, viele Jahre immer nur lernen, lernen, lernen. Bevor nun der Ernst des Lebens auf mich zukommt, wollte ich einfach noch mal raus und in den Tag hineinleben.«

»Andere junge Leute zieht es dafür doch eher ins Ausland«, merkte Keller an.

Doch davon schien Odile nicht viel zu halten: »Ehe ich in Australien Kängurus fotografiere oder zum Whale Watching nach Kanada fliege, möchte ich wissen, was in Bourgogne-Franche-Comté los ist. Ich bin hier geboren, kenne mich aber in meiner eigenen Heimat kaum aus.«

»Netter Ansatz«, fand Keller. »Wenn Sie mögen, können Sie eine Weile an Bord bleiben. Ich habe eine Kabine frei. Zumindest noch für ein paar Tage, bis meine Tochter eintrifft. Sie besucht mich und fährt eine Zeit lang mit.«

»Erzählen Sie mir von ihr!«, bat Odile.

Das tat Keller. Er berichtete von Sophies unkonventioneller Art und ihrer ebenso abwechslungsreichen wie auch unsicheren Tätigkeit als Schauspielerin ohne festes Engagement. Dabei erwähnte er auch ihre beiden Brüder: Burkhard, den Tierarzt und Gourmet, verheiratet und Vater von Kellers zwei Enkeln, und den Journalisten Jochen, die »Diva« der Familie. Stets um gutes Aussehen bedacht, brachte Kellers Erstgeborener durch sein turbulentes Liebesleben seinen Vater immer wieder in Wallung. Denn Keller konnte es nicht gutheißen, wenn sein Ältester ein ums andere Mal einer weiteren Frau das Herz brach.

»Und was macht Ihre Familie?«, erkundigte er sich im Gegenzug bei seiner Passagierin.

»Von der erhole ich mich gerade«, antwortete Odile lachend und schaute sich um. »Schönes Boot. Sieht von außen nicht besonders groß aus, bietet aber echt viel Platz.«

Keller stieß die Kajütentür auf. »Die Decken sind so hoch, dass man im Salon- und Küchenbereich gut stehen kann, ohne irgendwo anzuecken. Die Panoramafenster machen alles schön hell. Es gibt eine Sitzecke mit Platz für vier. Am liebsten ist mir aber das Sonnendeck, auf dem ich abends gern mit einem Schoppen Wein sitze.«

Odile nickte anerkennend. »Ich helfe Ihnen, es in Schuss zu halten«, bot sie an. »Geld habe ich nicht viel dabei, aber wenn ich darf, arbeite ich meine Passage auf Ihrem Boot ab. Ich bin handwerklich ziemlich begabt. Wenn es also irgendetwas zu richten gibt, sagen Sie es mir, Konrad. Ach ja: Und ich koche auch ganz passabel.«

»Darauf komme ich gern zurück«, sagte Keller und legte den Gashebel nach vorn.

Während er steuerte, entschied sich Odile, zunächst das Sonnendeck auszuprobieren. Später löste sie Keller am Steuerstand ab, bevor sie gemeinsam die nächste Schleuse meisterten.

Es ging auf den Abend zu, als sie an einem von hoch aufragenden Bäumen gesäumten Abschnitt des Kanals haltmachten. Inmitten von Feldern und Wiesen zeichnete sich in einiger Entfernung die Spitze eines Kirchturms ab. Odile schlug vor, sich in dem Dorf mit frischen Vorräten einzudecken, aus denen sie später ein traditionelles regionales Abendessen zubereiten wollte. Keller freute sich über diese Idee und reichte ihr ein paar Geldscheine, im Vertrauen darauf, dass die Tramperin schon nicht damit durchbrennen würde. Und da sie keinerlei Anstalten machte, ihre Sachen mitzunehmen, schob er den leichten Anflug von Misstrauen beiseite.

Eine gute halbe Stunde später kehrte Odile mit zwei prall gefüllten Einkaufstaschen zurück. Zu Kellers Freude hatte sie nicht nur ans Essen gedacht, sondern auch zwei Flaschen Wein besorgt. Die einfach gehaltenen Etiketten verrieten, dass es sich um einen Roten aus heimischem Anbau handelte.

Als Nächstes machte sich Odile mit der Bordküche vertraut. Keller erklärte ihr die Funktionsweise der eingebauten Gasgrillplatten und räumte das Spülbecken leer, damit Odile den grünen Salat putzen konnte.

»Was gibt es denn Feines?«, wollte er wissen und sah Odile zu, wie sie eine Rührschüssel und ein Schneidbrett bereitstellte.

»*Quiche rustique*«, gab sie preis und machte sich daran, einen Mürbeteig vorzubereiten. Während der Teig ruhte, schälte und würfelte sie eine Sellerieknolle und mehrere Karotten. Danach wusch sie eine Stange Lauch und schnitt ihn in dünne Streifen, während sie Keller die Aufgabe zuwies, eine Zwiebel und eine Knoblauchzehe in kleine Würfel zu hacken.

Sie gab einen Esslöffel Öl in eine Pfanne und dünstete die Zwiebeln und den Knoblauch an. Es folgten dreihundert Gramm Hackfleisch, das sie krümelig briet und mit Pfeffer und Salz sowie einer Prise Oregano würzte. Sie rührte noch zwei Esslöffel Tomatenmark unter und wendete die Hackfleischmischung.

»Jetzt kommt der besondere Kick«, kündigte sie an und zauberte ein Glas Senf hervor. Sie gab einen üppigen Löffel des cremig gelben Scharfmachers ans Essen und erklärte: »Ohne Senf geht in dieser Gegend gar nichts. Und es gibt weltweit keinen besseren als den aus Dijon.«

Nun nahm sie das Gehackte aus der Pfanne und goss neues Öl nach. Darin briet sie das vorbereitete Gemüse unter Rühren mehrere Minuten lang an, pfefferte und salzte es und füllte knapp hundert Milliliter Gemüsebrühe auf.

»Wir lassen das jetzt zehn oder fünfzehn Minuten köcheln. Die Flüssigkeit sollte möglichst vollständig verdampft sein«, sagte sie und drückte Keller eine der beiden Weinflaschen in die Hand. »Wenn Sie den Wein schon mal für uns öffnen, können wir das erste Glas als Aperitif trinken.«

Sie prosteten sich zu, bevor Odile sich daranmachte, einen Bund Petersilie zu waschen, trocken zu schütteln und mit den Stielen fein zu hacken. Sie rührte die Petersilie unter das Gemüse und nahm die Pfanne vom Herd.

Keller hatte den bordeigenen kleinen Ofen mittlerweile auf zweihundertzwanzig Grad vorgeheizt, und Odile gab den Mürbeteig in eine Quicheform, die sie bis an die Ränder damit ausgekleidete. Sie vermengte das Hackfleisch mit dem Gemüse und füllte es auf den Teig. Danach verrührte sie hundert Milliliter Milch, zwei Eier und zweihundert Gramm *Crème fraîche* und goss die Flüssigkeit über die Fleischmischung.

»*Voilà!*«, rief sie aus und schob den deftigen Kuchen in den Ofen. »In einer halben Stunde können wir essen.«

Mit der zweiten Flasche Wein machten sie es sich nach dem Essen auf dem Sonnendeck bequem, über dem sich funkelnd der Sternenhimmel spannte.

»Wunderbar«, sagte Odile wohlig und lehnte sich zurück. »Es ist herrlich, mal so ganz ohne Verpflichtungen und Termine zu leben.«

Diese Bemerkung rief bei Keller ein Schmunzeln hervor. Was hatten Studenten denn schon für Pflichten? Zugegeben: Der Prüfungsdruck konnte einem zusetzen, aber sonst?

»Wo wollen Sie nach Ihrem Trip denn anfangen zu arbeiten, Odile?«, erkundigte sich Keller. »Schon etwas Konkretes in Aussicht?«

Odile zuckte die Achseln. »Ich kann es mir nicht aussuchen. Leider.«

Keller verstand nicht. »Wie meinen Sie das? Drängen Ihre Eltern Sie in eine bestimmte Berufsrichtung?«, fragte er und erinnerte sich nur zu gut an die Gespräche, die er immer wieder mit Sophie geführt hatte, um sie davon abzubringen, sich bei der Schauspielschule einzuschreiben. Er hatte versucht, sie zu überreden, stattdessen einen vernünftigen Beruf zu ergreifen – zumindest einen, den Keller für vernünftig hielt.

»Nein, nein«, wehrte Odile ab, »das ist es nicht. Wenn ich wollte, könnte ich auch etwas anderes tun.«

Keller merkte, wie Odile bei diesem Thema auswich, und wollte nicht weiter nachbohren, auch wenn er immer noch nicht schlauer war. Stattdessen fragte er nach etwas anderem, was ihn genauso interessierte: »Weshalb sind Sie eigentlich allein unterwegs und nicht mit einer Freundin oder einem Freund?«

Wieder wirkte Odile ein wenig unschlüssig. »Vielleicht aus demselben Grund wie Sie, Konrad. Ich möchte eine Weile allein sein, um zu mir selbst zu finden.«

»Bei mir sieht die Sache anders aus, wie Sie mittlerweile wissen. Ich habe mir das Alleinsein nicht ausgesucht.«

»Entschuldigen Sie, Konrad, ich wollte Sie nicht verletzten.«

»Schon gut.«

Odile wechselte das Thema. »Was haben Sie eigentlich gemacht, bevor Sie mit dem Hausboot durch die Gegend gefahren sind?«

»Sie meinen beruflich?«

Sie nickte.

»Nun, ich war…« Keller zögerte, denn er hatte die Erfahrung gemacht, dass die Erwähnung seiner früheren Tätigkeit viele Menschen verunsicherte. Er verriet es Odile trotzdem: »Ich war Polizist.«

»Ein *flic?*«, fragte Odile überrascht. »Sieht man Ihnen gar nicht an.«

»Ach ja? Wie sollte ein Polizeibeamter Ihrer Meinung nach denn aussehen?«

»Zumindest eine Uniform sollte er anhaben. Und eine Kappe auf dem Kopf.«

»Da muss ich Sie enttäuschen, die habe ich auch nicht getragen, als ich noch im Dienst war. Ich war bei der Kriminalpolizei, da ist Zivilkleidung üblich.«

»Trotzdem«, beharrte Odile. »Für einen *flic* wirken Sie irgendwie zu ...«

»Zu was?«

»Zu freundlich.«

Die zweite Flasche war nur zu Hälfte geleert, doch als Odile herzhaft gähnte, fand auch Keller, dass es an der Zeit war, schlafen zu gehen. Er erhob sich vom Polster und streckte sich.

»Schön war es mit Ihnen«, sagte er. »Ich freue mich über Ihre Gesellschaft.«

»Ja«, bestätigte Odile und stand ebenfalls auf. »Ich glaube, wir beide werden für ein paar Tage gut miteinander auskommen.«

Sie verließen das Oberdeck über die schmale Stiege. Keller wollte gerade die Tür zur Koje öffnen, als es in einem Gebüsch am Ufer raschelte. Er dachte sich nicht viel dabei, die Geräusche von nachtaktiven Kleintieren wie Mäusen, Iltissen oder streunenden Katzen war er gewöhnt. Doch Odile wandte blitzartig den Kopf, stieß einen spitzen Schrei aus und drückte sich eng an Kellers Seite. Es machte fast den Eindruck, als wollte sie sich in seine Arme flüchten wie ein verängstigtes Kind.

Keller spürte ihre Anspannung und hörte ihr hektisches Atmen. »Ganz ruhig«, sagte er. »Das ist bloß ein Tier.«

Odile schien seine Worte nicht zu hören. Unverwandt starrte sie auf den Busch, aus dem das Rascheln gekommen war.

Keller konnte sich die Schreckhaftigkeit der jungen Frau nicht recht erklären. Um zu zeigen, dass es keinen Grund zur Sorge gab, holte er sein Smartphone aus der Hosentasche und stellte die Taschenlampenfunktion ein. Er richtete den Lichtkegel auf das Gebüsch, und tatsächlich glitzerten da zwei eng zusammenstehende rote Augen, die den Strahl reflektierten. Kurz darauf raschelte es erneut, und das Tier huschte davon.

Keller fühlte sich bestätigt. »Sehen Sie«, sagte er, »da war bloß jemand neugierig.«

Odile löste sich langsam aus ihrer Erstarrung, doch als sie Keller eine gute Nacht wünschte und sich in ihre Kabine zurückzog, spürte er, dass sie ihre Unbeschwertheit verloren hatte. Offensichtlich steckte ihr die kurze Panik noch in den Knochen. Für einen Moment beschlich ihn der Eindruck, als würde die junge Frau nicht nur Urlaub machen, wie sie behauptete, sondern vor etwas oder jemandem davonlaufen.

2

Zwei Tage später reiste Sophie mit leichtem Gepäck an: Sie hüpfte aus einem Taxi, zupfte ihr zitronengelbes Sommerkleid zurecht und ließ sich vom Fahrer eine kleine Reisetasche reichen. Dann drückte sie ihm das Fahrgeld in die Hand und wandte sich ihrem Vater zu, der ihr auf die Reling gelehnt entgegenblickte.

Sophie hatte ihr langes blondes Haar zu einem Pferdeschwanz gebunden, der munter hüpfte. Mit federnden Schritten ging sie auf das Boot zu. Doch ihr düsterer Gesichtsausdruck wollte so gar nicht zu diesem ersten Eindruck und dem wunderschönen sommerlichen Tag passen.

»Was ist dir denn für eine Laus über die Leber gelaufen?«, erkundigte sich Keller und reichte ihr die Hand, um ihr an Deck zu helfen.

Er hatte sich auf den Besuch seiner Tochter gefreut und rechnete es ihr hoch an, dass sie den Rest der Theaterferien dafür verwendete, ihn auf seiner Bootsfahrt zu begleiten. Schon bald ging die Saison wieder los, und sie würde bei einer Tourneebühne anheuern, wie er wusste. Seine Freude über das Wiedersehen war auch jetzt noch groß – trotz der verbitterten Miene seiner Jüngsten.

»Keine Laus, sondern mein Vater«, antwortete Sophie schnippisch und ließ die Reisetasche auf den Schiffsboden fallen. Sie stemmte die Arme in die Hüften. »Waren wir nicht in Dijon verabredet, wo du mich am Flughafen abholen wolltest? Stattdessen musste ich mir ein Taxi nehmen und mich hierherkutschieren lassen. Mitten in die Pampa. Den Namen des Ortes, den du mir per WhatsApp geschickt hast, konnte ich kaum aussprechen. Ein Wunder, dass der Chauffeur dich überhaupt gefunden hat.«

Keller bemühte sich darum, die Wogen zu glätten, und führte Sophie zum Vordeck, wo auf einem Tisch eine Karaffe Wasser mit Eiswürfeln und zwei Gläser standen. Die Gläser waren jeweils einen Fingerbreit mit frisch gepresstem Zitronensaft gefüllt, den man je nach Geschmack mit Wasser verdünnen konnte. *Citron pressé* erfrischte wie kein anderes Getränk, fand Keller und bot seiner Tochter einen Platz an.

»Ich bin leider nicht dazu gekommen, mir einen Mietwagen zu nehmen, tut mir leid. Wie war denn der Flug?«, fragte er, verärgerte Sophie damit aber nur noch mehr.

»Eng und laut«, motzte sie. »Es war einer von diesen kleinen Regionaljets.« Sie goss sich ein und leerte das Glas in wenigen Zügen. »Ich hätte auf meine Brüder hören sollen.«

»So?« Keller hob die Brauen. »Was haben Burkhard und Jochen dir denn geraten?«

»Auf alles gefasst zu sein«, antwortete sie und füllte ihr Glas auf. »Sie haben mir mit auf den Weg gegeben, mich ja nicht auf ein paar geruhsame Tage auf dem Hausboot einzustellen. Denn du würdest mit Sicherheit schon wieder in irgendwelchen Schwierigkeiten stecken, weil du dich irgendwo eingemischt hast.«

»Dann kennen mich deine Brüder aber schlecht«, entgegnete Keller etwas beleidigt. Nichts täte er lieber, als in Frieden seinen Ruhestand zu genießen.

»Du hast dich also nirgends eingemischt?«, vergewisserte sich Sophie.

»Nein, das habe ich nicht«, beteuerte Keller.

»Und du steckst nicht in Schwierigkeiten?«

»Nun …« Diesmal zögerte er. »Nicht direkt.«

»Wusste ich es doch!« Sophie stieß einen tiefen Seufzer aus. »Verrätst du mir jetzt, was das soll, Paps? Weshalb bist du nicht zum Airport gekommen, wie es ausgemacht war? Dein Boot sollte inzwischen im Hafen von Dijon liegen und nicht hier in der Walachei.«

»Ja, ich weiß, das tut mir wirklich leid, aber ich wurde aufgehalten.«

Daraufhin schaute sich Sophie um, betrachtete die Natur, die den Kanal umgab, und richtete ihren Blick auf den Steuerstand. »Ist etwas mit der Maschine nicht in Ordnung? Hast du eine Panne?«

Keller machte eine abwehrende Geste. Dann berichtete er seiner Tochter, dass er zwei Tage zuvor eine Anhalterin aufgenommen habe, die ihn bis hierher begleitet habe. »Odile heißt sie. Ein bisschen jünger als du.«

Sophie neigte den Kopf. »Eine Anhalterin auf einem Boot?«, wunderte sie sich.

»Ja, sie stand plötzlich da, half mir beim Schleusen und fragte, ob ich sie ein paar Etappen mitnehmen würde. Da sie den Anspruch hat, ohne Geld auszukommen, geht sie Leuten wie mir zur Hand und bekommt dafür Kost und Logis. Sie hat gerade ihr Studium beendet und fängt bald an zu arbeiten. Vielleicht ist sie aber auch einfach eine Streunerin, allerdings eine sehr nette.«

Er berichtete, wie sie gemeinsam den Kanal befahren und vorgestern Abend hier angelegt hatten. Wie Odile die Einkäufe erledigt und anschließend für sie gekocht hatte. Und wie sie am gestrigen Morgen erneut aufgebrochen war, um Baguette und Croissants zu holen.

Keller zeigte auf den Kirchturm in der Ferne. »In dem kleinen Ort dort drüben wollte sie fürs Frühstück einkaufen.« Nach einer Pause sagte er: »Aber sie ist nicht mehr zurückgekommen.«

Sophie kräuselte die Stirn. »Das war gestern früh, sagst du?«

»Ja«, bestätigte Keller.

»Weshalb bist du dann noch immer hier? Das Mädel wird ganz einfach weitergezogen sein. Das kann dir doch egal sein, du trägst ja keine Verantwortung für sie.«

Statt einer Antwort nickte er in Richtung der Kabine, woraufhin Sophie das Glas beiseitestellte und hineinging. Keller führte sie bis zu einer schmalen Tür. »Odiles Koje«, erklärte er und legte die Hand auf die Klinke.

Sophie betrat gemeinsam mit ihrem Vater die kleine Kammer, die trotz der beengten Verhältnisse Platz genug für ein Bett und Stauraum bot. Durch ein Fensterband fiel ausreichend Tageslicht.

»Sie hat ihr Zeug nicht mitgenommen«, stellte Sophie mit Blick auf einen Rucksack fest, der mitten auf dem Bett lag.

»Im Bad hat sie sich auch ausgebreitet, sie hat alle möglichen Tuben und Fläschchen an Bord zurückgelassen. Verstehst du jetzt, warum ich nicht weitergefahren bin? Ich hoffe immer noch, dass sie wohlbehalten wieder auftaucht und ihr Hab und Gut einsammelt.«

»Wirklich seltsam«, meinte nun auch Sophie und wandte sich einer Tür zu, hinter der sie zu Recht den Waschraum vermutete. Sie sah sich darin um und griff nachdenklich nach einer Cremedose. Dann stellte sie sie wieder zurück auf die Ablage und fragte: »Warst du schon beim Bäcker im Dorf und hast dich nach ihr erkundigt?«

»Aber ja!«, antwortete Keller. »Ich habe auch in dem kleinen Supermarkt nachgefragt. Niemand will sie an dem Morgen gesehen haben, genauso wenig wie in dem einzigen Bistro des Örtchens.«

»Hm.« Sophie ließ ihren Zeigefinger über Lippen und Kinn gleiten und ging zurück in die Kammer, wo sie sich über Odiles Rucksack beugte. »Hast du ihre Sachen durchsucht?«

»Nun ...«, wich Keller aus.

»Also ja. Etwas gefunden?«

»Jedenfalls keine Dokumente, wenn du das meinst«, räumte er ein. »Deswegen konnte ich mich mit niemandem in Verbindung setzen, weil ich ja nicht mal ihren vollen Namen kenne. Aber schau selbst nach!«

Sophie ließ sich nicht lange bitten, durchwühlte den kleinen Rucksack und förderte Wäsche, ein Taschenbuch sowie weitere Schminkutensilien und Hygieneartikel hervor. »Das mit der mittellosen Tramperin kann übrigens nicht stimmen«, sagte sie beiläufig.

»Warum?«

»Dieser Parfümflakon, die Markenwäsche. So etwas kann ich mir nicht leisten. Die Kleine hat Kohle. Aber trotzdem lässt man solche teuren Sachen nicht einfach liegen.«

Keller ließ sich den Flakon reichen, drehte den Verschluss auf und schnupperte daran. »Ich bin kein Experte in solchen Dingen, aber wenn es stimmt, was du sagst, wirft das einige Fragen auf.«

»Es stimmt, Paps. Verlass dich drauf: Deine Anhalterin mag einen auf armes Mädchen gemacht haben, kann sich in Wahrheit aber einiges erlauben.«

»Es sei denn, es handelt sich um Diebesgut«, hielt Keller ihr entgegen. Doch dann dachte er zurück an die Gespräche mit Odile und daran, wie wenig sie über ihren familiären Hintergrund verraten hatte. Auch fiel ihm Odiles seltsame Reaktion auf das Tier im Busch wieder ein. »Ich habe schon darüber nachgedacht, ob ihr möglicherweise etwas zugestoßen ist«, sagte er.

Sophie sah ihn nachdenklich an. »Das muss ja nicht sein.

Vielleicht gibt es eine ganz harmlose Erklärung: Sie hat im Dorf einen Typen kennengelernt, der ihr gefiel, und sich ihm spontan angeschlossen. Da Geld für sie keine Rolle spielt, sind ihr die Sachen egal, und sie hat sie zurückgelassen. Kein Problem für sie, denn sie kann sich ja alles neu kaufen.«

»Gerade eben hast du noch behauptet, man würde so hochwertige Kosmetika nicht einfach liegen lassen. Du glaubst also nicht wirklich, dass es so gewesen sein könnte, oder?«, fragte Keller mit hochgezogenen Brauen.

»Nein«, antwortete seine Tochter ohne jedes Zögern. »Du hast richtig gehandelt, indem du hiergeblieben bist. An der Sache ist etwas faul.«

Ja, dachte Keller und war erleichtert, dass Sophie dieselben Schlüsse zog wie er. Denn seit Odiles plötzlichem Verschwinden hatte er schon geglaubt, Gespenster zu sehen.

»Was sollen wir deiner Meinung nach tun?«

Sophie grinste ihn an. »Dass du mir mal so eine Frage stellst, hätte ich nie geglaubt. Wer von uns zweien ist denn der Kommissar?«

»Ex-Kommissar«, korrigierte Keller. »Ich bin etwas aus der Übung – und ich muss zugeben, dass mich das nicht so kaltlässt, wie man es von einem Profi erwarten sollte.«

Sophie ergriff die Gelegenheit beim Schopf: »Also gut, dann beschließe ich, was wir tun. Die Polizei zu verständigen ergibt meiner Meinung nach wenig Sinn, da wir so gut wie nichts über Odile wissen. Das würde also wahrscheinlich erst einmal nur für Ratlosigkeit sorgen und wahrscheinlich bloß zusätzliche Scherereien bringen.«

»Was sonst?«, fragte Keller.

»Wir sollten es noch einmal im Dorf versuchen!«, schlug Sophie vor. »Vielleicht treffen wir doch jemanden, der sich an sie erinnert oder irgendetwas beobachtet hat.«

Keller war einverstanden.

3

»Warum eigentlich Burgund?«, fragte Sophie, während sie neben Keller hertrottete und dabei den Pferdeschwanz hüpfen ließ, wie sie es schon als kleines Kind getan hatte. »Hat es dir in Südfrankreich nicht mehr gefallen?«

»Erstens brauchte ich Abstand nach all dem, was mir dort widerfahren ist. Zweitens ist es mir in der Hochsaison zu voll geworden. Und drittens hat dieser Landstrich hier unheimlich viel zu bieten.«

»Was denn zum Beispiel?«

»Kulturellen Reichtum«, antwortete Keller spontan. »Du weißt, wie sehr ich für alte Festungsanlagen schwärme, die es hier massenhaft gibt. Dazu die vielen historischen Gotteshäuser und Klöster: die berühmte Abtei Fontenay, angeblich die älteste Zisterzienserabtei der Welt. Sie ist auch ein Pilgerort des Jakobswegs, und man sagt, die Basilika gehöre zu den schönsten romanischen Kirchen überhaupt«, schwärmte er. »Vom romanischen Stil bis zur Spätgotik hat jede Ecke der Region etwas zu bieten – und das Beste daran ist: Im Burgund sind Kunst und Kultur nie sehr weit von einem Weinberg entfernt!«

»Aha, jetzt kommst du endlich auf den wahren Grund für dein Interesse am Burgund zu sprechen«, scherzte Sophie.

Mit dem Kirchturm als Wegweiser im Visier näherten sie sich dem Dorf, das Keller bei seinem ersten Besuch als verschlafenes Nest empfunden hatte, wenn auch eines mit charmantem Ortsbild. Er war sehr gespannt, ob sie gemeinsam mehr über den Verbleib von Odile herausfinden würden. Viel Hoffnung hatte er allerdings nicht.

»Burgen, Klöster und Weinberge sind aber sicher nicht das Einzige, was dich an der Gegend reizt, stimmt's?«, redete Sophie munter weiter. »Burkhard hat schon vermutet, dass es dir in erster Linie ums gute Essen geht.«

»Das kann ich nicht abstreiten«, lachte Keller. »Vor allem, weil hier an fast jedes anständige Gericht ein ordentlicher Schluck Rotwein kommt: Legendär ist die *Sauce bourguignonne*, eine dunkle Tunke aus Rotwein, Schalotten, Thymian, Lorbeer und Petersilie. Natürlich hat die hiesige Küche noch weit mehr zu bieten, auf den üppigen Wochenmärkten, die man in jeder größeren Ortschaft findet, bekommst du alle Zutaten dafür. Apropos: Ich habe mir fest vorgenommen, den Trüffelmarkt von Noyers-sur-Serein zu besuchen.«

Sophie quittierte Kellers Schwärmerei mit einem wissenden Lächeln. »Wenn es dir hilft, alte Wunden zu heilen und deinem Leben wieder einen Sinn zu geben, geht das in Ordnung.«

»Alte Wunden?« Keller warf seiner Tochter einen prüfenden Blick zu, hielt aber an seinem Tempo fest. »Wenn du auf den Tod deiner Mutter anspielst ...«

»Wir wissen doch, wie sehr du sie vermisst«, sagte Sophie ruhig. »Uns geht es ja nicht anders. Aber irgendwann muss man auch einen Schlussstrich ziehen. Man kann nicht ständig nur auf der Flucht vor sich selbst und seiner Trauer sein oder vor der Angst, das Leben allein nicht zu packen.«

»Ich habe euch schon mehrfach erklärt: Meine Reisen empfinde ich nicht als Flucht. Ich setze bloß das fort, was Helga und ich am liebsten getan haben. Wenn sie noch leben würde, wären wir jetzt wahrscheinlich auch hier.«

Eifrig debattierend passierten sie das Ortsschild und kamen an einer Reihe von Wohnhäusern mit angegliederten Gemüsegärten vorbei. Den Fassaden und Zäunen hätte allesamt ein neuer Anstrich gutgetan, doch die Bewohner schienen nicht viel Wert darauf zu legen, oder, vermutete Keller, sie hatten einfach nicht das nötige Kleingeld dafür.

Schnell erreichten sie den kleinen Marktplatz, der von der Kirche und dem gegenüberliegenden Rathaus, der *mairie*, dominiert wurde. In der Mitte des gepflasterten Platzes stand ein Brunnen, über dessen ausgewaschene Sandsteinringe ein spärliches Rinnsal tröpfelte. Das Rathaus hatte – wie schon bei seinem ersten Versuch – geschlossen. Dafür stand die Tür eines kleinen Ladens offen, über dem ein rotes Schild mit der Aufschrift *TABAC* hing.

»Versuchen wir's hier?«, fragte Sophie und ging, ohne eine Antwort abzuwarten, hinein.

Keller folgte ihr in das enge, mit Zeitschriftenständern und Zigarettenregalen vollgestopfte Geschäft. Die Luft war abgestanden und roch süßlich und würzig nach Pfeifentabak. Hinter dem Tresen stand eine ältere Frau, auffällig klein und mit zahllosen Falten im Gesicht. Sie musterte die Neuankömmlinge, ohne eine Miene zu verziehen.

»*Comment puis-je vous aider?*«, fragte sie. »Was kann ich für Sie tun?«

»Wir sind auf der Suche nach einer Bekannten. Vielleicht können Sie uns helfen, sie zu finden«, sagte Keller.

Die Frau sah ihn ungerührt an und schwieg.

Keller bemühte sich, Odile zu beschreiben, merkte jedoch bald, dass die Kennzeichen, die er nannte, recht beliebig waren. Deshalb betonte er ihre auffälligen Locken, an denen sie leicht zu erkennen war. Trotzdem schien sich die Zigarettenverkäuferin nicht an Odile zu erinnern.

»Nein, bei uns kauft fast nur Stammkundschaft«, sagte

sie. »Wir sind kein Touristenort. Es kommt selten vor, dass Fremde auftauchen.«

»Aber unsere Bekannte war hier. Sie wollte Baguettes kaufen.«

»Bei uns gibt es Zigaretten und Zeitungen, keine Brote«, entgegnete die Frau.

»Das weiß ich. Aber in der *boulangerie* habe ich neulich schon gefragt, ebenso wie in dem kleinen Bistro«, erklärte Keller.

Darauf wusste die Frau nichts zu sagen, und Keller sah ein, dass sie hier nicht weiterkamen.

Er bedankte sich und wollte gerade gehen, doch Sophie hielt ihn am Ärmel seines Hemdes fest.

»Schau mal da, Paps«, sagte sie und nickte in Richtung eines Zeitungskarussells, an dem die aktuellen Ausgaben der lokalen Gazetten hingen. »Die Kleine da auf dem Bild: Wenn das keine auffälligen Locken sind …«

Keller sah hin und stellte verblüfft fest, dass Sophie auf Anhieb einen Volltreffer gelandet hatte. Er nahm die Zeitung aus der Halterung, betrachtete das Foto ausgiebig und kam zu dem Schluss: »Das ist sie wirklich! Es ist Odile, kein Zweifel.«

»Ein Euro zwanzig«, sagte die Frau hinterm Tresen und gab den Preis in ihre Kasse ein.

Keller zog seine Geldbörse aus der Hosentasche.

Keine fünf Minuten später saßen Sophie und er auf der Terrasse des Bistros und machten es sich, so gut es ging, auf den ungepolsterten Lochblechstühlen bequem. Die Einrichtung des Lokals war spartanisch, die Bedienung nicht gerade freundlich und die schmale Karte handgeschrieben. Doch das, was Keller auf den Tellern der wenigen anderen Gäste sehen konnte, sah verheißungsvoll aus.

»Was ist denn das, was der Herr am Nachbartisch bestellt hat?«, erkundigte er sich beim Kellner, einem grantigen Endfünfziger.

»*Gougère*«, lautete die knappe Antwort.

»In Ordnung. Nehme ich auch«, sagte Keller.

Sophie stand der Sinn nicht nach Essen. Sie hatte die Zeitung aufgeschlagen und darin zu lesen begonnen. Nach kurzer Lektüre stieß sie einen Pfiff aus.

»Hoppla!«, rief sie. »Weißt du eigentlich, was für einen dicken Fisch du dir da an Land gezogen hast?«

»Dick ist Odile ganz bestimmt nicht«, entgegnete Keller und zog die Zeitung zu sich herüber. Er entnahm dem Artikel, dass es sich bei Odile um ein Mitglied der angesehenen Lyoner Industriellenfamilie Boutella handelte, der letzten großen Senfdynastie der Stadt. Nach dem Unfalltod ihrer Eltern sollte sie die Firmenleitung übernehmen, wollte sich vor Antritt dieser großen Aufgabe aber eine Auszeit gönnen. Weiter hieß es in dem Text, sie sei als Tramperin aufgebrochen. Niemand wisse, wo sie sich derzeit aufhalte, munkelte der Autor geheimnisvoll. Der Bericht mündete in der Meinungsäußerung des Verfassers, dass dieses Verhalten zwar zur bekanntermaßen unkonventionellen Art der jungen Boutella passe, jedoch einige Fragen über die Zukunft des Unternehmens aufwerfe.

Nun wusste Keller, was Sophie gemeint hatte. Ihm wurde ganz anders bei dem Gedanken daran, welche Persönlichkeit er da unwissentlich auf seinem Boot beherbergt hatte. Damit erklärte sich auch, weshalb Odile so wenig von sich preisgegeben hatte. Wahrscheinlich war sie froh gewesen, dass Keller sie nicht erkannte, und hatte die kurze Zeit der Anonymität ausgekostet.

Keller gönnte es ihr, zumal er sich gut ausmalen konnte, unter welch einem Erfolgsdruck die angehende Firmenlenkerin stehen musste. Gleichzeitig wuchsen seine Sorgen über ihr ungewisses Schicksal. Hatte sie am Ende gekniffen und war untergetaucht, um sich der Verantwortung zu entziehen? Wohl kaum, dachte Keller. Die Lösung sah mit Sicherheit anders aus.

»Jetzt, da wir wissen, wer sie ist, musst du ihr Verschwinden melden. Damit hat das Ganze ja eine völlig andere Dimension bekommen«, sagte Sophie alarmiert. »Du musst die Polizei verständigen, so schnell wie möglich.«

Keller war natürlich bewusst, dass sie recht hatte. Spätestens jetzt, da Odiles Identität geklärt war, wäre es seine oberste Pflicht gewesen, sich bei der nächstgelegenen Gendarmerie zu melden.

Doch er war nun mal kein x-beliebiger Zivilist, sondern selbst jahrzehntelang Ermittler gewesen. Er kannte das Prozedere: Die Polizei würde zunächst überhaupt nicht aktiv werden. Bestenfalls würden sie Odiles Habseligkeiten entgegennehmen und möglicherweise versuchen, jemanden aus der Familie zu erreichen. Sonst aber würde nichts geschehen. Odile war ein erwachsener Mensch und konnte tun und lassen, was sie wollte. Solange es keine Hinweise auf einen Suizid, ein Gewaltverbrechen oder eine Entführung gab und auch keine Vermisstenanzeige vorlag, gab es keinen Anlass, tätig zu werden.

Und wenn doch jemand nachbohrte? Keller wusste ja, wie Ermittler tickten. Welche Fragen sie zu stellen pflegten und was für Schlüsse sie zogen. Deshalb ahnte er, dass er sich mit diesem Schritt durchaus selbst Probleme einhandeln konnte, denn wie es aussah, war er der Letzte gewesen, der Kontakt zu Odile hatte, bevor sie verschwand. Und das warf mit Sicherheit die Frage auf, was sie eigentlich auf seinem Boot gewollt hatte und ob er etwas mit ihrem Verschwinden zu tun haben könnte.

Eine vertrackte Lage, aus der er auf Anhieb keinen Ausweg fand. Das Auftauchen des Kellners nahm er daher gern zum Anlass, dem Thema Polizei noch für ein paar Minuten auszuweichen. Als er seine Bestellung gereicht bekam, stürzte er sich mit Heißhunger auf die goldgelben Teigkugeln und spitzte genüsslich die Lippen. Das Schmalzgebäck war außen knusprig und innen zart schmelzend.

»Vorzüglich!«

Sophie probierte erst zaghaft, nahm sich dann noch einmal und gab den Namen der Speise in ihr Handy ein.

»Diese Brandteigkugeln sind mit Weichkäsemischung gefüllt und leiten sich von einer Konditorspezialität aus dem 17. Jahrhundert ab, dem burgundischen Ramequin«, las sie vom Display ihres Smartphones ab. »Die *Gougère*-Füllung besteht aus Milch, Butter, Mehl, Eiern, Salz, Muskatnuss, Comté-Käse oder Greyerzer.«

»Wie auch immer«, sagte Keller, »man könnte süchtig danach werden.«

Doch viel länger würde er die Entscheidung nicht aufschieben können. Sollte Odile wirklich in Gefahr schweben, wären die Behörden auf seine Hinweise dringend angewiesen. Trotzdem konnte er sich nicht dazu durchringen, zur Polizei zu gehen. Noch nicht.

»Ich will die Hoffnung nicht aufgeben, dass Odile wieder aufkreuzt«, sagte er zu Sophie, nachdem sie das Geld für die *Gougère* und ihre Getränke auf den Tisch gelegt und die Terrasse verlassen hatten. Zielstrebig steuerte er auf einen Obst- und Gemüseladen zu. »Lass uns die Zutaten für unser Abendessen besorgen und noch ein bisschen auf sie warten«, schlug er vor.

»Du meinst wirklich, dass sich alles in Wohlgefallen auflöst?«, fragte Sophie.

Keller wedelte demonstrativ mit der Zeitung in seiner

Hand. »Hier steht es schwarz auf weiß: Odile hat eine ›unkonventionelle Art‹. Das bedeutet, sie benimmt sich so, wie es ihr passt. Wer weiß, was ihr in den Sinn gekommen ist? Vielleicht befindet sie sich schon in diesem Moment an Deck meines Bootes und blinzelt in die Sonne.«

Sophie wirkte nicht überzeugt, ließ sich aber darauf ein. Gemeinsam mit ihrem Vater wählte sie Gurken und Zwiebeln für einen Gurkensalat aus und anschließend alles, was sie für ein *ragoût de pomme de terre* benötigten: Neben Auberginen, Zucchini, Paprika, Knoblauch und Thymian waren das vor allem Kartoffeln. Die faustdicken Knollen kamen offenbar direkt vom Feld, sie hatten noch dunkle Erdkrumen auf der Schale.

Mit schweren Tüten in den Händen schlenderten sie zurück zum Kanal. Der Feldweg, den sie nahmen, schlängelte sich durch abgeerntete Kornfelder, aus denen Stängel mit ausgefransten Schäften ragten. Dahinter zeichnete sich der Wald wie ein dunkles Band ab.

Auf halber Strecke blieb Sophie plötzlich stehen. Sie waren auf einen abzweigenden Pfad gestoßen, und wie es schien, hatte sie etwas entdeckt. »Dahinten«, sagte sie und bog ohne ein weiteres Wort der Erklärung ab.

Keller folgte ihr. »Was ist los? Wo willst du hin?«

Der schmale Weg, gerade breit genug für einen kleinen Traktor, war mit Unkräutern überwuchert. Sophie strebte zielgerichtet auf einen wild wachsenden Busch zu und bückte sich nach etwas.

»Was …?«, fragte Keller, als er sie erreichte.

Sophie hielt ihm ein silbernes Brillengestell hin, in dessen Fassung ein großes, getöntes Glas steckte. Das andere war herausgebrochen und fehlte. »Ich habe den Rahmen in der Sonne glitzern sehen«, erklärte sie und drehte die Brille in ihrer Hand.

»Du hattest schon immer Adleraugen«, lobte Keller ihre Aufmerksamkeit.

»Könnte es sein, dass das Odiles Sonnenbrille ist?«, sprach Sophie aus, was natürlich auch Keller sofort in den Sinn gekommen war.

Möglich, dachte er, Odile hatte bei ihrer Begegnung tatsächlich eine getragen. Doch ob es sich um dieselbe Marke handelte? Keller konnte das nicht beurteilen. »Wer weiß«, sagte er. »Aber wir nehmen sie besser mit.« Dann hob er den Blick und verfolgte den weiteren Verlauf des Pfades.

»Der Weg führt bis in den Wald«, sagte Sophie. »Hältst du es für möglich, dass sie hineingegangen ist?«

Keller betrachtete argwöhnisch die düsteren Baumkronen. »Warum sollte sie?«, fragte er und suchte nach einer plausibleren Erklärung.

Sophie berührte ihn am Arm und sah ihn sehr ernst an. »Sie ist tot. Das spüre ich. Und du ahnst es auch.«

4

Odile war nicht wieder aufgetaucht, weder im Laufe des Abends noch in der Nacht. Als Keller am Morgen um kurz vor acht aufwachte und sich davon überzeugt hatte, dass Sophie und er allein waren, sah er ein, dass er es nicht länger hinauszögern konnte. Er fasste den Entschluss, sich bei den Behörden zu melden.

Mit einer Tasse Kaffee und seinem Smartphone setzte er sich aufs Sonnendeck, von wo aus er einen freien Blick über die umliegenden Felder und Wiesen hatte. Und auf den Kanal, über dem zu dieser frühen Stunden feine Dunstschleier lagen.

Keller googelte die Nummer der Gendarmerie in Dijon und musste all seine Französischkenntnisse anwenden, um seinem Gesprächspartner begreiflich zu machen, was er eigentlich wollte. Denn wie erwartet hatte bislang niemand Odile als vermisst gemeldet, alle Welt ging ja davon aus, dass sie auf Reisen war. Zunächst stellte er sich vor, erklärte, dass er als Hausboottourist unterwegs sei und Odile Boutella an Bord genommen habe, ohne zu wissen, wer sie war. Dann berichtete er von ihrem plötzlichen Verschwinden und erklärte, dass er sich Sorgen um sie mache.

»Wollen Sie ein Verbrechen melden, Monsieur?«

»Nein. Nur den Verdacht äußern, dass Madame Boutella etwas zugestoßen sein könnte.«

»Haben Sie beobachtet, wie ihr von jemandem etwas angetan wurde, und möchten diese Straftat melden?«

»Nein. Wie ich schon sagte: Es handelt sich bislang lediglich um eine Vermutung.«

»Aufgrund einer Vermutung können wir nicht tätig werden, Monsieur.«

»Aber wäre es nicht möglich, ihre Familie zu informieren, damit diese versuchen kann, Kontakt mit ihr aufzunehmen?«

»Vonseiten des Hauses Boutella liegt uns kein Ersuchen in dieser Richtung vor. Ich kann leider nichts für Sie tun, Monsieur.«

»Können Sie nicht wenigstens Ihren Streifenbesatzungen sagen, sie sollen ein offenes Auge haben, wenn sie in der Gegend unterwegs sind?«

»Unsere Streifenpolizisten haben immer ein offenes Auge.«

»Gut, danke.«

»Gern. Ich wünsche Ihnen noch einen schönen Urlaub, Monsieur.«

»Moment! Was soll mit den persönlichen Sachen von Madame Boutella geschehen, die sie an Bord meines Bootes zurückgelassen hat? Ich kann sie ja nicht einfach behalten. Das wäre Diebstahl.«

»Hmmrrr.«

»Hallo? Sind Sie noch am Apparat?«

»Ja, Monsieur. – Hätten Sie die Möglichkeit, bei uns vorbeizukommen und diese Dinge abzugeben? Wir werden sie dann weiterreichen.«

Damit hatte Keller sein Ziel doch noch erreicht. Wenn er erst einmal in der Gendarmerie war, könnte er nach einem höherrangigen Gesprächspartner verlangen und seinem Anliegen mehr Gewicht verleihen.

Kaum hatte er das Gespräch beendet, ging er unter Deck und weckte seine Tochter: »Aufstehen, Sophie! Wir rufen uns ein Taxi und fahren nach Dijon.«

In der Gendarmerie nationale in Dijon wurden sie bereits erwartet; offenbar hatte der Name Boutella doch noch für die gebotene Aufmerksamkeit gesorgt. Während Sophie gebeten wurde, im Flur zu warten, führte man Keller in ein geräumiges Büro, das von schweren Möbeln und einer mannshohen Trikolore dominiert wurde. Hinter einem breiten dunklen Schreibtisch saß ein Mann, dessen massige Statur zur Einrichtung passte. Er trug Uniform. Seine Kappe hatte er auf dem Schreibtisch drapiert, sodass Keller die kurz geschorenen weißen Haare sehen konnte.

»Capitaine Edouard Giraud«, stellte sich der Beamte vor und bat Keller mit gebieterischer Geste, Platz zu nehmen.

Keller setzte sich auf einen harten Stuhl und stellte Odiles Rucksack neben sich auf dem Boden ab.

»Sie haben also die junge Madame Boutella auf Ihrem Hausboot aufgenommen«, eröffnete Capitaine Giraud das Gespräch. Seine tiefe Stimme klang rau.

»Ja, das habe ich«, bestätigte Keller und lieferte noch einmal einen kurz gefassten Bericht über das, was sich bisher ereignet hatte. Dabei erwähnte er auch, dass er selbst ein ehemaliger Kriminalbeamter war, er hoffte, auf diese Weise bei seinem Gesprächspartner auf mehr Verständnis zu stoßen und vor allem ernst genommen zu werden. Denn Keller wünschte sich ein Gespräch auf Augenhöhe.

Giraud hörte zu und machte sich einige Notizen.

Nachdem Keller mit seiner Erklärung geendet hatte, schwieg Giraud einige Momente und wiegte dabei seinen Kopf. »Odile Boutella«, sagte er dann, wobei er den Namen sehr langsam aussprach und jeden Vokal betonte. »Sie ist eine – wie sagt man doch so schön – schillernde Persönlichkeit. Die ganze Familie ist stadtbekannt, für die meisten Schlagzeilen sorgt jedoch das junge Fräulein. Immer für Überraschungen gut.«

»Ja … ähm, das mag sein«, erwiderte Keller zögernd. Er selbst hatte Odile anders erlebt. Zwar offen und spontan, jedoch in keiner Weise überdreht.

»Wenn ich richtig rechne, sind inzwischen drei Tage vergangen, seit Sie Madame Boutella nicht mehr gesehen haben«, fuhr Giraud fort. »Gleich nach Ihrem Anruf bei uns haben wir uns erkundigt: Auch im Hause Boutella hat man seither nichts von ihr gehört. Möglicherweise könnte an Ihren Befürchtungen etwas dran sein.«

Keller fühlte sich bestätigt und fragte: »Sie werden also nach ihr suchen?«

»Das wäre eine Überlegung wert«, lautete Girauds sehr allgemein gehaltene Antwort. »Aber wo anfangen? Wir wissen bisher nur, dass sie sich zuletzt auf Ihrem Boot aufgehalten hat. Inzwischen könnte sie überall sein.« Der Capitaine legte den Stift beiseite und streckte seine Hand aus. »Dürfte ich um Ihre Ausweispapiere bitte, Monsieur Keller?«

Keller zögerte kurz, denn der drohende Unterton seines Gegenübers gefiel ihm nicht. »Bitte sehr.«

Giraud ließ sich Zeit, Kellers Personalausweis zu studieren, bevor er ihn beiseitelegte und fragte: »Sie waren also auch mal bei der Truppe und genießen jetzt Ihren wohlverdienten Ruhestand?«

»Richtig, ich bin Pensionär und als Tourist in Frankreich unterwegs.«

Wieder machte Giraud eine bedeutungsschwangere Pause. »Wir sind im Alter nicht weit auseinander. Weshalb haben Sie den Dienst vorzeitig quittiert?«

»Meine Frau – sie war schwer krank. Wir wollten die verbleibende Zeit gemeinsam verbringen«, antwortete Keller so offen wie möglich. Er wollte Giraud keinen Grund zum Argwohn liefern.

»Ihren Worten entnehme ich, dass Ihre Frau mittlerweile verstorben ist?«

»Ja, leider schon vor über einem Jahr.«

»Hm.« Giraud nahm erneut den Stift zur Hand und schrieb einige Worte. »Ich schätze es sehr, wenn ich mich mit jemandem vom Fach unterhalten kann. Einem Kollegen sozusagen. Aber Sie werden es mir nachsehen, wenn ich in Ihnen nicht nur den Polizisten erkenne, sondern in erster Linie den Mann.«

Keller zuckte auf seinem Stuhl zusammen. Die Sache lief nicht gut für ihn. »Wie meinen Sie das?«, fragte er scharf.

»Nun, Sie haben es gerade selbst gesagt: Sie sind seit über einem Jahr allein. Das bedeutet Trauer, Einsamkeit, Enthaltsamkeit. Und plötzlich taucht diese Tramperin auf.«

Keller kannte dieses Spiel. Er selbst hatte auf diese Weise auch oft argumentiert, wenn er einem Tatverdächtigen gegenübersaß. Denn gerade zu Beginn einer Befragung standen die Chancen gut, ein Geständnis zu erreichen, weil sich der Befragte dann meist noch keine Ausreden zurechtgelegt hatte. Verdächtigte Giraud ihn tatsächlich, etwas mit Odiles Verschwinden zu tun zu haben?

Keller räusperte sich und sagte so gelassen wie möglich: »Ich sehe da keinen Zusammenhang.«

Giraud legte ein gefährliches Lächeln auf. »Wirklich nicht? Odile ist jung, attraktiv, sexy – kurzum: begehrenswert. Und Sie sind ein Mann in den besten Jahren, stehen noch voll im Saft.«

Keller stand auf. »Ich weiß schon, was Sie denken. Sehen Sie in mir etwa einen Verdächtigen?«

»Verdächtiger? Für welche Tat?« Giraud bedeutete ihm,

sich wieder hinzusetzen. »Bei uns läuft das ganz ähnlich wie wahrscheinlich auch bei Ihnen in Deutschland: Ich befrage Sie als Zeugen. Mehr nicht. Würde ich Sie unter Verdacht stellen, läge eine vorläufige Festnahme nahe. Außerdem die Durchsuchung Ihres Hausbootes.«

»Dann hätte ich aber auch das Recht zu schweigen und einen Anwalt hinzuzuziehen«, stellte Keller klar.

Giraud nickte. Daraufhin gab er Keller seinen Ausweis zurück. Als wäre nichts gewesen, fragte er: »Was, meinen Sie, ist ihr passiert? Ist sie einfach weitergezogen? Oder könnte ihr wirklich etwas zugestoßen sein?«

Keller hielt es für das Beste, sich mit Spekulationen zurückzuhalten. »Das kann ich nicht beurteilen«, sagte er ausweichend.

»Ich denke da zum Beispiel an eine Entführung«, fuhr Giraud fort. »Immerhin stammt die Vermisste aus einer vermögenden Familie. Der Entführer kann sich ein hohes Lösegeld ausrechnen. Was halten Sie davon?«

Was sollte das? Hielt der Capitaine ihn jetzt etwa auch noch für einen Kidnapper? Er war versucht zu sagen, dass sein Boot zu klein sei und zu dünne Wände habe, um dort unbemerkt jemanden gegen seinen Willen festzuhalten. Doch er reagierte diplomatisch und äußerte seine Hoffnung, dass Odile baldmöglichst wohlbehalten aufgefunden werde. Dann fasste er in die Jackentasche und holte die lädierte Sonnenbrille hervor, die Sophie am Wegesrand gefunden hatte. Mittlerweile steckte sie in einem schmalen Plastikbeutel. Er schob sie über den Schreibtisch, wo Giraud sie ergriff und betrachtete.

»Ein Fundstück«, erklärte Keller. »Wir haben sie nahe eines Wäldchens aufgelesen.«

Giraud hob die Brauen. »Von Madame Boutella?«

»Ich weiß es nicht. Ich fürchte auch, dass Sie kriminaltechnisch nicht viel damit anfangen können, denn meine Tochter hat sie in den Händen gehalten, wodurch andere Fingerabdrücke wahrscheinlich verwischt wurden. Trotzdem könnte das ein Hinweis sein.«

»Ein Hinweis darauf, dass Madame Boutella ihre Brille verloren hat?«, fragte Giraud.

»Ein Hinweis darauf, dass sie möglicherweise in den Wald gegangen ist«, sagte Keller. Er steckte seinen Ausweis ein und wandte sich zum Gehen, wusste er doch, dass der Capitaine keine Handhabe hatte, ihn länger festzuhalten. Keller hatte seine Pflicht getan und wollte seinen Aufenthalt auf der Polizeiwache nicht unnötig in die Länge ziehen. »Die persönlichen Sachen von Madame Boutella lasse ich Ihnen da, wie vereinbart«, sagte er noch und wollte den Raum verlassen.

Giraud bedankte sich. Doch bevor er Keller ziehen ließ, bat er ihn um seine Mobiltelefonnummer. »Sie möchten sicherlich erfahren, wenn sich etwas tut oder Madame Boutella wieder auftaucht«, begründete er seinen Wunsch.

»Ja, das möchte ich«, sagte Keller und überließ dem Kommissar die Nummer.

»Hoffen wir, dass alles gut geht«, sagte Giraud, erhob sich ebenfalls und drückte Keller die Hand. Dabei war ihm anzusehen, dass er Keller nicht über den Weg traute. Ex-Kollege hin oder her.

5

Auf der Rückfahrt zum Boot sprachen sie nicht viel. Keller musste darüber nachdenken, wie er sich nun verhalten sollte, und Sophie brachte so viel Verständnis auf, ihren Vater zunächst in Ruhe zu lassen.

Erst nachdem das Taxi bezahlt war und sie das Deck betraten, brach Sophie das Schweigen: »Er hat dir ordentlich eingeheizt, was? Dabei ist das total unfair, denn du wolltest ja nur helfen.«

Keller zuckte die Achseln. »Ja, Capitaine Giraud hat mir auf den Zahn gefühlt, weil er nicht einschätzen kann, was für eine Rolle ich spiele. Das macht mich wütend, aber um ehrlich zu sein, kann ich es ihm nicht verdenken. Ich an seiner Stelle wäre wohl ähnlich vorgegangen.«

Sophie sagte, sie hoffe, dass Odile sich endlich meldete. Denn sonst würde Giraud sich schon sehr bald wieder rühren. Noch schlechter stünden die Karten, wenn ihr tatsächlich etwas zugestoßen sein sollte – und die Wahrscheinlichkeit dafür wachse von Stunde zu Stunde.

Das habe er ja von Anfang an gesagt, betonte Keller. »Am Ende könnte alles auf mich zurückfallen.« Diese Befürchtung war der eigentliche Grund gewesen für sein tagelanges Zögern, sich mit der Polizei in Verbindung zu setzen.

»Trotzdem gut, dass du es jetzt gemacht hast, Paps. Das ist immer noch besser, als wenn die Gendarmerie selbst Nachforschungen angestellt hätte und dadurch auf dich gestoßen wäre. Dass du dich von dir aus gemeldet hast, spricht auf jeden Fall für dich.«

Nett gemeint. Trotzdem war Keller klar, dass sie die Bootsfahrt nicht einfach fortsetzen und so tun konnten, als wäre nichts geschehen. Denn dieser Fall – wenn es denn einer wurde – könnte ihn schon sehr bald wieder einholen. Um dem vorzubeugen, wäre es nur vernünftig, sich rechtzeitig um Unterstützung zu bemühen. Jemanden zu suchen, der ihn notfalls herausboxen konnte. Zunächst dachte er dabei an einen Rechtsbeistand. Doch ein Anwalt konnte erst aktiv werden, wenn gegen Keller ermittelt wurde, was ja bislang nicht der Fall war.

Wer käme sonst in Betracht?

»Beim Grübeln siehst du immer so streng aus, Paps«, meinte Sophie und sah ihn besorgt an. »Was geht dir durch den Kopf?«

Er sagte es ihr, woraufhin sie ebenfalls ins Grübeln kam.

»Jetzt siehst du genauso streng aus«, stellte Keller fest und musste schmunzeln. Das munterte ihn auf – und half ihm auf die Sprünge.

Plötzlich kam ihm jemand in den Sinn, den er um Rat fragen und von dem er sich Tipps im Umgang mit der französischen Polizei holen konnte. Diejenige, an die er dachte, war ebenfalls vom Fach, kannte sich aus im französischen Strafrecht und konnte Giraud gegenüber vielleicht ein gutes Wort für ihn einlegen. Allerdings kostete es ihn einige Überwindung, sich mit ihr in Verbindung zu setzen. Denn sie waren zuletzt nicht gerade konfliktfrei auseinandergegangen.

»Entschuldige mich bitte für einen Moment«, sagte er zu Sophie und schnappte sich sein Smartphone. »Ich muss kurz telefonieren.«

»Mit wem?«, wollte Sophie wissen. Sie wich ihm nicht von der Seite.

Keller wollte es ihr nicht sagen. Noch nicht. Denn er wusste nicht, wie das Gespräch verlaufen würde und was am Ende dabei herauskam.

»Ich tippe auf *Madame le commissaire*«, riet Sophie und sah ihn erwartungsvoll an.

Sie hatte ihn durchschaut. Keller wollte sich an Béatrice Bardot wenden, die Chefermittlerin bei der Police nationale, die er zu Beginn des Sommers während seines Aufenthalts in Carcassonne kennengelernt hatte und sehr schätzte. Béatrice Bardot besaß eine gewisse Ähnlichkeit mit ihrer berühmten Namensvetterin, hatte Köpfchen und es auf ihre Art geschafft, Kellers Trauer zu lindern. Ein wenig hatte er sich sogar in sie verliebt, doch am Ende alles vermasselt. Dadurch, dass er sich penetrant in ihren Fall einmischte, hatte er sie gegen sich aufgebracht. Ihr Abschied war ausgesprochen frostig ausgefallen.

»Worauf wartest du?«, stieß Sophie ihn an. »Wenn du der Meinung bist, dass sie dir helfen kann, telefoniere mit ihr.«

»Du findest nicht, dass das eine blöde Idee ist?«, vergewisserte er sich, denn er war sich selbst alles andere als sicher.

Sophie zwinkerte ihm zu. »Bist du für solche Entscheidungen nicht allmählich alt genug?« Mit diesen Worten zog sie sich in die Kajüte zurück und ließ ihren Vater auf dem Oberdeck allein.

Keller wartete, bis sie verschwunden war, erst dann fasste er sich ein Herz und wählte die eingespeicherte Nummer.

Als Béatrice sich meldete und Keller das erste Mal seit Wochen ihre Stimme hörte, merkte er, wie sehr er sie vermisst hatte. Er bekam weiche Knie und musste Halt an der Reling suchen.

»Konrad?«, fragte sie mit ihrer angenehm warmen Stimme. »Es ist schön, dass Sie sich melden.«

»Ja, für mich ist es auch eine Freude, mit Ihnen zu sprechen«, sagte er und ärgerte sich, dass er sich so gestelzt ausdrückte.

»Offen gesagt hatte ich Zweifel, ob ich jemals wieder von Ihnen hören würde«, sagte Béatrice. »Nach all dem, was passiert ist …«

Keller ging darüber hinweg: »Ich hatte mir fest vorgenommen, den Kontakt aufrechtzuerhalten. Es brauchte nur ein wenig Abstand und Zeit.«

»Und nun meinen Sie, dass wir ausreichend Abstand und Zeit gehabt haben, um es noch einmal zu versuchen?«

Keller konnte ihre Worte nicht richtig deuten. Er wusste ja, dass Béatrice einen Hang zur Ironie besaß. Machte sie sich womöglich über ihn lustig?

»Ich finde, dass es uns einen Versuch wert sein sollte«, erwiderte er versöhnlich. Aber er wollte Béatrice den eigentlichen Anlass für seinen Anruf nicht vorenthalten: »Wie Sie sich denken können, habe ich den guten Rat meiner Kinder und auch den Ihren in den Wind geschlagen und bin schon wieder auf Frankreichs Kanälen unterwegs.«

»Das habe ich nicht anders erwartet, Konrad. Sie sind ein ausgesprochener Dickkopf. Was Sie sich einmal vorgenommen haben, das führen Sie auch zu Ende.«

»Meine Tochter Sophie und ich schippern gerade durchs schöne Burgund. Und wie es scheint, bin ich erneut in etwas verwickelt worden.«

»Etwas?«, fragte sie nach. »Ich bin mir nicht sicher, ob ich wirklich wissen will, in welcher Klemme Sie diesmal stecken, Konrad.«

Doch Keller schilderte ihr seine Situation und bat sie um Rat.

Béatrice klang erleichtert, offenbar hatte sie mit deutlich schlechteren Nachrichten gerechnet. Zunächst bemühte sie sich, ihn zu beruhigen, denn bisher handele es sich ja nur um eine Vermisstensache oder eigentlich nicht einmal das, da keine Vermisstenanzeige vorlag. »Die Gendarmerie kann Ihnen wenig anhaben«, sagte sie. Sollte man aber eine Leiche finden, sähe die Sache anders aus, denn dann würde der Fall wohl von der Gendarmerie an die Police nationale übergehen und in Anbetracht des prominenten Opfers hohe Wellen schlagen.

»Genau das ist meine Befürchtung«, sagte Keller und fragte Béatrice, ob sie ihm in irgendeiner Weise helfen könne.

Sie dachte eine kleine Weile nach, bevor sie eine Antwort gab. »Das ist nicht mein Zuständigkeitsbereich«, machte sie ihm klar. »Schon gar nicht, solange die Gendarmerie noch dran ist, denn Gendarmerie und Police nationale sind bekanntermaßen wie Hund und Katz. Wir mögen uns nicht. Ich würde Ihnen durch meine Einmischung eher schaden als helfen.«

»Schade«, sagte Keller betrübt. »Aber Ihre Gründe kann ich verstehen. Es war ein lächerlicher Gedanke von mir, anzunehmen, dass Sie in Carcassonne einfach alles stehen und liegen lassen, bloß um mir zu Hilfe zu eilen. Gerade mir – jemandem, der Ihnen so viele Scherereien bereitet hat.«

»Versuchen Sie, mir ein schlechtes Gewissen einzureden?«, fragte Béatrice. »Ich bin davon überzeugt, dass Sie sich auch allein zu helfen wissen.«

»Trotzdem bedauerlich, denn ich hätte Sie wirklich gern wiedergesehen.« Keller biss sich auf die Lippen. Er war drauf und dran, den Bogen erneut zu überspannen. Schließlich wollte er Béatrice nicht unter Druck setzen.

Doch sie entschied sich, diese Aussage als Kompliment zu

nehmen, und bedankte sich: »Sehr freundlich, Konrad. Das schmeichelt mir.«

Bevor sie das Gespräch beendeten, erkundigte sich Béatrice noch einmal nach dem Namen der Verschwundenen: »Boutella, sagten Sie? Diesen Namen kennt in Frankreich wirklich jedes Kind. Er steht ja auf jedem zweiten Senfglas.« Die Familie sei glamourös, aber auch von Affären geplagt. »Über die Boutellas geht ständig etwas durch die französischen Gazetten«, wusste sie zu berichten. Geschichten über außereheliche Affären des letzten Senfbarons Louis Boutella, der zusammen mit seiner letzten Frau bei einem Autounfall ums Leben gekommen war, aber auch Gerüchte über eine mögliche Übernahme der Fabrik durch einen der großen, weltweit operierenden Lebensmittelkonzerne. »Odile tritt sicher kein leichtes Erbe an, denn in dem Familienbetrieb wimmelt es von missgünstigen Verwandten, Ex-Frauen und wahrscheinlich auch höheren Angestellten, die die junge Frau übers Ohr hauen wollen.«

»Woher wissen Sie das alles? Immerhin sitzen Sie im fernen Carcassonne.«

»Erstens habe ich zugegebenermaßen selbst ein Faible für Klatschblätter. Und zweitens sagt mir das die Erfahrung. Wenn ein Millionenerbe im Spiel ist, herrscht hinter den Kulissen immer ein Hauen und Stechen. Müssten Sie eigentlich selbst wissen mit so vielen Jahren Berufserfahrung.«

Damit endete die Unterhaltung. Béatrice sagte, sie habe sich sehr über seinen Anruf gefreut und hoffe, es sei nicht das letzte Mal gewesen.

Nein, dachte Keller. Es war ganz bestimmt nicht das letzte Mal.

6

»Konnte sie dir helfen?«, fragte Sophie, als sie ihren Kopf durch die Kabinentür steckte.

»Nicht sehr.«

»Kommt sie her?«

»Natürlich nicht!« Keller tat die Sache ab, um sich nicht anmerken zu lassen, wie sehr ihm das missfiel. »Damit habe ich ja auch gar nicht gerechnet. Es ging mir ja bloß darum, einen Rat einzuholen.«

»Natürlich.« Sophie wiederholte das Wort, das Keller verwendet hatte. Allerdings derart betont, dass deutlich wurde, was sie von der Antwort ihres Vaters hielt. »Dabei hätte ich deine Béatrice echt gern mal kennengelernt.«

»Dafür wird sich schon noch eine Gelegenheit ergeben«, meinte Keller.

Sophie, die sich inzwischen umgezogen hatte und jetzt einen Bikini trug, zwängte sich an ihm vorbei, um aufs Sonnendeck zu gelangen. Dort breitete sie ein Badetuch aus und begann, sich mit Sonnenmilch einzucremen.

»Was hat sie dir denn geraten?«, fragte sie.

»Uns um nichts zu kümmern. Solange keine Leiche auftaucht, bin ich auf der sicheren Seite.«

»Sehr beruhigend«, sagte sie und betupfte sich Nase und Wangen. »Dann können wir ja die Hände in den Schoß legen und uns entspannen.«

»Im Prinzip ja.«

Sophie stellte die Sonnencreme demonstrativ beiseite. »Nur leider kommt das nicht infrage!«, sagte sie entschlossen. »Ich drehe bald durch, wenn nicht endlich etwas passiert. Wir müssen etwas unternehmen.«

»Ganz meine Meinung«, bestätigte Keller, der zu dem Schluss gekommen war, dass er sich selbst um den Vermisstenfall kümmern musste. Denn sollte Odile wirklich tot aufgefunden werden, würde es für ihn sehr schwer werden – und auch wenn es tragisch war, ahnte er, dass es bald so weit sein würde. An ein ungetrübtes Urlaubsvergnügen war für ihn jedenfalls nicht mehr zu denken.

Keller schnappte sich einen Strohhut. »Ich denke, es kann nicht schaden, wenn wir mal ein bisschen ermitteln.«

Sophie gab ihren Sonnenplatz unverzüglich auf, warf sich ihr Kleid über und stellte sich neben ihn. »Was schlägst du vor? Womit sollen wir anfangen?«

»Angefangen haben wir im Prinzip ja schon: Wir haben uns im Dorf umgehört, ihren Rucksack durchsucht. Inzwischen haben wir eine Menge Informationen beisammen. Aber das alles reicht bei Weitem nicht aus, um zu wissen, wie wir am besten nach Odile suchen sollen.« Er kratzte sich am Kinn, wobei er feststellte, dass er sich heute noch nicht rasiert hatte. Eine Nachlässigkeit, die ihm Helga wohl nicht hätte durchgehen lassen. »Lass uns auf Spurensuche gehen. Dort, wo du die Brille gefunden hast, gibt es vielleicht noch mehr zu holen.«

»Willst du etwa in den Wald?« Beinahe ängstlich sah sie ihn an. Hatte Sophie, als sie auf mehr Aktionismus drängte, den Mund zu voll genommen?

Doch Keller war fest entschlossen, nun Nägel mit Köpfen zu machen. »Ja, wir fangen im Wald an«, sagte er.

Begleitet vom Zirpen von Zikaden suchten sie nach der Abzweigung, an der sie auf das Brillengestell gestoßen waren. Während Keller aufmerksam die Umgebung betrachtete und darauf hoffte, weitere mögliche Hinweise auf Odiles Verbleib zu finden, vertiefte sich Sophie im Gehen in ihr Smartphone.

»In der Zeitung hat doch gestanden, dass Odile den Betrieb ihrer verstorbenen Eltern übernehmen soll«, sagte sie. »Vielleicht bringt uns das weiter. Ich schau mal, was ich darüber finden kann.«

»Gute Idee«, lobte ihr Vater. »Hier ist viel Geld im Spiel – und Geld gilt als starkes Motiv. In die gleiche Richtung denkt auch Béatrice. Was sagt das Internet über die Firma Boutella?«

»Moment«, sagte Sophie und ließ die Finger über das Display flitzen.

Erstaunlich, dass sie nicht über ihre eigenen Füße stolpert, dachte Keller, der beobachtete, wie zügig Sophie marschierte, ohne ein einziges Mal von ihrem Handy aufzusehen.

Schon nach wenigen Sekunden konnte sie erste Ergebnisse liefern: »Boutella produziert schon seit 1802 scharfen Tafelsenf und war lange einer in einer ganzen Reihe namhafter Senfproduzenten der Stadt. Angeblich wurden die ersten Senfsorten in Dijon bereits im 13. Jahrhundert hergestellt und – Funfact! – anfangs in konzentrierter Pastillenform verkauft. Die Pillen mussten dann vom Verbraucher in Weinessig aufgelöst werden.«

»Bleiben wir bei Boutella«, bremste Keller ihren Elan. »Was gibt es noch über dieses Unternehmen zu sagen?«

»Dass es inzwischen zu den Letzten seiner Art gehört«, entnahm Sophie ihrem Handy. »Die meisten anderen Produzenten haben mittlerweile den Betrieb eingestellt oder sind von großen Nahrungsmittelkonzernen geschluckt worden.«

»Gibt es dafür Gründe?«

»Die üblichen: Globalisierung und der damit einhergehende Preisdruck.«

»Hmm«, machte Keller und überlegte, was er mit diesem Hinweis anfangen konnte. »Wie kommt es, dass es den Boutellas gelungen ist, der internationalen Konkurrenz so lange standzuhalten?«

»Weiß nicht«, antwortete Sophie, während ihre Blicke über den kleinen Bildschirm huschten. »Aber wir können es vielleicht herausfinden. Hier steht etwas von einem Senfmuseum, mit etwas Glück treiben wir dort einen auskunftsfreudigen Freak auf. Und die Firma Boutella bietet auch Werksführungen an.«

»Klingt vielversprechend«, fand Keller.

Inzwischen hatten sie den Waldrand erreicht. Keller spürte, wie es kühler wurde, kaum dass sie in den Schatten der Rotbuchen und Ebereschen traten. Die feuchte Luft roch würzig nach Pilzen und Rinde.

Keller registrierte, wie Sophie den Abstand zu ihm verkürzte. War sie bis eben noch zwei oder drei Meter hinter ihm hergetrabt, hielt sie sich nun dicht an seiner Seite. Das Smartphone war abgemeldet, sie hatte nur noch Augen für das sie umgebende Dickicht.

»Meinst du, dass wir hier etwas entdecken werden?«, fragte sie in gedämpftem Ton.

»Du fürchtest, dass wir auf ihre Leiche stoßen?«, vermutete Keller und legte seiner Tochter den Arm um die Schultern. »Wenn du Angst hast, ist das kein Grund, dich zu schämen. Ein Wort von dir, und wir kehren sofort um.«

»Nein, schon gut«, sagte Sophie, klang aber nicht sehr überzeugt. »Ich will ja mitmachen.«

Keller konzentrierte sich darauf, Spuren zu entdecken, die auf eine kürzliche Anwesenheit von Menschen hindeuteten. Der Zustand des Waldwegs ließ darauf schließen, dass er nur selten benutzt wurde. Zu ihren Füßen sprießte Gras, das bei einem stärker frequentierten Pfad niedergetreten wäre. An einer Stelle wurde der Weg von einem schmalen Rinnsal gekreuzt, an dessen Rändern der Boden aufgeweicht war. Keller schaute genau hin, konnte jedoch keine Fußabdrücke ausmachen. Lediglich die winzigen Spuren eines kleinen Tieres zeichneten sich im feuchten Untergrund ab.

»Hier ist schon eine ganze Weile niemand mehr durchgekommen«, stellte er fest.

»Sind wir also auf der falschen Fährte?«, erkundigte sich Sophie.

In diesem Moment erklang ein Knacken im Unterholz. Keller fuhr herum, genau wie Sophie.

»Was war das?«, fragte sie unsicher und rückte noch dichter an ihren Vater heran.

Keller, der sich genau wie Sophie gehörig erschreckt hatte, starrte in die Richtung, aus der das Geräusch gekommen war. Im Dunkel des dichten Waldes, in das einzelne Sonnenstrahlen wie gleißende Messer stachen, rührte sich nichts. Gebannt lauschte er in die Stille und wagte dabei kaum zu atmen.

Ein weiteres Krachen. Laut und scharf. Als wäre jemand auf einen Ast getreten.

»Ein Reh?«, zischte Sophie ihm zu. »Oder ein Wildschwein?«

Keller antwortete nicht, sondern hielt seinen Blick starr auf die Baumgruppe gerichtet, aus der die Geräusche kamen. Er konzentrierte sich so sehr, dass er fast glaubte, seine Augen würden ihm einen Streich spielen: Täuschte er sich oder zeichnete sich neben dem Stamm einer Rosskastanie die Silhouette eines Mannes ab? Ihm lief ein Schauder über den Rücken, als ihm bewusst wurde, dass sie von jemandem beobachtet wurden.

»Was siehst du?«, fragte Sophie und bemühte sich, seinem Blick zu folgen.

Keller hob vorsichtig den Arm, um Sophie zu zeigen, wo der Fremde stand. Doch in derselben Sekunde ließ ihn ein schriller Klingelton abermals erschrocken zusammenfahren.

»Verdammt, mein Handy!«, rief er aus. Hastig zog er das Gerät aus der Hosentasche, um es zum Verstummen zu bringen. Als er wieder aufsah, war die Gestalt verschwunden, so gründlich, als hätte sie sich in nichts aufgelöst. »Er ist weg«, sagte er und sah sich irritiert um.

»Wer ist weg?«, fragte Sophie ängstlich.

»Der Mann …«

»Du hast einen Mann gesehen?«

»Ja. Das heißt: vielleicht. Ich bin mir nicht sicher. Es könnte auch eine Frau gewesen sein. Oder …«

»Oder doch ein Tier?«

Wieder klingelte das Telefon. Er las den Namen des Anrufers: »Burkhard, dein Bruder.« Er gab Sophie einen Stups. »Lass uns von hier verschwinden«, schlug er vor und nahm den Anruf an.

Zunächst druckste sein Ältester herum, erkundigte sich nach dem Wetter und danach, wie er denn mit Sophie zurechtkam. »Die Kleene kann ja manchmal eine ganz schöne Nervensäge sein.«

Keller gab sich Mühe, sich seine Anspannung nicht anmerken zu lassen, während sie eiligst den Wald verließen. »Ich kann mich nicht beklagen«, sagte er. »Noch kommen wir gut miteinander aus. Falls sich das ändert, kann sich jeder in seine Kabine zurückziehen. Und wie läuft es bei euch? Wie geht's den Kindern und deiner Frau?«

Alles laufe wie üblich, antwortete Burkhard und erzählte von bestandenen Schwimmabzeichen und Schulnoten mit Luft nach oben. Dann berichtete er von seiner Tierarztpraxis, die aus allen Nähten platze, und dass er ernsthaft darüber nachdenke, sich nach einem Kompagnon umzusehen. »Die Leute rennen mir die Bude ein mit ihren Lieblingen: hinkende Hunde, Katzen mit Sehschwäche und altersschwache Zwergkaninchen. Neulich kam sogar einer mit seinem Goldfisch, dessen Schuppen ausgebleicht waren. Mein Wartezimmer ist voll bis unter die Decke.«

Das alles war durchaus interessant, trotzdem merkte Keller, dass sein Sohn ihm etwas vorenthielt: nämlich den wahren Grund für seinen Anruf. Deshalb wurde er deutlich: »Du weißt, dass ich mich immer freue, wenn ihr euch bei mir meldet. Na ja, fast immer. Aber du weißt auch, dass ich es nicht leiden kann, wenn ihr versucht, mich zu überwachen.«

»Was soll denn das heißen?«, tat Burkhard empört.

»Genau das, was ich gesagt habe. Weshalb rufst du wirklich an?« Sie hatten jetzt den Waldrand erreicht. Auf dem Feldweg empfing sie die Wärme der Sonne. Keller konnte Sophie ansehen, wie erleichtert sie darüber war. Endlich raus aus dem unheimlichen Dickicht!

»Weshalb ich anrufe?« Zunächst gab sich Burkhard beleidigt, räumte dann jedoch ein: »Sophies Insta-Story hat uns misstrauisch gemacht.«

»Ihre Insta… was?«

»Instagram, dieser Onlinedienst zum Teilen von Fotos und Videos. Sophie postet darauf normalerweise täglich Bilder.«

»Ja und?«

»Seit zwei Tagen ist damit Schluss«, stellte Burkhard fest. »Kein einziger Post mehr, und das ausgerechnet während einer Reise. Deswegen haben wir uns Gedanken gemacht und uns gefragt, ob sie vielleicht krank geworden ist oder kein Netz hat oder …«

»Oder anderweitig beschäftigt ist«, vollendete Keller den Satz.

»Ja. Anderweitig«, bestätigte Burkhard seine Vermutung. »Kann es sein, dass ihr beide, Sophie und du, an irgendeiner Sache dran seid?«

»Eine Sache?«, fragte Keller, wusste aber natürlich sofort, um was es Burkhard ging. Also weihte er ihn ein, wobei er sich bemühte, die Sachlage nicht dramatischer als unbedingt nötig darzustellen.

Trotzdem reagierte Burkhard besorgt: »Lass dich da bloß nicht in etwas hineinziehen«, riet er. »Mit dem Schicksal dieses Mädchens hast du nichts zu schaffen.«

»Das sehe ich anders. Immerhin kenne ich sie persönlich, und sie ist von meinem Boot verschwunden, also bin ich betroffen. Und als Zeuge muss ich mich allemal zur Verfügung halten.«

»Als Zeuge vielleicht, aber nicht als Ermittler«, erklärte Burkhard streng.

»Vorerst ermitteln wir ohnehin nur auf der kulinarischen Ebene«, konterte Keller, der die Vorlieben seines Sohnes sehr wohl kannte. »Ist dir eigentlich bewusst, für was sich Senf alles verwenden lässt? Hierzulande wird er bei zahlreichen Gerichten zugefügt. Als besondere Note …«

Tatsächlich stieg Burkhard darauf ein und erkundigte sich, ob Keller denn schon das eine oder andere landestypische Gericht probiert habe. Das Telefonat endete ebenso harmonisch wie unverbindlich, sodass Keller das Handy alles in allem zufrieden wegstecken konnte.

»Was passiert jetzt?«, erkundigte sich Sophie, nachdem sie wieder am Hausboot angekommen waren. Sie war noch immer blass um die Nase.

»Jetzt kappen wir die Taue und legen ab«, entschied Keller, der seine Tochter keinesfalls einem weiteren möglichen Risiko aussetzen wollte. Zwar war er sich inzwischen nicht mehr sicher, ob er im Wald wirklich jemanden gesehen hatte oder ob es eher so etwas wie eine Halluzination gewesen war, dennoch wollte er es nicht darauf ankommen lassen. Also gab es für ihn jetzt nur eines: »Auf nach Dijon!«, rief er aus.

7

Für die schnurgerade Passage mit ihren vielen Schleusen benötigten sie den Rest dieses Tages und fast den ganzen folgenden. Keller stellte stolz fest, was für ein eingespieltes Team Sophie und er dabei abgaben. Sie wechselten sich am Steuer ab oder halfen beim Festmachen in den Schleusenbecken. Jeder Handgriff saß.

Sie waren beschäftigt und gönnten sich kaum Pausen, was die bösen Geister aus Kellers Kopf vertrieb. Der Mann aus dem Wald war für ihn jetzt nur noch ein Phantom aus seiner Fantasiewelt, er hatte sich da wohl in etwas hineingesteigert. Das wohltuend langsame Gleiten auf dem Wasser führte ihm aber auch vor Augen, dass er sich für die richtige Gegend entschieden hatte: Reisende, die wie er mit den Konventionen brachen und das Öffnen ihrer Sinne dem schrillen Trubel überlaufener Küstenstreifen vorzogen, waren im Burgund bestens aufgehoben. Hier stand das Wohlbehagen an erster Stelle.

Es war später Nachmittag, als sie den Freizeithafen von Dijon erreichten. Eine freundliche, um die kleine Insel Île aux Canards herum gebaute Anlage, eine grüne Idylle inmitten des blau schimmernden Wassers. Der Kanalkarte hatte Keller entnommen, dass es von hier aus bis in die Altstadt bloß wenige Gehminuten waren. Umso besser, so konnten sie gleich nach dem Anlegen erste Eindrücke sammeln.

Während Sophie die Taue verzurrte, erledigte Keller die Formalitäten bei der *Capitainerie*. Sicherheitshalber trug er noch keinen Abfahrtstag in das Formular ein, den Zeitpunkt der Weiterreise wollte er sich offenhalten.

Der Kanalführer, den ihm der Bootsverleiher mitgegeben hatte, schlug vor, wahllos irgendeinen Weg durch die zahlreichen Gassen zu nehmen. Dabei entdecke man ganz von selbst die herrlichen Baudenkmäler und könne die besondere Atmosphäre dieser schönen Stadt genießen. Keller fand das gut, denn er verschaffte sich immer gern einen Überblick, bevor er sich mit Details beschäftigte. Und da ihre Ziele, das Senfmuseum und die Boutella-Fabrik, sich ebenfalls in der Innenstadt befanden, lagen die Sehenswürdigkeiten ja quasi auf dem Weg.

Sie verließen das Hafenareal und überquerten zunächst das parallel zum Kanal verlaufende Flüsschen L'Ouche, bevor sie sich auf der Rue Monge den Turmspitzen und hoch aufragenden Dächern der Prachtbauten näherten.

Die Stadt atmete Geschichte, das spürte Keller auf Schritt und Tritt. Er hatte gelesen, dass sich Dijon seit den Zeiten der römischen Herrschaft als Brücke zwischen Nordeuropa und der Mittelmeerregion etabliert hatte und das Beste aus beiden Welten vereinte. Im 14. Jahrhundert ließen die Herzöge Burgunds aus dem Hause Valois hier einen der glanzvollsten Herrscherhöfe Europas errichten; Dijon wurde in jener Zeit Sitz des Ritterordens vom Goldenen Vlies.

Auf diesen Palast trafen sie, nachdem sie einen halbkreisförmigen Platz betreten hatten, dessen Charme sie sofort faszinierte. Die majestätische Ausstrahlung des Gebäudes kontrastierte mit dem quirligen Leben auf dem Platz davor, sommerlich gekleidete Urlauber mit fröhlichen Kindern mischten sich mit Anzugträgern aus den Büros, die sich in einem der zahlreichen Straßencafés ein Feierabendgetränk gönnten. Gruppen einheimischer Jugendlicher trafen sich, und Rentner spazierten gemütlich herum. Eine Vielfalt von Sprachen war zu vernehmen, oft Englisch und Spanisch, aber auch andere europäische und asiatische Idiome. Insgesamt herrschte ein sehr internationales Flair. Das lag an den zahlreichen Touristen, aber nicht nur: Keller hatte einmal gehört, dass Dijon auch einen guten Ruf als Universitätsstadt genoss. Die Studenten aus aller Herren Länder brachten noch mehr Lebendigkeit in die geschichtsträchtigen Straßen.

Versonnen sah er sich um und fragte sich: Wie hätte seiner Helga diese muntere Stadt gefallen? Welche wohlgewählten Worte hätte sie gefunden? Vielleicht hätte sie gesagt: Unter einer recht provinziellen Hülle schlummern ein kultivierter Geist, französischer Schick und ein Hang zum modernen Design. Der perfekte Ort für Ästheten und Genussmenschen.

»Der Place de la Libération ist übrigens vom Architekten Hardouin-Mansart angelegt worden, man zählt ihn zu den schönsten Plätzen Frankreichs«, wusste Sophie, die schon wieder ihr Handy in der Hand hielt. »Der Architekt ist derselbe Typ, der auch Schloss Versailles entworfen hat. Im Palast gibt es sogar ein Kunstmuseum. Soll sehenswert sein.«

Sie holten sich zwei *Café frappé* zum Mitnehmen und ließen sich weiter durch die Straßen treiben, vorbei an noch mehr Renaissancegebäuden, Kirchen und stolzen Stadtpalais. Keller hatte Mühe, seine Tochter davon abzuhalten, in nahezu jede der zahllosen Boutiquen zu gehen, an denen sie vorbeikamen.

»Dafür bleibt dir morgen noch genug Zeit«, vertröstete er sie, denn er wollte das Senfmuseum unbedingt noch während der Öffnungszeiten erreichen.

Besagtes Museum erwies sich als ein historisches Senfgeschäft, das zugleich eine Feinkosthandlung war. In einem Eckhaus an der Rue de la Liberté untergebracht, beeindruckte es schon von Weitem durch seine Fassade aus eingelassenem Holz, lackschwarzem Dekor und großen Fenstern, hinter denen sich edel gestaltete Senfbottiche aus Porzellan und kunterbunte Geschenkpackungen stapelten. Der Name des Geschäfts, *La Maison Maille Dijon,* prangte in goldenen Lettern darüber.

Als sie den Laden betraten, dessen Interieur an eine alte Apotheke erinnerte, merkten sie gleich, dass sie nicht die Einzigen waren, die sich für Senf interessierten. In dem liebevoll eingerichteten Geschäft tummelten sich viele Kunden, vorwiegend Touristen, um sich Mostrich in diversen Geschenksets, Brotaufstriche sowie hübsche Töpfchen und altmodische Tiegel als Souvenir einpacken zu lassen. Hier wurde Senf zelebriert und seine Kultur gefeiert.

Trotz des Andrangs behielt das Personal die Ruhe und die Übersicht: Es dauerte keine Minute, bis Keller von einer Frau im – senffarbenen – Kostüm angesprochen wurde, ob sie ihm weiterhelfen könne.

»Das hoffe ich«, sagte er lächelnd und bekannte freimütig, dass er sich das erste Mal in Dijon aufhalte und gern mehr über die Senftradition erfahren würde.

Damit traf er bei der Verkäuferin auf offene Ohren. Sie geleitete Sophie und ihn in den hinteren, weniger frequentierten Teil des Ladens, wo eine Reihe großformatiger Schwarz-Weiß-Bilder die Blicke auf sich zog.

»1747 gründete Antoine Claude Maille die berühmte gleichnamige Marke«, erklärte sie, »und die Firma wurde im Verlauf des 18. Jahrhunderts offizieller Hoflieferant europäischer Kaiser- und Königshäuser. Ganz in der Tradition seiner Vorgänger belieferte auch Robert Maille im

19. Jahrhundert die bedeutendsten Herrscher, beispielsweise Louis XVIII. und den englischen König Charles X.«

Senf sei viel mehr als ein scharfer Begleiter von Wurst oder Ei, betonte sie. Senf ziehe sich wie ein roter Faden durch die Menschheitsgeschichte und sei seit Jahrhunderten eines der am weitesten verbreiteten Gewürze. Schon in der Bibel werde Senf erwähnt, und man könne davon ausgehen, dass ihn die Chinesen bereits vor dreitausend Jahren kultiviert hätten. »Die Römer haben ihn in Europa bekannt gemacht und nicht nur als Lebensmittel verwendet, sondern auch als Medizin, zum Beispiel gegen Hysterie, Schlangenbisse und die Pest«, erzählte sie. Später sei es in Mode gekommen, ungegorenen Traubensaft – also Most – mit Senfkörnern zu würzen. »Aus ›Most‹ leitet sich vermutlich der heutige Name *moutarde* ab, ebenso wie das englische *mustard* und der deutsche Mostrich.«

Interessant, fand Keller und ließ sich zeigen, was man alles aus Senf machen konnte.

»Der Dijon-Senf ist eine ganz besondere Spezialität«, erklärte die Verkäuferin mit einer Begeisterung, die Keller mitriss. Sie führte die beiden vor ein Regal mit verschieden etikettierten Bottichen. »Es gibt ihn von scharf bis süß und mild, mit Kräutern oder nach alter Art.«

Und das war längst nicht alles. Sophie entdeckte in der großen Auswahl sogar so unglaubliche Geschmacksrichtungen wie Aprikose, Trüffel oder Blauschimmelkäse.

»Die Franzosen packen da wohl so gut wie alles rein«, raunte sie ihrem Vater zu und griff nach einem Probierlöffel. »Aber es schmeckt einfach super!«

»Das kann ich nur unterstreichen«, meinte Keller genüsslich. »Schade nur, dass die goldenen Zeiten zu Ende gehen.«

Die Verkäuferin, die das mitgehört hatte, neigte den Kopf. »Ich verstehe nicht, Monsieur. Was meinen Sie?«

»Nun – Dijons Zeit als Hauptstadt der Senfproduktion liegt schon eine Weile zurück, wenn ich mich nicht täusche. Es sind nicht mehr viele Unternehmen übrig geblieben, die Senfindustrie liegt offenbar in den letzten Zügen.«

Die Frau lächelte noch immer, wenn auch ziemlich gezwungen. »Ganz so schlimm ist es um Dijons Aushängeschild nicht bestellt. Schauen Sie sich doch um: Wir schöpfen noch immer aus dem Vollen.« Nach einer Pause fuhr sie fort und sagte, allerdings deutlich leiser: »Aber Sie haben schon recht. Viele der großen Namen sind inzwischen verschwunden. Umso wichtiger ist es, dass Familienunternehmen wie das der Boutellas weitermachen.«

Das Gespräch lief in die gewünschte Richtung, stellte Keller zufrieden fest. »Ein klangvoller Name«, sagte er. »Sie haben ziemlich viele Boutella-Produkte im Sortiment, wie ich bemerkt habe. Das spricht wohl für deren Qualität.«

»Seit Jahrzehnten unerreicht«, bekräftigte die Verkäuferin. »Die Boutellas beherrschen ihr Handwerk, das schmeckt man. Wenn es Sie interessiert, können Sie sich selbst ein Bild machen: In der Fabrik der Familie Boutella werden Besucherführungen angeboten. Ein Blick hinter die Kulissen lohnt.«

Keller ließ sich mehrere Sorten Senf einpacken, mit denen er später in seiner Bordküche experimentieren wollte. Als sie wieder vor der Tür standen, warf er einen Blick auf sein Handy. Er hatte von derselben Telefonnummer mehrere Anrufe in Abwesenheit erhalten; wahrscheinlich hatte er das Klingeln im Getümmel überhört. Es handelte sich um eine französische Nummer, die er nicht kannte. Seltsam. Wer mochte das gewesen sein? Der Bootsverleiher?

Egal, zunächst stand ein Besuch in der Senffabrik an; mit etwas Glück würden sie heute noch eine Führung erwischen. Aber sie mussten sich beeilen. Der Rückruf konnte warten.

8

Sie kamen gerade rechtzeitig: Am Tor des klassischen Industriebaus in Ziegelrot, der mit seinen vielen Türmchen, Giebeln und verspielten Ornamenten ein wenig an ein Schloss erinnerte, trafen sie auf eine Mitarbeiterin, die ihnen bereitwillig den Weg wies.

»Die letzte Führung für heute hat eben begonnen«, sagte sie und zeigte in den gepflasterten Innenhof, wo Lieferwagen mit dem verschnörkelten Namenszug Boutella parkten. »Immer geradeaus und dann links, dort ist das Besucherzentrum. Wenn Sie sich beeilen, erwischen Sie die Gruppe noch und können sich anschließen.«

»Besucherzentrum« schien Keller ein etwas hochtrabender Begriff für den quadratischen gekachelten Raum zu sein, den sie wenige Minuten später betraten. An den Wänden hingen großformatige Abzüge alter Fotografien, die einzelne Stadien der Senfherstellung irgendwann zu Beginn des letzten Jahrhunderts zeigten. In der Mitte des Raums scharte sich ein knappes Dutzend Interessierter um einen jungen Mann, den sein Namensschild als Tourguide auswies. Seine Zuhörer waren im Rentenalter, mit Ausnahme eines Paares mit Kind, das schon zu Beginn der Führung gelangweilt an die Decke starrte.

Keller und Sophie stellten sich dazu und hörten zu, was der Touristenführer zu sagen hatte. Wie Keller schnell merkte, hatte der junge Mann – genau wie die Verkäuferin aus dem Senfmuseum – Spaß an seinem Job, denn statt sein Wissen nur herunterzuleiern, erzählte er sehr lebendig und mit Elan. Es war eine Freude, ihm zu lauschen.

»*Moutarde* besteht in erster Linie aus dem Samen der Senfpflanze, ein Kraut mit gelben Blüten, ganz ähnlich dem Raps. Das Senfkorn selbst ist sehr klein und misst nur wenige Millimeter im Durchmesser. Seine Farbe variiert von Gelb über Ocker bis Tiefbraun.«

Sie erfuhren, dass die Stadt Dijon im 13. Jahrhundert ein Monopol auf die Senfherstellung erhalten habe. Dieses Recht machte die Stadt reich und wurde über Generationen erfolgreich verteidigt. Irgendwann war natürlich Schluss mit diesem Privileg, und spätestens mit Beginn des freien Welthandels mussten sich die stolzen Senfbarone mit weltweiter Konkurrenz auseinandersetzen.

»Dijon-Senf muss – so schreibt es der Kodex vor – aus braunen Senfkörnern hergestellt werden«, wusste der Guide. »Die Körner werden über Siebschleudern mit feinen Löchern gezogen, die Schalen bleiben im Inneren zurück, und nur der Senfkern wird weiterverarbeitet. Wie das funktioniert, schauen wir uns gleich an.«

Sie verließen den Raum mit den Bildern und folgten dem Gästeführer über den gepflasterten Hof bis in eine Fabrikationshalle mit einem Maschinenpark, so altertümlich wie anno dazumal. Im Vorbeigehen bewunderte Keller voluminöse gusseiserne Halbkugeln, mit daumendicken Schrauben verbundene Rohrleitungen, gewaltige Trichter und Stahlgerüste. Ein sonores Dröhnen füllte den saalartigen Raum, in der Luft hing ein eigentümlicher Geruch nach Essig und Gewürzen, worunter sich der Gestank von Schmierstoff mischte.

»Traditionell werden die Senfkörner für den Dijon-Senf nicht entölt, das verleiht ihm ein besonders volles Aroma«, erklärte der junge Mann an der Spitze. »Der klassische Dijon-Senf ist scharf und fein gemahlen. Eine beliebte Variante ist auch der Estragonsenf.«

»Das macht er gut«, raunte Sophie ihrem Vater zu.

Der war sich nicht ganz sicher, ob es wirklich der Vortrag war, der es seiner Tochter angetan hatte, oder vielmehr der junge Führer selbst. Denn ganz, wie es Sophie mochte, handelte es sich um einen unkonventionellen, lässigen Mann vom Typ Student mit Nebenjob. Ein schlaksiger Kerl mit verwegen frisiertem schwarzem Haar und Tattoos auf dem linken Oberarm, auf dem anderen Arm klebte ein großes Pflaster. Dass er die obersten Knöpfe seines Hemdes mit aufgesticktem Boutella-Logo offen stehen ließ, sprach ebenfalls für seine Lockerheit.

Ehe Keller sich's versah, arbeitete sich Sophie bis an die Spitze der Gruppe vor und sprach den Guide an: »Was hat es mit diesem Entölen auf sich?«, wollte sie wissen. »Wieso liegt da der Unterschied zu anderen Senfsorten?«

Der Mann taxierte sie kurz und grinste. Ihm schien zu gefallen, dass die Frage von einem hübschen jungen Mädchen kam. »Sie sind Deutsche, ja?«, erriet er aus Sophies Akzent. »Bei Ihnen zu Hause verarbeitet man vorbehandeltes Senfmehl. Dem englischen Verfahren liegt die Verarbeitung von Senfpulver zugrunde. In Dijon dagegen benutzen wir die gesamte Senfsaat – und erzielen dadurch das volle Aroma.« Er deutete auf die Maschinen, an denen sie entlanggingen, und erklärte: »Die Senfherstellung läuft in mehreren Schritten ab: Zunächst werden die Körner gereinigt, gesiebt und durch ein starkes Gebläse von Fremdbestandteilen befreit. Anschließend werden sie in einer Poliermaschine blank geputzt. Das Ergebnis sehen Sie hier.« Mit diesen Worten griff er in einen Bottich und präsentierte die akkurat gereinigten Körner auf der Handfläche.

Während sie langsam weitergingen, musste der Guide seine Stimme heben, um gegen den Lärm der Maschinen anzukommen. Keller und Sophie erfuhren, dass die Körner zwischen Walzen geschrotet und das Senfschrot in weiteren Schritten gemaischt, gemahlen, gekühlt und entlüftet wurde. In voluminösen Silos lagerte der Rohsenf dann, um zu reifen. Erst nach Beendigung des Reifeprozesses werde der Senf zur Creme verrührt, verkaufsfertig abgefüllt, etikettiert und ausgeliefert, erläuterte der Tourguide.

Inzwischen standen sie in der nächsten Halle, die von Förderbändern dominiert wurde. Das Pfeifen und Surren der Antriebe und Rollen machte es schwer, sich verständlich zu machen. Sophie versuchte es trotzdem, denn ihr brannten weitere Fragen unter den Nägeln. Oder suchte sie bloß einen Vorwand, um mit dem Mann im Gespräch zu bleiben?, fragte sich Keller unwillkürlich.

Wie auch immer, seine eigene Aufmerksamkeit richtete sich auf etwas ganz anderes: Am Ende eines der Förderbänder sah er zwei Männer, die gestenreich miteinander diskutierten. Der Kleidung nach zu urteilen, handelte es sich um einen Arbeiter und dessen Vorgesetzten. Zwar konnte Keller kein Wort von dem verstehen, was die beiden sprachen. Doch allein die Art und Weise, wie sie miteinander umgingen, verriet ihm, dass es sich um eine Auseinandersetzung handelte.

»Wie prüfen Sie Ihre Rohstoffe?«, hörte er seine Tochter fragen. »Ich meine: Woher weiß man, ob Senfkörner für die Verarbeitung überhaupt geeignet sind oder nicht?«

»Sie werden natürlich einer Kontrolle unterzogen«, lautete die Antwort. »Zum Beispiel muss der Wassergehalt stimmen: Etwa acht Prozent sollten es schon sein. Ist er höher, müssen die Körner nachgetrocknet werden. Bei zu hoher Trockenheit dagegen können Enzyme geschädigt werden …«

Keller war mit seinen Gedanken woanders. Zu gern hätte er gewusst, um was es bei dem Disput zwischen den beiden Männern ging. Doch sie standen einfach zu weit entfernt, er konnte kein einziges Wort aufschnappen.

»Und woher bekommt der Senf seinen einzigartigen Geschmack?«, fragte Sophie munter weiter. Auch wenn Keller nur mit halbem Ohr zuhörte, musste er anerkennen, dass sich das Französisch seiner Tochter mehr und mehr verbesserte.

»Sie möchten es im Detail wissen? Gern: Um die gewünschte Schärfe und Würze zu erreichen, werden die verarbeiteten Körner unter Zugabe von Wasser, Essig und Gewürzen eingemaischt«, antwortete der Führer. »Wichtig ist dabei, dass die Maische ständig gerührt wird, damit sie nicht verklumpt.«

Keller beschloss, sich von der Gruppe abzusetzen. Da der Tourguide ohnehin nur noch Augen für Sophie hatte, nutzte er die Chance und ließ sich einige Meter zurückfallen. Unauffällig und langsam näherte er sich den beiden Streithähnen schließlich bis auf Hörweite. Während er aufmerksam lauschte, hielt er sich im Sichtschatten eines kupferfarbenen Speichers.

»Auch wenn Sie es mir hundert Mal versprechen: Allmählich glaube ich gar nichts mehr!«, schimpfte der Arbeiter, ein stämmiger Mann Ende fünfzig im Blaumann und mit einem schmutzig weißen Schutzhelm auf dem Kopf. In der Hand hielt er eine große Rohrzange, woraus Keller schloss, dass er einen Maschinenschlosser vor sich hatte.

Diese Annahme bestätigte sich mit den nächsten Worten des Mannes: »Immer wieder fällt etwas aus. Mal streiken die Bänder, dann hakt das Mahlwerk, heute früh sind die Temperaturfühler am Maischebottich ausgefallen. Was sind denn das für Zustände? Die ganze Fabrik ist ein Schrotthaufen!«

»Mäßigen Sie sich, Maurice!«, forderte ihn sein Gesprächspartner auf, ein etwa gleichaltriger Mann im Anzug. »Wir kümmern uns schon darum. Ersatzteile sind unterwegs.«

»Das können Sie vielleicht dem Lehrling erzählen, aber nicht mir«, echauffierte sich der aufgebrachte Arbeiter weiter. »Wissen Sie eigentlich, wie viele Überstunden ich angehäuft habe, bloß um den Laden am Laufen zu halten? Ohne Leute wie mich würde kein einziges Glas Senf mehr das Werkstor verlassen.«

»Wir wissen Ihren Einsatz zu schätzen, Maurice. Aber hier und jetzt können wir das nicht ausdiskutieren. Kommen Sie nach Ihrer Schicht in mein Büro. Sie wissen: Meine Tür steht immer offen.«

Der Schlosser winkte ab. »Das Ganze hat doch Methode«, sagte er abfällig. »Sie können mir nicht weismachen, dass es ein Zufall ist, wenn eine Maschine nach der anderen den Geist aufgibt.«

»Was meinen Sie?«, fragte der Anzugträger verhalten.

»Was ich meine? Das wissen Sie sehr genau, weil es nämlich die Spatzen von den Dächern pfeifen: Die Boutella-Werke sind ein Auslaufmodell, hier wird kein Geld mehr investiert. Dass die Technik nach und nach versagt, wird ganz bewusst in Kauf genommen. Über kurz oder lang wird man die Produktion stilllegen und die Markenrechte verscherbeln. Ist es nicht so?«

»Maurice, ich sage es Ihnen noch einmal im Guten: Dies ist weder der geeignete Ort noch die Zeit, um über solche Dinge zu reden.« Nervös sah sich der Vorgesetzte um.

Doch der Arbeiter blieb beharrlich: »Boutella wird denselben Weg gehen wie all die anderen Senfhersteller, am Ende wird nichts bleiben außer dem Namen. Wenn es anders wäre, hätte sie längst eine Betriebsversammlung einberufen und es uns mitgeteilt.«

»Sie?«

»Die junge Madame Boutella. Aber anstatt sich ihrer Belegschaft zu stellen, glänzt sie durch Abwesenheit.«

»Madame Boutella macht Urlaub.«

»Und wie lange noch? Es gibt nicht wenige, die glauben, dass sie nie zurückkehren wird.«

»Wie kommen Sie bloß auf so was?«

»Liegt es denn nicht auf der Hand? Weil sie kein Interesse an der Firma hat. Oder vielleicht …«

»Oder was?«

»Weil man nicht *will,* dass sie zurückkommt.«

»Jetzt reicht es aber, Maurice! Reißen Sie sich gefälligst am Riemen. Solche Andeutungen reichen längst für eine Abmahnung.«

Da sich der Mann im Anzug erneut umblickte, hielt es Keller für besser, seine Position aufzugeben. Leise verließ er seinen Horchposten und kehrte betont langsam zu der Besuchergruppe zurück.

Diese hatte mittlerweile das Ende der Fabrikationshalle erreicht und war auf dem Rückweg zum Souvenirshop. Keller schloss auf und hielt nach Sophie Ausschau. Zurück im Besucherraum betonte der Guide abermals die hohe Qualität und Einzigartigkeit der Boutella-Produkte und schaffte es auf seine charmante Art, dass nahezu alle Teilnehmer Mitbringsel kauften: von einer Minipalette mit Senfproben bis zum Boutella-Logo als Kühlschrankmagnet.

Wie Keller feststellte, war Sophie während seiner kurzen Abwesenheit nicht untätig geblieben. Sie nannte den Guide inzwischen beim Vornamen: Victor. Kaum hatte sie ihren Vater erspäht, zog sie ihn am Ärmel herbei und stellte ihm den Gästeführer vor.

»Freut mich«, sagte Victor, während die Besucher nach und nach den Laden verließen. »Sophie hat erzählt, dass Sie mit dem Hausboot unterwegs sind. So was könnte mir auch gefallen. Aber eher mit Segeln und auf dem offenen Meer.«

Das glaube ich dir sofort, dachte sich Keller und registrierte aus der Nähe ein weiteres Tattoo am Hals sowie ein Armband und eine Halskette. Ihn wunderte, dass der Mann den Schmuck während der Arbeit tragen durfte. Immerhin handelte es sich um einen Lebensmittelhersteller mit entsprechenden Hygieneauflagen. Andererseits, Victor war ja bloß ein Tourguide.

Sophie blieben Kellers prüfende Blicke nicht verborgen. Unauffällig knuffte sie ihn und sagte: »Victor weiß wirklich gut Bescheid. Nicht nur über den Senf, sondern über eine ganze Menge anderer Dinge.«

Victor schürzte die Lippen. »So viel ist es auch wieder nicht. Ich habe auf Sophies Bitte bloß einen kleinen Blick in die Zukunft geworfen.«

»So?« Keller horchte auf. »In die Zukunft der Boutella-Werke? Wie man hört, kursieren Gerüchte über einen Verkauf.«

Victor hob und senkte die Schultern. »Was die Leute so behaupten …«

»Sag meinem Vater bitte, was du mir gerade verraten hast«, bat Sophie und kam Victor dabei näher, als es Keller recht war.

»›Verraten‹ ist wohl nicht der richtige Ausdruck«, wiegelte Victor ab. »Sogar die Zeitung hat schon darüber berichtet: Ja, es gibt wohl Überlegungen, die auf einen Verkauf abzielen. Spätestens seit dem Tod des Besitzerehepaares schießen solche Gerüchte ins Kraut.«

»Klingt spannend«, bemerkte Keller und forderte ihn auf, weiterzusprechen.

Victor ließ sich nicht lange bitten, und zu Kellers Glück trug der junge Mann sein Herz auf der Zunge: Die Erbin, die demnächst das Ruder in die Hand nehmen werde, habe angeblich Pläne, das ganze Areal umzuwandeln und für Kleingewerbe, Dienstleister und Loftwohnungen zur Verfügung zu stellen, berichtete er. »Was meiner Meinung nach auch vernünftig ist, angesichts des Preisdrucks durch die internationale Konkurrenz.«

»Der Preisdruck, ja, das ist sicherlich ein Argument«, sagte Keller nachdenklich. »Wann wird sie ihre Entscheidung öffentlich verkünden?«

»Keine Ahnung. Ich nehme an, wenn sie aus den Ferien zurück ist.«

»Manche behaupten ja, sie wäre nur deshalb so lange unterwegs, weil sie sich davor drücken will, vor die Mitarbeiter zu treten.«

»Ist das so?« Victor ging zur Schalterleiste neben einer der Verkaufsvitrinen und knipste das Deckenlicht aus. »Ich hoffe, Ihnen hat die Tour gefallen«, sagte er und wandte sich zur Tür. Keller und Sophie folgten ihm nach draußen.

»Ja, sehr sogar«, antwortete Sophie lächelnd.

Fehlte bloß noch, dass sie ihn um seine Handynummer bat, dachte sich Keller.

Bevor sie auseinandergingen, nahm Keller den Gästeführer noch einmal zur Seite und sagte: »Halten Sie mich bitte nicht für übertrieben neugierig, aber die Sache interessiert mich nun mal: Könnte es noch andere Gründe für Odiles Abwesenheit geben?«

»Andere Gründe?« Victor sah ihn fragend an.

»Womöglich hat jemand ein gesteigertes Interesse daran, sie von der Fabrik fernzuhalten. Oder wie erklären Sie sich, dass niemand zu wissen scheint, wo Odile sich aufhält?«

Bei der Erwähnung von Odiles Namen huschte ein Schatten über das Gesicht des jungen Mannes. Für einen Moment schien sich seine Unbeschwertheit zu verflüchtigen. Hinter vorgehaltener Hand verriet er seinen ganz persönlichen Eindruck: »Ich glaube, es fällt ihr nicht leicht, zurückzukommen. Sie müssen wissen: Monsieur Boutella, ihr Vater, war quasi Tag und Nacht im Betrieb. Er wollte die Zukunft der Fabrik durch noch mehr Sortenvielfalt retten und mit besserer Vermarktung den Umsatz ankurbeln. Aber in der Belegschaft wurde schon länger getuschelt, dass das ein Kampf gegen Windmühlen war. Daher will es die neue Chefin anders machen – und hat vielleicht ein wenig Angst vor diesem Schritt. Verständlich, oder?«

»Sie wittern also nicht so etwas wie eine Verschwörung gegen sie?«

Der leutselige Gästeführer machte große Augen. »Für normale Touristen seid ihr echt ziemlich neugierig.«

Sophie entgegnete diesen leisen Vorwurf mit einem weiteren Lächeln. »Das liegt uns wohl im Blut. In seinem früheren Leben war mein Vater …«

»Journalist?«, riet Victor und stimmte in ihr Lachen ein. »Na, dann wundert mich gar nichts mehr. Ein Bekannter von mir arbeitet auch für die Presse. Wir ziehen ihn immer damit auf, dass er ein Gen mehr hat als normale Menschen: das Fragen-Gen.«

Keller ließ das so stehen und meinte: »Macht sich im Unternehmen denn niemand Sorgen um die junge Boutella?«

»Und wieder eine Frage!«, rief Victor. »Eigentlich nicht. Dass sie sich nicht meldet, passt zu ihr. Odile Boutella hat schon immer gemacht, was sie wollte, und ihren Vater damit oft zur Weißglut getrieben. Dies hier ist ein Familienbetrieb, da bleiben solche Dinge nicht im Verborgenen. Jeder hier weiß, wie Odile tickt – und dass sie immer ihr eigenes Ding durchzieht.« Nach kurzem Nachdenken fuhr er fort: »Sie nimmt eben eine Auszeit. Wie lange? Weiß der Kuckuck.

Aber irgendwann wird sie wieder auftauchen, so viel ist sicher.«

Nachdem sie sich von ihrem auskunftsfreudigen Begleiter getrennt und das Fabrikgelände verlassen hatten, wollte Keller von seiner Tochter wissen: »Er hat dir gefallen, was?«

»Victor?« Sophie stieß ein leises Kichern aus. Ganz ähnlich dem, das sie als Teenager draufhatte, wenn sie ihrer Mutter eine neue Liebe beichtete. »Na ja, wie soll ich sagen? Ich finde, er hat eine erfrischende Art.«

»Erfrischend. Soso …«

9

Am Hafen erwartete sie eine böse Überraschung: Der Anleger des Hausbootes war von Polizeiwagen belagert, vier blau-weiße Einsatzfahrzeuge mit blinkenden Lichtern blockierten den Zugang zum Hafenbecken, umringt von Besatzungen anderer Boote und zahlreichen Schaulustigen. An Deck seines Hausbootes sah Keller mehrere Gendarmen. Das konnte nichts Gutes heißen.

»Setz dich in ein nettes Café und warte, bis ich mich melde«, wies er seine Tochter an. »Wo so viele Gaffer herumlaufen, kann die Presse nicht weit sein. Ich möchte nicht, dass dein Bild auf der Titelseite irgendeines Boulevardblatts auftaucht.«

»Aber was hat denn das alles zu bedeuten?«, fragte Sophie besorgt.

»Kannst du es dir nicht denken?«, entgegnete Keller sehr ernst. »Dass man sie gefunden hat.«

Keller schob sich vorsichtig durch die Menge der Neugierigen und gelangte unbehelligt an Bord. Einer der Gendarmen führte ihn unter Deck, wo Capitaine Giraud bereits auf ihn wartete. Keller fragte ihn nicht, woher er den Liegeplatz seines Bootes kannte, wie er in die Kajüte gelangt war, und auch nicht, ob er einen Durchsuchungsbefehl dabeihatte. Er wollte Schwierigkeiten vermeiden und sich kooperativ zeigen.

»Gut, dass Sie endlich gekommen sind. Ich habe schon mehrfach versucht, Sie auf Ihrem Handy zu erreichen«, sagte Giraud in seiner ruhigen und gleichzeitig unterschwellig bedrohlichen Art. »Setzen Sie sich.«

»Ich möchte lieber stehen«, antwortete Keller.

»Ganz, wie Sie mögen«, sagte der Capitaine und lehnte sich an die Kochzeile der kleinen Bordküche.

»Sie haben Neuigkeiten über Odile?«, fragte Keller.

»Das ist richtig«, bestätigte Giraud. »Leider sind das keine erfreulichen Neuigkeiten, wie Sie sich vielleicht schon denken können.«

Keller schwieg. Ihm war klar, was Giraud erreichen wollte: Keller sollte sich erkundigen, ob Odile tot war. Doch den Gefallen tat er ihm nicht, sondern wartete ab.

Giraud musterte ihn, dann nickte er mit einem matten Lächeln. »Gut. Sie sind ein Profi, genau wie ich. Lassen wir also die Spielchen. Ich werde Ihnen sagen, was passiert ist. Anschließend beantworten Sie mir ein paar Fragen. *D'accord?*«

»Beantworte ich diese Fragen immer noch als Zeuge?«

Giraud kniff die Augen zusammen. »Ja, immer noch als Zeuge.«

Keller nickte. »Dann geht das in Ordnung.«

Der Capitaine berichtete, dass ein Hund von Spaziergängern auf eine Frauenleiche gestoßen sei. Die Tote habe in dem Waldstück gelegen, vor dem Keller die Sonnenbrille gefunden habe. »Wie Sie ja wissen, ist das nicht weit entfernt von der Stelle, wo Ihr Schiff angelegt hatte, bevor Madame Boutella verschwand«, betonte er. »Wir konnten die Verstorbene inzwischen als Odile Boutella identifizieren.«

»Darf ich erfahren, wie sie zu Tode gekommen ist?«, fragte Keller, den die traurige Nachricht nicht mehr sehr überraschte.

»Durch den berühmt-berüchtigten stumpfen Gegenstand. Ihr Körper wies Anzeichen von starker äußerlicher Krafteinwirkung auf, konkret massive Schläge auf Rumpf und Kopf. Als todesursächlich erwiesen sich letztlich die starken Kopfverletzungen.« Nach dramaturgischer Pause ergänzte er: »Da muss jemand seine ganze Wut an ihr ausgelassen haben. Eine Ahnung, wer das gewesen sein könnte?«

»Das wird Ihnen gewiss Ihre Spurensicherung sagen, wenn sie Haut, Haare oder Textilfasern des Täters an der Toten findet.« Keller war bewusst, dass sein Gegenüber diese Antwort als Provokation auffassen konnte. Doch so war es nun mal: Würde Girauds Team seine Arbeit machen, wäre der wahre Täter sicherlich bald gefasst.

Aber der Capitaine gab sich damit nicht zufrieden. »Die Spaziergänger und ihr Hund waren nicht die Ersten, es hatten sich bereits Wildtiere an der Leiche zu schaffen gemacht. Das belegen diverse Biss- und Schürfwunden. Sie wissen, was das bedeutet?«

Ja, das wusste Keller. Eine diffuse Spurenlage. Wenn die Tote bewegt worden war, konnten dadurch mögliche Spuren des Täters verwischt worden oder verloren gegangen sein. Es konnte in so einem Fall nicht einmal davon ausgegangen werden, dass es sich bei dem Auffindeort der Leiche auch um den Tatort handelte, denn Wildtiere zerrten den Leichnam unter Umständen an eine ganze andere Stelle.

»Es gibt also nicht viel, worauf wir uns bei den Untersuchungen stützen können«, ließ Giraud durchblicken.

»Wenn sie sich gewehrt hat, könnten Ihnen Hautpartikel unter ihren Fingernägeln helfen«, sagte Keller nach längerem Nachdenken.

»Danke, daran haben wir natürlich auch schon gedacht«, entgegnete Giraud leicht gereizt. »Fest steht, dass wir einen Haufen Arbeit vor uns haben. Und das unter den wachsamen Augen der Öffentlichkeit. Unsere Tote war eine Prominente. Das heißt landesweite Schlagzeilen.«

»Das macht es nicht leichter«, fand auch Keller. »Doch Sie müssen sich damit ja nicht mehr lange beschäftigen. Jetzt, da es offensichtlich um ein Gewaltverbrechen mit tödlichem Ausgang geht, wird sich die Police nationale …«

Er kam nicht dazu, den Satz zu beenden, denn Giraud fiel ihm ins Wort: »Der Fall bleibt selbstverständlich bei der Gendarmerie. Wir haben ihn begonnen, wir werden ihn auch beenden.«

»Wenn das so ist, wie kann ich Ihnen helfen?«, fragte Keller und schaute den Capitaine offen an.

»Indem Sie kooperieren.«

»Das habe ich von Anfang an getan.«

»Das weiß ich auch zu schätzen. Ebenso wie die Tatsache, dass Sie uns ohne Umstände auf Ihr Boot gelassen haben, was uns eine Menge Papierkram erspart hat.«

Keller nahm diese Brüskierung hin; er saß ja am kürzeren Hebel.

»Sonst noch etwas?«, fragte er knapp.

»Halten Sie sich bitte zu unserer Verfügung«, sagte Giraud. »Sie können Ihre Fahrt fortsetzen, doch wir müssen Sie erreichen können.«

»Damit ich Ihnen weitere Fragen als Zeuge beantworten kann?«

»Wenn es ganz dumm läuft, muss ich Sie bitten, sich erkennungsdienstlich behandeln zu lassen. Sie wissen schon: Fingerabdrücke, Speichelprobe, das volle Programm.« Giraud ließ ein schmales Lächeln erkennen. »Aber so weit wird es hoffentlich nicht kommen.« Er löste sich von der Küchenzeile und machte Anstalten zu gehen.

Keller hielt ihn auf: »Hand aufs Herz, Capitaine. Weshalb nehmen Sie mich eigentlich nicht gleich fest? Immerhin bin ich Ausländer, es besteht Fluchtgefahr. Es dürfte für Sie ein Leichtes sein, Ihren Untersuchungsrichter davon zu überzeugen, einen Haftbefehl gegen mich auszustellen.«

Giraud ließ sich Zeit mit seiner Antwort: »Erstens wären Sie in null Komma nichts wieder auf freiem Fuß, wenn ich keine Beweise vorlegen kann. Und außerdem …«

»Außerdem?«

»Außerdem sind Sie mir als Zeuge lieber. Ich sperre nun mal ungern Kollegen ein.«

Die Gendarmen zogen sich zurück, ebenso wie kurz darauf auch die Schaulustigen. Keller wartete noch eine Weile, bevor er Sophie per WhatsApp grünes Licht gab. Einige Minuten später sprang sie an Bord und bombardierte ihren Vater mit Fragen. Keller versuchte, sie so gut wie möglich zu beantworten, doch Sophies Empörung blieb bestehen.

»Wie kannst du dir das nur gefallen lassen?«, ereiferte sie sich, während sie auf dem Deck hin- und herlief wie ein Raubtier im Käfig. »Dieser Kommissar geht wohl allen Ernstes davon aus, dass du etwas mit der Tat zu tun hast. Der wird sich regelrecht daran festbeißen, anstatt nach anderen Möglichkeiten zu suchen.«

»Nein, Sophie, ich bin davon überzeugt, dass er in alle Richtungen ermittelt«, sagte Keller so ruhig wie möglich. Er legte seine Hand auf den silbern glänzenden Handlauf der Reling und erklärte: »Capitaine Giraud macht auf mich einen erfahrenen Eindruck. Ich bin bestimmt nicht der einzige Kandidat auf seiner Liste, er wird sich mit Sicherheit auch im familiären Umfeld von Odile umhören. Die Verwandtschaft befragen und herausfinden, ob sie einen festen Freund oder Sexualpartner hatte. Denn der erste Verdacht bei einem Tötungsdelikt geht immer in Richtung einer Beziehungstat. Und dann drängt sich noch das Motiv Habgier auf: Wie es aussieht, war Odile als Erbin eines großen Betriebes ja eine vermögende Frau. Nicht zuletzt wird man sich auch in der Fabrik selbst umhören, genau wie wir es getan haben.«

»Dann begreife ich es erst recht nicht: Warum lassen sie dich nicht in Ruhe?«

»Weil Giraud verpflichtet ist, jeder Spur nachzugehen, und dabei kann er mich nicht ausklammern. Außerdem muss er darum kämpfen, diesen prestigeträchtigen Fall nicht zu verlieren. Denn sollte er nicht sehr bald Fortschritte erzielen, fällt die Sache doch noch an die Police nationale, da bin ich sicher. Beide Polizeibehörden unterstehen unterschiedlichen Ministerien und sind einander nicht grün. Das ist eine besondere Eigenheit hier in Frankreich.«

»Ich verstehe«, sagte Sophie, wirkte jedoch nicht restlos überzeugt. »Ich finde trotzdem, du solltest dich irgendwie absichern«, ergänzte sie mit gekräuselter Stirn.

»Wie meinst du das?«

»Hol dir Hilfe.«

»Du sprichst jetzt von einem Anwalt?«

»Nein, worauf ich hinauswill, ist eine Art ...« Sie suchte nach dem passenden Begriff. »... Schützenhilfe.«

»Wie bitte?«

»Wie steht es mit deiner Freundin?«, fragte Sophie nun freiheraus. »Du hast doch schon mit ihr telefoniert, sie weiß also Bescheid.«

Keller spürte, wie ihm die Röte ins Gesicht stieg. »Béatrice ist eine gute Bekannte, und nach meinem Abenteuer in Carcassonne gibt es vieles, was uns verbindet. Aber sie ist ganz bestimmt nicht meine Freundin, Sophie. Das solltest du wissen.«

Seine Tochter wischte diesen feinen Unterschied mit einer Handbewegung beiseite. »Freundin hin oder her. Sie ist selbst Polizistin und kennt sich aus im französischen Recht. Weshalb bittest du sie nicht noch einmal um ihre Unterstützung? Vielleicht warst du beim ersten Versuch einfach nicht überzeugend genug.«

»Ich habe doch schon um ihren Rat gefragt. Und was hat es gebracht?«, wandte Keller ein, der aus Angst, sich einen Korb zu holen, vor einem weiteren Anruf bei *Madame le commissaire* zurückscheute.

Doch Sophie bestärkte ihn. »Spring über deinen Schatten, Paps!«, forderte sie ihn auf. »Allein wirst du aus diesem Schlamassel nicht herauskommen. Nutze deine Kontakte und bitte sie ein weiteres Mal, dir zur Seite zu stehen.«

Keller wollte widersprechen, musste jedoch einsehen, dass seine Tochter recht hatte. Wenn er schlau war, suchte er sich den Beistand eines Profis. Béatrice besaß genug Köpfchen und polizeiliches Geschick, um ihn aus dieser Lage herauszuboxen. Sich ihr anzuvertrauen war allemal besser, als für viel Geld irgendeinen Juristen anzuheuern, den Keller nicht kannte. Also gab er sich einen Ruck, nahm sein Smartphone zur Hand und zog sich aufs Sonnendeck zurück.

»Ich habe mir schon gedacht, dass Sie sich bald wieder bei mir melden würden, Konrad«, sagte Béatrice Bardot gleich zu Beginn des Telefonats. »Stecken Sie immer noch in Schwierigkeiten wegen des Verschwindens der jungen Senf-Baronin?«

»Mehr denn je«, antwortete Keller ganz offen. »Odile ist tot aufgefunden worden – und ich stehe im Mittelpunkt der Ermittlungen. Es sieht so aus, als müsste ich demnächst meine Fingerabdrücke und eine Speichelprobe abliefern.« Er schilderte ihr, was inzwischen vorgefallen war, und ließ auch nicht unerwähnt, dass Sophie ihn dazu gedrängt hatte, es erneut bei Béatrice zu versuchen.

»War es wirklich nötig, dass Ihre Tochter Sie dazu ermuntern musste, mich anzurufen?«, fragte Béatrice und klang eingeschnappt. »Habe ich nicht gesagt, dass ich mich freuen würde, wenn Sie sich melden?«

»Ja, das haben Sie, Béatrice. Aber Sie haben auch gesagt, dass Sie mir in meiner aktuellen Lage nicht unter die Arme greifen wollen.«

»Greifen *können,* Konrad«, betonte sie. »Das ist nicht dasselbe. Ich bin nicht zuständig für Dijon und habe dort keinerlei Befugnisse. Außerdem liegt der Fall nach wie vor bei der Gendarmerie, wie Sie gerade selbst sagten. Die werden einen Teufel tun, sich von einer Kollegin der Police nationale in die Karten schauen zu lassen.«

Alles nachvollziehbare Argumente, fand Keller. Dennoch hoffte er auf sie. »Können Sie mir nicht wenigstens einen Rat geben, wie ich mich verhalten soll?«, fragte er.

»Tun Sie nichts, womit Sie den zuständigen Capitaine gegen sich aufbringen«, empfahl Béatrice.

»Sie meinen, ich soll nicht die gleichen Fehler machen wie in Carcassonne?«

»Das meine ich, ja«, bestätigte Béatrice, um überraschend hinzuzufügen: »Oder vielleicht doch! Denn natürlich müssen Sie aktiv dafür sorgen, dass Sie von jedem Verdacht befreit sind.«

»Und wie soll ich das machen?«

»Jetzt tun Sie bitte nicht so, als würden ausgerechnet Sie Nachhilfe in Ermittlungsarbeit brauchen! Sonst muss ich doch noch persönlich vorbeikommen – allein die gute Burgunder Küche soll die Reise ja wert sein, wie man hört.«

»Ich dachte, Ihre Vorliebe ist eher fangfrischer Fisch aus dem Mittelmeer?«

»*Pas de problème!* Bei Ihnen dort oben gibt es Süßwasserfisch in Hülle und Fülle, und die Fischsuppe *Pôchouse* ist das Burgunder Gegenstück zur südfranzösischen *Bouilla-*

baisse«, sagte sie lachend. »Ich wünsche Ihnen alles Gute, Konrad. Ich bin mir sicher, Sie werden das Kind schon schaukeln.«

Béatrice würde also so bald nicht nach Dijon kommen. Insgeheim hatte Keller sehr darauf gehofft, sie würde diesmal anders entscheiden, und das nicht nur, weil sie ihm in seiner momentanen Lage die beste Hilfe wäre. Mehr noch sehnte er sie herbei, weil er sie vermisste. Diese Frau – mochte sie auch um etliches jünger sein, ihr eigenes Leben führen und kaum Gemeinsamkeiten mit ihm haben – hatte etwas in ihm ausgelöst. Seit ihrer Begegnung im Frühsommer hatte Keller begonnen, sich von seiner verstorbenen Frau zu lösen. Zwar durchlebte er nach wie vor Phasen tiefen Kummers, in denen er meinte, nicht länger ohne Helga existieren zu können, und es verging kein Tag, ohne dass er an sie dachte. Doch seit Béatrice in sein Leben getreten war, wurden die düsteren Momente seltener. Er begann wieder Freude daran zu empfinden, auf der Welt zu sein. Béatrice hatte, ohne es zu wissen, etwas in ihm geweckt, was ihn neuen Mut schöpfen ließ. Und dank ihr hatte er erkannt, dass es eine Zeit nach Helga geben würde. Eine Zeit an Béatrice' Seite?

Diese Gedanken gingen zu weit, fand Keller und suchte nach Ablenkung. Die fand er in Gestalt einer Zeitschrift, die Sophie neben dem ausgebreiteten Handtuch liegen gelassen hatte, auf dem sie sich vorhin gesonnt hatte. Keller hob sie auf und blätterte darin herum. Es war ein lokales Szeneblatt, wie er feststellte, voll mit Konzertberichten und Filmkritiken. Vorgestellt wurden auch angesagte Clubs und Restaurants, und er blieb an einem Artikel hängen, der ein neues Lokal in der Altstadt bewarb. Laut Bericht handelte es sich bei dem Koch um einen früheren Mitarbeiter der Firma Boutella. Dieser Bericht weckte Kellers Neugierde, sodass er sich auf dem Handtuch niederließ und den vollständigen Text las.

Demnach war der Koch, ein gewisser Eduard Laval, in der Produktentwicklung tätig gewesen. Wie es in dem Artikel weiter hieß, habe mit ihm auch das Wissen um erlesene Spezialkreationen und neue Geschmacksrichtungen das Werk verlassen, denn er sei ein kreativer Kopf und der wichtigste Innovator im Hause Boutella gewesen.

Keller fand diesen Zufallstreffer bemerkenswert und fragte sich, warum Sophie ihn nicht darauf aufmerksam gemacht hatte. Wohl, weil sie bei ihrer Lektüre nicht so weit vorgedrungen war, gab er sich selbst die Antwort.

Trotzdem fand er, dass es sich lohnen könnte, der Spur nachzugehen. Schließlich galt: Je mehr er über das Umfeld der Boutellas in Erfahrung bringen konnte, desto besser war er gewappnet. Davon abgesehen hatten ihn die turbulenten letzten Stunden hungrig gemacht. Warum sollte er nicht das Angenehme mit dem Nützlichen verbinden und die Küche dieser Neueröffnung selbst ausprobieren?

»Sophie!«, rief er und rappelte sich auf. »Hast du so etwas wie ein Ausgehkleid dabei? Dein Paps lädt dich heute fein zum Essen ein.«

10

Lavals Restaurant trug den vielversprechenden Namen *Chapeau* und befand sich in einer Seitengasse mitten in der Altstadt. In der Erwartung, ein Etablissement gehobenen Anspruchs zu besuchen, hatte sich Keller ein Jackett übergezogen, während Sophie in einem dunkelblauen, schmal geschnittenen Kleid eine gute Figur machte.

Tatsächlich machte das Lokal einen exzellenten Eindruck. Die Einrichtung des überschaubaren Gastraums wirkte dezent und hochwertig zugleich. Die Tische waren mit akkurat gefalteten Stoffservietten und Silberbesteck eingedeckt. Hinter einem Stehpult gleich neben der Tür begrüßte sie eine Frau im eleganten dunklen Kostüm und erkundigte sich nach ihrer Reservierung.

»Wir haben leider nicht reserviert«, sagte Keller, woraufhin die Empfangsdame die Lippen spitzte.

»Wenn das so ist…« Sie blätterte in einem Buch voller Namen und Uhrzeitangaben. »*Je suis désolée*. Leider sind wir heute Abend ausgebucht.«

Keller, der auf das Gespräch mit Laval und mindestens ebenso auf ein gutes Essen gehofft hatte, warf seiner Tochter einen bedauernden Blick zu.

Doch Sophie hatte offenbar nicht die Absicht, sich abwimmeln zu lassen. Sie setzte ein Gesicht auf, für das Keller nur die Bezeichnung »affektiert« einfiel. Auch ihre

Stimme klang plötzlich anders: energisch, schrill und ziemlich unangenehm.

»*Dommage!*«, sagte sie spitz und verband ihre Worte mit einem leichten Kopfschütteln. Sie öffnete ihre Handtasche und zog einen Notizblock heraus. »Sehr schade, wenn wir umsonst gekommen sein sollten.«

Ihr Auftritt zeigte Wirkung: Die Frau am Empfangstresen wirkte zunächst irritiert, dann besorgt. »*Pardon,* Madame, sind Sie etwa ...«

Sophie fuhr sich mit der freien Hand durchs Haar. »Unsere Leserinnen und Leser in Deutschland dürften enttäuscht sein, wenn ausgerecht Ihre Küche, von der so viel die Rede ist, in unserem Artikel keine Erwähnung findet.«

Sein Töchterchen spielte die Rolle einer vermeintlichen Restaurantkritikerin wirklich überzeugend, fand Keller. Die Frau im Kostüm entschuldigte sich vielmals und bat sie um wenige Minuten Geduld. Anschließend wandte sie sich ab und stöckelte auf gefährlich hohen Absätzen auf eine Seitentür zu.

»Verschaffst du dir auf diese Weise sonst auch einen Sitzplatz in überfüllten Lokalen?«, fragte Keller Sophie amüsiert.

Diese gab weiter die Distinguierte und konterte: »Wer kann, der kann. So bekommen wir unser Menü und außerdem sehr wahrscheinlich ein persönliches Gespräch mit dem Besitzer.« Sie nickte zu der Seitentür hinüber, aus der die Empfangsdame jetzt in Begleitung eines hochgewachsenen Herrn im Anzug kam, dessen grau meliertes Haar akkurat zurückgekämmt war. In den Händen hielt er zwei langstielige Gläser.

»Madame! Monsieur!«, sagte er mit breitem Lächeln. »Was höre ich da? Ihre Reservierung wurde verlegt. Ich bin untröstlich. Wie können wir das wiedergutmachen?«

Der Mann, von dem Keller annahm, dass es sich um Laval höchstpersönlich handelte, überreichte ihnen die Gläser, in denen eine zartrosa Flüssigkeit perlte. »*Crème de Cassis* ist ein beliebter Johannisbeerlikör aus der Gegend«, erläuterte er in charmantem Säuselton. »Er wird hauptsächlich zur Zubereitung von Cocktails verwendet oder – wie hier – als Kir Royal mit Champagner serviert. Zum Wohl!«

Keller und Sophie nahmen dankend an und ließen sich von ihrem Gastgeber durch den Gastraum führen. Wie durch ein Wunder fand sich nun doch noch ein freier Tisch, und wenn sich Keller nicht täuschte, handelte es sich um den mit dem schönsten Blick.

Laval zog für Sophie den Stuhl zurück und wartete, bis sie und Keller sich gesetzt hatten. Mit einem Fingerschnippsen rief er zwei Kellner heran, die den beiden Gästen zwei Karten vorlegten. Eine mit den Tagesgerichten, die andere mit Weinempfehlungen.

»Es ist mir eine besondere Ehre, Sie in unserem Haus begrüßen zu dürfen«, sagte Laval und stellte sich ihnen wie erwartet als der Hausherr vor.

»Verzeihen Sie, wenn wir Sie von der Arbeit in der Küche abhalten«, sagte Keller, was bei Laval ein etwas herablassendes Lächeln hervorrief.

»Für meine Gäste habe ich immer Zeit«, versicherte Laval, was wohl so viel hieß wie, dass er in der Küche keinen Finger mehr krumm machte. Dafür sprach auch seine akkurate Kleidung. »Was dürfen wir Ihnen servieren?«, fragte er. »Ich nehme an, mit den üblichen burgundischen Spezialitäten können wir Sie nicht locken: *Oeufs en meurette,* pochierte Eier in Rotweinsoße, oder *Poulet Gaston Gérard,* ein einfaches, schmackhaftes Hühnergericht mit trockenem Weißwein und Dijon-Senf.« Er wartete nicht ab, bis Keller oder Sophie antworten konnten, sondern schlug an ihrer Stelle die Karte auf. Mit seinen gepflegten Fingern tippte er auf den Speisevorschlag *Escargots à la bourguignonne*. »Ich würde sagen, das hier ist das Richtige für Sie: Wir sieden unsere Schnecken in Butter mit Knoblauch und Kräutern. Auf diese Weise wird ihr Fleisch unglaublich zart und bekommt einen absolut unvergesslichen Geschmack. Unsere Köche bereiten sie übrigens ohne Gehäuse zu. Sie nehmen die Schnecken vorher aus der Schale. Erst wenn das Fleisch fertig gegart ist, wird es wieder in die Häuser gelegt und im Ofen überbacken.«

Unterhaltsam, fand Keller, er zweifelte jedoch, dass ihr Bluff Bestand haben würde. Es konnte nicht lange dauern, bis sich Laval nach dem Namen der Gourmetzeitung erkundigen würde, die sie angeblich vertraten. Daher meinte Keller, dass es an der Zeit war, sich als derjenige zu erkennen zu geben, der er wirklich war: »Alles, was Sie da aufzählen, klingt vielversprechend und lässt einem das Wasser im Munde zusammenlaufen. Aber Sie müssen wissen, dass wir nicht die sind, für die Sie uns womöglich halten.«

Lavals dunkle Brauen hoben sich minimal. »Monsieur?«, fragte er.

Keller deutete auf einen freien Stuhl neben sich. »Erlaubt es Ihre Zeit, sich einen Moment zu uns zu setzen?«

Nach kurzem Zögern gab Laval den Kellnern zu verstehen, sich zurückzuziehen, und nahm Platz. »Ich sagte ja bereits: Für meine Gäste nehme ich mir immer Zeit. Bitte sehr, was kann ich noch für Sie tun?«, fragte er höflich, wenn auch eine Spur argwöhnisch.

Sophie übernahm das Sprechen. Die affektiert blasierte Masche legte sie umstandslos ab, als sie erklärte: »Mein Name ist Sophie Keller, und das ist mein Vater Konrad. Wir sind Urlauber aus Deutschland, unterwegs mit dem Hausboot.«

»Urlauber...« Auf Lavals Stirn bildete sich eine Furche.

»Der kleine Trick am Empfang – nehmen Sie uns das bitte nicht übel«, sagte Sophie und ließ ihren ganzen Charme spielen. »Für uns war es wichtig, dass wir sehr bald mit Ihnen sprechen konnten.«

»Aus welchem Grund?«, wollte Laval wissen. »Sie hätten mich einfach rufen lassen können.«

»Wären Sie dann gekommen? Für ein paar normale Touristen?«, wollte Sophie wissen.

Laval deutete ein Nicken an. »Wie dem auch sei: Was ist Ihr Anliegen, Mademoiselle?«

Sophie fasste die Ereignisse der letzten Tage zusammen. Bei der Erwähnung des Namens Odile Boutella vollzog sich eine Veränderung im Verhalten Lavals. Seine vornehme, leicht überhebliche Haltung wich sichtbarer Emotionalität. Die Geschichte, die er gerade zu hören bekam, bewegte ihn. Es war allzu offensichtlich, dass ihn Odiles Schicksal alles andere als kaltließ.

»Ich hatte mitbekommen, dass die junge Madame Boutella – wie sagt man? – von der Bildfläche verschwunden war. Man sprach darüber in der Stadt. Doch das war an sich ja nichts Besorgniserregendes. Noch nicht einmal ungewöhnlich für sie.« Er holte tief Luft. »Und nun das. – Tragisch. Erschütternd.« Er sah Keller traurig an. »Und Sie haben sie persönlich kennengelernt? Dann wissen Sie ja, was für ein aufgeschlossener und herzlicher Mensch Odile Boutella gewesen ist.«

Kellers Blick war verständnisvoll. »Wir haben gehört, dass Sie ein intimer Kenner des Hauses Boutella sind«, sagte er in einfühlsamem Ton. »Für mich – in meiner besonderen Lage – ist es wichtig, so viel wie möglich über diese Familie in Erfahrung zu bringen. Sie verstehen?«

Laval verstand. Doch bevor er sich dazu äußerte, schnippte

er erneut mit den Fingern. Dem herangeeilten Kellner trug er auf, zunächst eine Auswahl an Vorspeisen aufzutragen und für später eine Platte mit gemischten Dijoner Spezialitäten zusammenzustellen, dazu sollte er eine Flasche des Hausweins reichen. »Oder bringen Sie gleich zwei.« An Keller und Sophie gewandt, fügte er hinzu: »Ich denke, das können wir jetzt vertragen.«

Nach einem exquisiten *Entrée* und dem gemeinsamen Genuss der ersten Flasche gab sich Laval geradezu freundschaftlich vertraut. »Ich will Ihnen gern helfen«, sagte er und entkorkte die zweite Flasche. »Sie wissen wahrscheinlich schon, dass ich das Haus Boutella, meinen früheren Arbeitgeber, keineswegs im Guten verlassen habe.« Mit dem verstorbenen Eigentümer Louis Boutella sei er gut ausgekommen, ebenso mit dessen erster Frau Mireille. »Ein nettes Paar. Aufrichtig, fleißig, offen. Die beiden haben harmoniert und Privates von Geschäftlichem streng getrennt, was auch dem Betriebsklima zugutekam. Ich werde nie verstehen, warum diese Ehe auseinandergegangen ist.«

Bei der zweiten Ehefrau, Stéphanie, sei es schon schwieriger gewesen, denn ständig habe sie sich in die Geschäfte eingemischt. »Das ging so weit, dass sie die Kleiderordnung für die Assistentinnen festlegen wollte und sich in Personalgespräche einschaltete«, verriet Laval, der Vertrauen zu seinen Gästen gefasst zu haben schien. »Das schaffte Unsicherheit. Wenn ihr bei jemandem die Nase nicht passte, konnte derjenige seinen Hut nehmen.«

Den Vogel aber habe die Nummer drei abgeschossen: »Sandrine!« Laval spuckte diesen Namen geradezu aus. »Sie hat ihrem Mann Flausen in den Kopf gesetzt und ihn noch mehr gegen die Belegschaft aufgebracht als ihre Vorgängerin. Dabei hatte man doch gedacht: Schlimmer kann's nicht werden.« Er senkte den Kopf, den Blick betrübt nach unten gerichtet. »Eine unschöne Zeit. An Louis war einfach nicht mehr heranzukommen. Manche behaupteten ja, Sandrine habe ihn verhext.« Als Laval wieder aufblickte, stand Entschlossenheit in seinem Gesicht. »Doch jeder ist sich selbst der Nächste, habe ich recht? Ich hatte keine Lust mehr, mich von dieser Frau schikanieren zu lassen. Nicht nach all der Zeit.«

»Sie haben gekündigt«, stellte Keller fest.

»Schweren Herzens, ja. Ich habe keinen anderen Ausweg gesehen, als nach siebenundzwanzig Jahren einem Betrieb, in dem ich als Lehrling meine Laufbahn begonnen hatte, den Rücken zuzukehren.« Er schenkte allen nach, hob sein Glas und sagte: »Nicht die schlechteste Entscheidung in meinem Leben. Das *Chapeau* bietet mir einen höheren Lebensstandard, als ich je hatte.«

Keller konnte die Gründe für Lavals Redseligkeit nicht ganz einordnen. Möglich, dass Sophies Anwesenheit den Ausschlag gab. Ihre jugendliche Leichtigkeit schien den Wirt zu inspirieren. Vielleicht kam ihm aber auch die Seriosität entgegen, die Keller ausstrahlte. Oder es war eine Mischung aus beidem. Jedenfalls wollte Keller die Gelegenheit nutzen, um noch mehr zu erfahren. »Aus welcher Ehe stammte denn die arme Odile?«, fragte er.

»Aus der ersten«, antwortete Laval mit einem Seufzen. »Sie kam ganz nach ihrer Mutter Mireille, und wenn sie die Führung der Firma tatsächlich übernommen hätte, hätte ich es mir noch einmal überlegt und wäre vielleicht zurückgekehrt.«

»Trotz Ihres Erfolgs mit der Selbstständigkeit?«, hakte Keller verblüfft nach.

»Ja«, sagte Laval nach kurzem Nachdenken. »Wahrscheinlich schon. Zumindest als Berater hätte ich mich ihr zur Verfügung gestellt.«

Keller fand das sehr bemerkenswert. Damit outete sich Laval als großer Unterstützer der Verstorbenen – oder wollte zumindest diesen Anschein erwecken, um einen möglichen Verdacht gegen sich von vornherein abzulenken. »Als Berater also«, griff Keller diesen Aspekt auf. »Ich bin neugierig: In welche Richtung hätten Sie Odile Boutella denn unterstützt? Soviel ich weiß, hatte Odile vor, Teile des Geländes in Wohnungen und Büroflächen umzuwandeln.«

Sein Gegenüber war um eine Antwort nicht verlegen: »Odile Boutella strebte in eine moderne, fortschrittliche und zukunftsorientierte Richtung«, sagte er ohne jedes Zögern. »Wissen Sie, sie hat während ihres Studiums und wohl auch bei ihren diversen Praktika in anderen Betrieben allerhand gelernt. Sie wusste, worauf es ankam. Ihr war auch klar, dass es nötig sein würde, das Unternehmen zu sanieren und unprofitable Teile abzustoßen.«

»Das klingt hart«, meinte Keller. »Hart für die Beschäftigten.«

Laval winkte ab. »Es sollte ja weitergehen, aber eben in einem anderen Rahmen: mit Event-Gastronomie zum Beispiel. Odile war sehr offen für solche Trends. Und auch dafür wird ja Personal gebraucht.«

Aber wohl kaum die Arbeiter aus der Senffabrik, dachte sich Keller und bemerkte, wie sich ein verschlagener Zug über Lavals Gesicht legte.

»Mit einem derartigen Kurswechsel hätte man es Gérard Noiret ordentlich heimzahlen können«, sagte Laval und nahm den nächsten Schluck Wein. Er verschluckte sich daran, hustete und tupfte sich den Mund mit der Serviette ab. »*Pardon,* das hätte ich wohl nicht sagen sollen.«

»Wegen uns brauchen Sie sich nicht zurückzuhalten«, sagte Sophie leicht dahin. »Wir sind hier ja nicht zu Hause, kennen niemanden und können es keinem weitersagen.«

»Trotzdem ...« Laval wirkte beschämt. »Ich rede einfach zu viel. Das war schon immer mein Fehler.«

Keller tat so, als würde ihn der genannte Name kaum interessieren, und konzentrierte sich vordergründig wieder aufs Essen. »Wohl auch jemand, der für Boutella tätig war?«, ließ er beiläufig fallen.

»Noiret?«, fragte Laval und verzog den Mund. »Er ist immer noch dort. Sitzt als Prokurist fest in seinem Sessel.«

Prokurist? Keller überlegte, ob derjenige gemeint war, den er bei der Betriebsbesichtigung heimlich belauscht hatte.

»Hört sich wirklich nicht so an, als wenn es sich bei diesem Noiret um Ihren besten Freund handelt«, meinte Sophie.

»Nein. Das zu behaupten, dafür ist es jetzt wohl zu spät«, entgegnete Laval. Erneut bewegte sich seine Hand zum Weinglas, doch diesmal hob er es nicht an. »Meine Erfahrungen mit Noiret sind sehr unschön. Ich will Ihnen gar nichts vormachen: Er ist ebenfalls einer der Gründe, weshalb ich Boutella verlassen habe. Die Chemie zwischen uns stimmte nicht. Von Anfang an.«

»Ist Monsieur Noiret schon länger für die Firma tätig?«, erkundigte sich Keller.

»Nein, er wurde von Sandrine in die Firma geschleust. Eine glatte Fehlbesetzung, wenn Sie mich fragen. Seitdem Noiret die Bücher führt, geht es mit Boutella steil bergab.«

Eine kühne Behauptung, fand Keller, für die Laval besser Belege haben sollte. »Was passt Ihnen nicht daran, wie Noiret die Geschäfte führt?«

Laval holte tief Luft und blickte sich im Gastraum um. Offensichtlich überlegte er, ob und wie weit er sich noch öffnen sollte. »Na schön«, rang er sich schließlich durch. »Es sind ja alles keine echten Geheimnisse, die Sie von mir zu hören bekommen. Ich bin gewiss nicht der Einzige, der davon überzeugt ist, dass Noiret in die eigene Tasche wirtschaftet. Der Betrieb ist ihm völlig egal, ihm geht es nur um sich selbst und darum, seinen exzessiven Lebensstil zu finanzieren.«

Sophie kicherte vertraulich. »Hört sich nach teuren Autos, noch teureren Frauen und rauschenden Partys an.«

Laval verneinte. »Für so etwas hat er weder Interesse noch Zeit. Noiret hat sich ganz und gar der modernen Kunst verschrieben. Deswegen verbringt er auch deutlich mehr Zeit im Kunstmuseum *Le Consortium* als in der Senffabrik.«

»Ein Kunstfreund?«, wunderte sich Keller.

»Eher ein Möchtegern-Galerist«, lästerte Laval.

Dieser Aspekt kam überraschend und machte diesen Noiret für Keller umso interessanter. Er bemühte sich, noch weitere Details zu erfragen, doch das Gespräch plätscherte jetzt nur noch vor sich hin, ohne zusätzliche Erkenntnisse zu liefern. Offensichtlich hatte Laval beschlossen, nichts weiter auszuplaudern, und zog sich nach dem Servieren der Hauptspeise höflich und diskret zurück.

Keller bekam von dem sicherlich köstlichen Essen kaum etwas mit, denn in Gedanken arbeitete er all das auf, was er soeben gehört hatte. Dabei kam ihm durchaus in den Sinn, dass ihr Gastgeber den Namen Noiret bewusst platziert haben könnte, um sie damit auf eine andere Fährte zu lenken. Ähnlich würde der Gourmetwirt vielleicht auch bei einer Befragung durch die Polizei verfahren.

Die Nacht war überraschend kühl. Als Keller an der Seite seiner Tochter zurück zum Hafen schlenderte, bemerkte er den klimatischen Unterschied zu seiner vorherigen Route im Süden Frankreichs. Hier war der nahende Herbst bereits deutlich zu spüren.

»Ein Kunstmäzen als Geschäftsführer«, sagte er vor sich hin, während sie die goldgelb beleuchteten Altstadtfassaden passierten, »wer hätte das gedacht.«

»Warum denn nicht?«, hielt Sophie dagegen. »Dijon ist eine Stadt der Kunst. Denk nur an das Musée des Beaux-Arts im Herzogspalast mit seiner flämischen Malerei und den Skulpturen aus dem 19. Jahrhundert.«

Keller entging nicht, wie sie versuchte, ihr Smartphone vor ihm zu verbergen, dem sie ihr Wissen wahrscheinlich gerade erst entnommen hatte.

»Und in der Kartause von Champmol zeugt der Mosesbrunnen von der Pracht der mittelalterlichen Bildhauerkunst im Burgund«, setzte sie fort.

Keller fasste nach ihrem Arm, wodurch das leuchtende Handy zum Vorschein kam. »Gib bitte mal gezielt *Le Consortium* ein«, bat er.

Sophie tat ihm den Gefallen und zeigte ihm das Bild eines anmutigen Gebäudes, kubistisch mit schneeweißen Außenwänden und viel Glas. »Hier steht, dass das Team des *Consortium* europaweit Anerkennung genießt, weil es neuen Talenten der Kunstszene ein Forum bietet. Und Noirets Name wird unter den Förderern gleich an erster Stelle genannt.«

»Interessant«, murmelte Keller, dessen Blicke sich nun auf dem sandsteinernen Pflaster zu ihren Füßen verloren. »Laval, Noiret – ich frage mich, in welchem Verhältnis all diese Akteure zu Odile standen und wer sich welche Chancen ausrechnet, vom Nachlass der Boutellas in irgendeiner Weise zu profitieren.«

»Wenn dieser Noiret wirklich – wie von Laval behauptet – in die Firmenkasse gegriffen hat und von Odile erwischt wurde, hätte er allemal ein Motiv für den Mord gehabt«, kombinierte Sophie.

»Das wäre dann aber allzu offensichtlich, nicht wahr?«, entgegnete Keller. »Außerdem frage ich mich …«

»Was denn, Paps?«

»Ob es sich bei dem tödlichen Verkehrsunfall von Odiles Vater und ihrer Stiefmutter tatsächlich um einen Unfall gehandelt hat.«

Sophie blieb abrupt stehen. »Hast du etwa Zweifel daran?«, fragte sie und klang nun sehr ernst. »Wie kommst du darauf? Du weißt doch so gut wie nichts darüber.«

»Aber ich weiß, dass wir es anscheinend mit sehr unterschiedlichen Interessenlagen zu tun haben. Das Ganze könnte also sehr viel komplexer sein als zunächst gedacht. Daher bin ich mir absolut nicht sicher, ob Odiles Tod überhaupt am Anfang dieser Geschichte steht. Es wäre doch möglich, dass das ganze Drama viel früher begonnen hat.«

»Und nun? Was willst du mit dieser Vermutung anfangen?« Zweifel standen ihr ins Gesicht geschrieben.

»Noiret überprüfen«, erwiderte Keller entschlossen. »Denn nur so kann ich mir Gewissheit verschaffen.«

»Toi, toi, toi!«, wünschte Sophie. »Dir ist aber hoffentlich klar, dass du das allein schaffen musst. Für mich heißt es morgen, dir *adieu* zu sagen.«

Ja, das war Keller klar. Es würde ihm nicht leichtfallen, seine Tochter ziehen zu lassen. »Du könntest doch noch ein paar Tage dranhängen«, schlug er vor. »An Bord ist immer ein Platz für dich frei.«

»Geht leider nicht. Zu Hause gibt es noch viel zu tun für mich, ehe die Tournee beginnt. Außerdem …«

Keller hob die Brauen. »Außerdem?«

»Außerdem ist es hier zwar recht hübsch«, antwortete sie mit einem schelmischen Grinsen, »aber wer wirklich coole Lokale und trendige Szeneviertel sucht, dürfte im Burgund ein Problem haben. Selbst Dijon hat da nicht gerade viel zu bieten, auch wenn das studentische Leben die Beschaulichkeit etwas aufmischt.«

»Mit anderen Worten: Dir ist es hier zu langweilig«, sah Keller ein.

»Nicht böse sein«, sagte Sophie und warf ihm eine Kusshand zu.

11

Der Morgen brachte wieder Wärme, aber auch einige Schleierwolken, die sich vor die Sonne legten. Während Keller vom Vorderdeck aus Sophies Taxi hinterherwinkte, wurde ihm bewusst, wie gut ihm die Zweisamkeit getan hatte.

Nun war er wieder allein und musste sehen, wie er zurechtkam. Mit hängendem Kopf räumte er das Frühstücksgeschirr ab und merkte, wie sein Elan schwand. Ohne die Ansprache von Sophie fühlte er sich nur noch wie ein halber Mensch. Dabei war sie nicht einmal eine Viertelstunde fort.

Das durfte nicht sein! Keinesfalls durfte Keller in Selbstmitleid und Agonie verfallen. Er musste aktiv dagegen anarbeiten. Doch wie sollte das gelingen? Am besten, indem er sich eine Aufgabe suchte.

Da das Thema, das ihn zurzeit am meisten umtrieb, der Mord an Odile war, würde er einfach dort weitermachen, wo sie am gestrigen Abend aufgehört hatten: bei privaten Ermittlungen. Wie mit Sophie besprochen, würde er sich als Nächstes den Prokuristen Noiret vornehmen. Da tat sich allerdings das Problem seiner fehlenden Legitimation auf. Unter welchem Vorwand sollte er ihm gegenübertreten? Mit Sophie an seiner Seite wäre es ihm leichtgefallen, denn sie wäre ganz einfach in eine neue Rolle geschlüpft und hätte ihnen Zugang zu dem Geschäftsleiter verschafft. Für sie als ausgebildete Schauspielerin war das ein Klacks. Aber er allein?

Wieder wurde er von Wehmut heimgesucht. Keller merkte, wie er sich gedanklich im Kreis drehte.

Das Klingeln seines Handys erlöste ihn von den quälenden Selbstzweifeln. Er beeilte sich, das Gespräch anzunehmen, hoffte er doch, dass es Béatrice war. Doch die Freude währte nur kurz. Statt ihrer hellen, klaren Stimme hörte er das Brummen von Giraud.

»Bonjour«, meldete sich der Capitaine. »Gut geschlafen?«

Keller, der nicht mit diesem Anruf gerechnet hatte, musste blitzschnell umschalten. »Danke, ja«, sagte er, so freundlich es ging.

»Sie liegen mit Ihrem Boot noch vor Dijon?«, erkundigte sich Giraud.

»Ja.«

»Fein. Kann nämlich sein, dass ich Sie in Kürze noch einmal einbestellen muss.«

Keller schluckte. »Ist etwas passiert? Gibt es Neuigkeiten über den Fall Boutella?«

»Korrekt.«

Keller wartete, dass Giraud weitersprechen würde, doch der ließ ihn zappeln. Daher fragte Keller nach: »Darf ich wissen, was Sie herausgefunden haben?«

»Auf den ersten Blick sieht ja alles wie ein Überfall mit tödlichem Ausgang aus, entweder sexuell motiviert oder aus Habgier. Demnach wäre Odile Boutella ein Zufallsopfer gewesen.«

»Ja, auf den ersten Blick …«, griff Keller die Worte des Ermittlers auf und blieb auf der Hut.

»Es gibt inzwischen Indizien, die gegen die einfache Lösung sprechen.«

Keller merkte, wie angespannt er plötzlich war. »Welche wären das?«

»Mal langsam. Eines nach dem anderen …« Giraud hielt ihn hin. »Fakt ist: Odiles Leiche wurde vom Hund eines Spaziergängers aufgestöbert, und zwar in einem Waldstück unweit Ihrer letzten Anlegestelle. Man kann also davon ausgehen, dass Odile nie das Dorf erreicht hat, in dem sie einkaufen wollte. Sie wurde erschlagen, doch Spuren eines Kampfes wurden nicht gefunden.«

»Weil die Leiche von Tieren bewegt worden ist und der Fundort höchstwahrscheinlich nicht identisch mit dem Tatort ist«, wiederholte Keller das, was ihm bereits bekannt war.

»Nein, das meine ich nicht. Ich spreche jetzt ganz konkret von Abwehrspuren, die sich Odile im Verlaufe einer körperlichen Auseinandersetzung zugezogen hätte: abgebrochene Fingernägel, Hämatome an den Armen, herausgerissene Haare. In allen Punkten Fehlanzeige. Ergo: Sie hat sich nicht zur Wehr gesetzt, weil …«

»… weil sie ihren Mörder kannte«, führte Keller den Satz zu Ende und biss sich im gleichen Moment auf die Lippen.

»Richtig«, triumphierte Giraud. »Die beiden kannten sich. Und zwar so gut, dass Odile ihren späteren Mörder ohne jeden Argwohn sehr nahe an sich herankommen ließ. Womöglich ist sie ihm sogar freiwillig in den Wald gefolgt, wo er sein Todeswerk ohne Augenzeugen vollenden konnte.«

Kellers Anspannung wich der Ernüchterung. Wenn die Polizei davon überzeugt war, dass Täter und Opfer sich kannten, belastete das in erster Linie wieder ihn. Das dachte wohl auch Giraud. Umso mehr wunderte es Keller, weshalb der Capitaine nicht bereits mit Verstärkung einiger Gendarmen angerückt war, um ihn einzukassieren, sondern stattdessen mit ihm telefonierte. Das ergab für Keller keinen Sinn, weshalb er die Probe aufs Exempel machte und ganz offen sagte: »Ich hätte Odile gefolgt sein und sie unter einem Vorwand in den Wald gelockt haben können.«

Für einen Moment herrschte Stille. Dann erklang wieder Girauds Stimme: »Haben Sie es getan?«

»Natürlich nicht!«, rief Keller aus.

»Kein Grund, laut zu werden«, wies Giraud ihn zurecht. »Ihre Lage ist weniger dramatisch, als Sie vielleicht annehmen, denn nach wie vor gibt es keinen Beleg für Ihre Täterschaft. Und außerdem sagte ich ja bereits, dass ich ungern Kollegen verhafte, denn ich glaube an das Gute im Polizisten. Sie sind auf der sicheren Seite – es sei denn, es würden sich im Umkreis des Fundortes doch noch Spuren finden, die Sie hinterlassen haben.«

Keller atmete auf. »Danke«, sagte er mit gewisser Erleichterung.

»Gern. – Ach, da fällt mir ein ...«

Die Spannung kehrte prompt zurück. »Ja?«

»Trifft es zu, dass Sie nach unserem ersten Gespräch in der Gendarmerie in den Wald gegangen sind, in dem später die Leiche gefunden wurde? Ein aufmerksamer Beobachter, ein Jäger, hat sich bei uns gemeldet und eine sehr treffende Beschreibung von Ihnen abgegeben.«

Keller erschrak. »Ja, also ... meine Tochter und ich wollten nachsehen, ob wir doch noch auf einen Hinweis für Odiles Verbleib stoßen«, erklärte er.

»Hinweise auf Odile?« Giraud ließ ihn wieder warten. »Oder ging es nicht vielmehr darum, eigene Spuren zu verwischen? Spuren, die Sie bei einem vorherigen Waldspaziergang hinterlassen hatten?«

»Ich werde dazu nichts sagen.« Keller verstummte.

»Sie wollen nichts sagen? Das ist Ihr gutes Recht. Allerdings dürfte das nicht besonders klug sein. Wenn ich Ihnen entgegenkomme, sollten Sie es umgekehrt genauso halten. Informationsfluss als Einbahnstraße – das funktioniert auf Dauer nämlich nicht.«

Keller brauchte lange, bis sich sein Atem normalisierte. Giraud hatte ihn an der Angel, wobei Keller sehr genau wusste, welche Konsequenzen das nach sich ziehen konnte. Noch mochte der Capitaine zögern, ihn in Haft zu nehmen. Doch sobald er den geringsten Hinweis auf Kellers mögliche Täterschaft entdeckte, würde er zuschlagen. Denn einen besseren potenziellen Mörder als ihn gab es momentan nicht, das wusste Keller selbst gut genug.

Rätselhaft blieb ihm, weshalb ihn Giraud überhaupt angerufen hatte. Auch nach intensivem Nachdenken kam er nicht drauf. Eine Möglichkeit wäre, dass Giraud ihn zu einer unbedachten Handlung verleiten wollte. Zu einem Fehler. Womöglich hoffte der Capitaine darauf, Keller würde noch einmal den Wald aufsuchen und damit den Verdacht gegen sich bekräftigen.

Doch dann kam ihm eine andere Variante in den Sinn: Konnte es sein, dass Giraud es wirklich gut mit ihm meinte? Dass sein Gerede über Loyalität unter Polizisten seiner wahren Einstellung entsprach? In diesem Fall hätte sein Anruf dem Zweck gedient, Keller den Ernst der Lage begreiflich zu machen – und ihn dazu zu animieren, alles zu tun, um das eigene Fell zu retten. Eine unausgesprochene Aufforderung, die Suche nach dem wahren Täter fortzusetzen, solange es nur ging. Wäre das möglich?

Keller schöpfte neue Hoffnung. Er würde jetzt alles daransetzen, den Verdacht seiner Beteiligung an Odiles Tod ein für alle Mal auszuräumen. Einen neuen Ansatz dafür sah er dank Giraud ja inzwischen: Er wusste nun, dass Odile ihren

Mörder wahrscheinlich gut gekannt hatte. Sein Ziel musste es sein, Capitaine Giraud den Täter auf dem Präsentierteller zu servieren.

Ich habe schon ganz andere Fälle gelöst, machte er sich Mut und verdrängte den Gedanken, dass dies zu einer Zeit gewesen war, als ihm dafür ein ganzes Kommissariat zur Verfügung stand – und er noch etliche Jahre jünger war.

Wie also sah der nächste Schritt aus? Keller war sich sehr sicher, dass Odiles Tod im Zusammenhang mit ihrer Familien- oder Firmengeschichte stand. An dieser Stelle wollte er anknüpfen. Kurz entschlossen nahm er erneut das Smartphone zur Hand und sprach eine WhatsApp-Nachricht für Béatrice Bardot auf: »Hallo Béatrice, geht es Ihnen gut? Ich habe eine wichtige Frage: Glauben Sie, dass Sie an den Unfallbericht des Ehepaares Boutella herankommen könnten? Ich muss wissen, wie das damals abgelaufen ist und ob es irgendwelche Zweifel an der Unfallursache gibt.«

Béatrice' Antwort kam prompt, aber schriftlich und sehr knapp: *Ich sehe keinen Anhaltspunkt.*

»Wie wäre es damit: Jemand ist auf das Erbe aus und hat zunächst die Boutellas beseitigt und anschließend die einzig erbberechtigte Tochter.«

Eine Weile musste Keller warten, bis auch Béatrice eine Sprachbotschaft schickte: »Dazu müsste man herausfinden, wer ihr in der Erbfolge am nächsten steht, was schwierig sein dürfte. Das französische Erbrecht ist höchst komplex.«

»Eins nach dem anderen«, antwortete Keller. »Mit dem Unfallbericht wäre mir schon sehr geholfen. Können Sie ihn für mich auftreiben?«

Während er noch auf Béatrice' Reaktion wartete, zogen laute Stimmen am Ufer seine Aufmerksamkeit auf sich. Keller entdeckte eine Gruppe Menschen, die sich auf der Kaimauer drängten. Mehrere von ihnen trugen Fotokameras mit langen Objektiven um den Hals. Und alle redeten mit Händen und Füßen auf den Hafenmeister ein.

Keller war sofort klar, was da ablief: Es handelte sich um Reporter, die vom Hafenmeister den Liegeplatz seines Bootes erfahren wollten. Die Hexenjagd hatte also begonnen. Bestenfalls würden ihn die Journalisten als Zeugen in ihren Berichten auftreten lassen – schlimmstenfalls als potenziellen Täter. Das musste er verhindern. Unbedingt!

Er musste zusehen, dass er unter Deck kam, und sich dort verbarrikadieren. Vielleicht hatte er ja Glück, und der Hafenmeister behielt die Nummer seines Liegeplatzes für sich. Doch das würde ihm lediglich ein wenig Zeit verschaffen, denn die Blutsauger von der Sensationspresse würden es sehr bald trotzdem herausfinden.

Keller erschrak, als sich seine Befürchtung schneller als erwartet bestätigte: Er stand schon auf der Stiege zum Unterdeck, als er auf eine Frau aufmerksam wurde, die mit suchendem Blick die Hafenmauer entlangging. Der allerhöchstens dreißigjährigen Blondine folgte ein älterer, etwas abgehalftert wirkender Mann mit einer Kameratasche über der Schulter.

Keller verharrte in der Bewegung. Trotzdem wurde die Frau auf ihn aufmerksam, blieb stehen und rief: »Monsieur Keller?«

Er blieb stumm.

Die Frau kam näher. »Monsieur, uns ist zu Ohren gekommen, dass Odile Boutella sich auf Ihrem Boot aufgehalten hat. Was sagen Sie dazu?«

»Gar nichts!«, rief er zurück in der Absicht, so schnell es ging, in die Kajüte zu flüchten.

Zu spät! Schon flammte das Blitzlicht auf. Einmal, zweimal, dreimal kurz hintereinander. Die Hände vorm Gesicht verschwand Keller in der Einstiegsluke und zog die Vorhänge der Kabinenfenster zu.

Doch er konnte sich ausrechnen, dass sein Bild bald in den Zeitungen abgedruckt und über die Onlineausgaben verbreitet wurde – und dann würde es für ihn sehr ungemütlich werden.

12

Die Stunden krochen zäh dahin, sodass Keller bald schon die Decke auf den Kopf fiel. Doch noch kam es nicht infrage, den Schutz aufzugeben, den die Kajüte bot. Gelegentliche vorsichtige Blicke aus dem Fenster verrieten ihm, dass noch immer etliche Reporter auf der Hafenpromenade herumlungerten und nur darauf warteten, dass sich an Bord etwas rührte. Wie Raubtiere vor dem Versteck ihrer Beute, kam es Keller in den Sinn.

Während er unruhig auf und ab ging und vergebens darauf wartete, dass die Journalistenmeute abzog, versank er in ein Zwiegespräch mit sich selbst: Es hat doch keinen Zweck, sich aufzuregen, redete er sich zu. So sind sie nun mal, die Journalisten. Das gehört zu ihrem Beruf. Er wusste das doch gut genug. Andererseits hatte er früher auf die Pressestelle seines Präsidiums verwiesen, wenn diese Leute etwas von ihm wollten ... Aber es half alles nichts, da musste er jetzt durch. Abwarten und Tee trinken, hieß die Devise. Mehr konnte er nicht tun.

Wenn er wenigstens jemanden zum Reden hätte, dann würde die Zeit ganz bestimmt schneller vergehen. Béatrice zum Beispiel. Auf seine letzte WhatsApp-Nachricht hatte sie leider nicht mehr geantwortet, weil sie wahrscheinlich anderes zu tun hatte. Unwillkürlich kamen ihm wieder ihre ersten Begegnungen in Carcassonne in den Sinn, die nicht einfach gewesen waren. Sie hatte den Mord an der Familie eines bekannten Politikers aufzuklären und glaubte den Täter bereits gefunden zu haben, doch dann war Keller auf den Plan getreten und hatte ihr einen Strich durch die Rechnung gemacht. Heute tat es ihm leid, wie die Sache gelaufen war – auch wenn er mit seinem Einschreiten letztlich einen Justizirrtum verhindert hatte und es daher eigentlich keinen Grund gab, sich zu rechtfertigen oder gar zu entschuldigen.

Béatrice hatte ihm damals sehr übel genommen, dass er ihr in die Parade gefahren war. Das stimmte doch, oder? Inzwischen kannte er sie allerdings gut genug, um zu wissen, dass sie mit Kritik umgehen konnte und bereit war, eigene Fehler einzugestehen. Was sie aber bestimmt gestört, ja verletzt hatte, war seine Art gewesen, sein eigenes Ding durchzuziehen. Als es nämlich hart auf hart kam, hatte er es nicht für nötig gehalten, sie hinzuzuziehen. Für Béatrice ein glatter Vertrauensbruch, daraus hatte sie keinen Hehl gemacht.

Sie hatte also etwas gut bei ihm, und Keller würde es nicht wundern, wenn sie ihm eines Tages so etwas wie eine Revanche lieferte.

Er wischte die Gedanken beiseite und überlegte, wie er sich die Wartezeit verkürzen könnte. Schließlich versuchte er, sich auf die Lektüre eines Reiseführers zu konzentrieren, was ihm mehr schlecht als recht gelang.

Endlich – der Nachmittag war inzwischen weit fortgeschritten – konnte Keller Entwarnung geben. Durch die Fenster war kein Fotograf mehr zu sehen. Eine vorsichtige Kontrolle vom Unterdeck aus bestätigte diese Beobachtung.

Die Luft ist rein!, stellte er erleichtert fest und konnte es kaum erwarten, seinen Käfig zu verlassen. Noch immer darauf bedacht, bloß keinem Reporter in die Arme zu laufen, entfernte er sich schnell vom Hafen und tauchte ins Getümmel der Stadt ein. Hier war er einer von vielen, eine bessere Tarnung konnte es kaum geben.

Ohne festen Plan und Vorsatz begab er sich ins nahe Zentrum, das einerseits durch erhabene Weitläufigkeit und an anderer Stelle mit mittelalterlicher Enge beeindruckte, je nachdem, in welches Viertel man sich gerade verirrte. Wie schon bei seinem ersten Rundgang mit Sophie gefiel ihm besonders der von Kolonnaden gesäumte Place de la Libération. Rund um den hochherrschaftlichen Herzogspalast entdeckte er wunderschön restaurierte Patrizierhäuser. Als zentraler Blickfang wirkten drei Wasserfontänen, um die vergnügt quietschende Kinder herumsprangen und sich nass spritzen ließen. Wie Keller aus dem Reiseführer erfahren hatte, war der Platz erst vor zwölf Jahren umgestaltet und um die Springbrunnen ergänzt worden. Verwendet worden war dafür der heimische Naturstein Comblanchien.

Man nannte Dijon auch die Stadt der hundert Türme, und Keller hatte Lust, einen davon zu besteigen. Aber nicht irgendeinen beliebigen Kirchturm, sondern den bekanntesten: den Turm Philippe le Bon. Er hatte gelesen, dass er fünfzig Meter hoch sein sollte. Er würde also jede Menge Stufen erklimmen müssen, was ihm nach dem langen Ausharren auf seinem Boot bestimmt guttat.

Dreihundertsechzehn waren es genau – Keller hatte mitgezählt. Die Mühe wurde durch einen famosen Panoramablick belohnt. Die Stadt lag ihm zu Füßen, inklusive der typisch burgundischen Dächer mit ihren bunt glasierten Ziegeln.

Sein Handy zwang ihn leider dazu, sich von dem erhabenen Anblick loszureißen, ehe er Gelegenheit gehabt hatte, sich in Ruhe umzuschauen. Eine E-Mail war eingegangen. Von Béatrice.

Keller trat einige Schritte vom Geländer zurück und überließ nachrückenden Turmbesteigern den Platz mit der guten Aussicht. Während auf einem sandsteinernen Sims neben ihm zwei Tauben gurrten, vertiefte er sich in Béatrice' Nachricht. Wie sich herausstellte, war sie nicht untätig gewesen, sondern hatte tatsächlich für ihn recherchiert. Welche Wege auch immer sie dabei gegangen sein mochte – sie konnte Keller mit einigen Neuigkeiten überraschen.

Salut Konrad,

Sie wollten wissen, wie es mit dem Erbe aussieht. Wie erwartet, gibt es dafür keine einfache Antwort.

Kein Problem, dachte Keller, in seiner Lage gab er sich auch mit einer komplizierten Antwort zufrieden.

Meine ersten Erkundigungen haben ergeben, dass die Firma nach dem Tod des letzten Familienmitglieds zunächst kommissarisch von der bisherigen Geschäftsleitung weitergeführt wird, bis die weitere Erbfolge geklärt ist. Im Testament des Vaters und Inhabers ist nach meinen Erkenntnissen nämlich nur Odile namentlich genannt.

Also ein Fall für die Gerichte, folgerte Keller.

Es sieht so aus, als könnten gleich mehrere Kandidaten Ansprüche anmelden. In Betracht kämen die beiden Ex-Frauen, doch auch die möglichen Anteile von Verwandten müssten geprüft werden. Es gibt einige Cousins und Cousinen, aber auch Onkel und Tanten. Das wird ein langwieriger Prozess werden, was vom komplizierten französischen Erbrecht nicht gerade beschleunigt wird.

Das mochte ja sein, dachte Keller. Aber auch jenseits der Familie konnte es Leute geben, die von Odiles Tod und von dem ihres Vaters profitieren könnten. Leute, die sich jetzt in Position brachten, um gut bezahlte Chefposten zu ergattern. Solange die Fabrik notverwaltet wurde, würden gewiefte Mitarbeiter vielleicht die Gelegenheit nutzen, sich zu bedienen. Dazu fiel ihm als Erstes der Prokurist Gérard Noiret ein, den Nobelkoch Léon Laval erwähnt hatte und der nach Béatrice' Recherchen zurzeit eine Art Alleinherrschaft im Unternehmen ausübte. Man sollte sich mit diesem Noiret einmal unterhalten, fand er und entdeckte beim Blick in die Ferne das ziegelrote Dach der Boutella-Werke.

Glaubte er wirklich, in der alten Senffabrik würden sich Abgründe auftun? Schon möglich, gab er sich selbst zur Antwort. Es konnte jedenfalls nicht schaden, Noiret einmal auf den Zahn zu fühlen.

Wie sollte er es angehen? Keller konnte ja nicht einfach in das Büro des Geschäftsführers spazieren und ihm seine Frage an den Kopf werfen. Schließlich war er bloß ein Tourist und nicht in der Position, um in offizieller Mission zu handeln. Er musste die Begegnung mit dem Prokuristen also irgendwie arrangieren. Und er hatte auch schon eine Idee, wie er das hinkriegen konnte: Sternekoch Laval hatte Sophie und ihm gegenüber ja erwähnt, dass Noiret Kunstfanatiker war und jede freie Minute in der örtlichen Kunsthalle *Le Consortium* verbrachte. Dort könnte Keller probieren, ihm wie zufällig über den Weg zu laufen. Selbst wenn seine Kunstkenntnisse bescheiden sein mochten, rechnete er sich gute Chancen aus, mit dem Mann ins Gespräch zu kommen. Für den Einstieg sollte es zumindest genügen.

Keller musste dabei unwillkürlich an Helga denken. Seine Frau war sehr interessiert an allem Kulturellen, sie hatte ihn regelmäßig zu Opernbesuchen überredet und war Stammgast in den Galerien ihrer Stadt gewesen. Mit Helga an seiner Seite wäre es ein Leichtes gewesen, Noiret auf Augenhöhe gegenüberzutreten.

Doch er würde es auch allein schaffen. Sein Entschluss war gefasst.

13

Le Consortium lag etwas außerhalb der Innenstadt, ließ sich jedoch gut zu Fuß zu erreichen. Zunächst bewunderte er das Museum von außen: eine ehemalige *Cassis*-Fabrik, deren Eingangstrakt und Hallen in klarem Weiß erstrahlten. Keller kaufte sich eine Eintrittskarte und betrat einen riesigen Raum, der vom einfallenden Tageslicht spektakulär in Szene gesetzt wurde. Die Wände waren mit großformatigen Vertretern zeitgenössischer Kunst bedeckt. Manche farbenprächtig und opulent, andere eher rudimentär gestaltet, wieder andere provokativ. Daneben gab es einen Buchladen, ebenfalls im avantgardistischen Design.

Interessant, dachte er beim Anblick einer ganz in Weiß belassenen Leinwand, auf der rußgeschwärzte Holzscheite befestigt waren. Was auch immer ihm dieses Werk sagen sollte – jedenfalls stellte es einen starken Kontrast dar, fand er. Es könnte den Kampf Schwarz gegen Weiß symbolisieren. Gut gegen Böse. Also das, was früher sein täglich Brot gewesen war.

In seiner Wohnung würde er es trotzdem nicht aufhängen und das Bild daneben auch nicht: Das war ein auf den ersten Eindruck klassisches Ölgemälde, ein Stillleben mit einer Schale Obst. Allerdings mit vergammelten Früchten, aus denen Fliegen aufstiegen.

Eine Gruppe Surfer auf dem Meer entsprach schon eher

seinem – zugegebenermaßen nicht sehr ausgebildeten – Geschmack: Es handelte sich um eine Panoramazeichnung von beeindruckender farblicher Intensität. Doch als er näher trat, kamen Zweifel auf: Waren das etwa gar keine Surfer? Und kein Meer …

Tja, manchmal trügt der Schein, sagte sich Keller und verlagerte sein Interesse von den ausgestellten Bildern auf die Besucher der Sammlung. Er beobachtete eine Anzahl von Betrachtern, die er für Touristen hielt, ein paar junge Leute im Studentenalter und einige, die aussahen, als gehörten sie zur Dijoner Kunstszene. Nach einer ersten Orientierung blieben seine Blicke an einem Mann neben einer etwas divenhaft wirkenden Frau hängen. Er trug einen teuren Anzug und italienische Schuhe, und wenn Keller sich nicht sehr täuschte, hatte er ihn schon einmal gesehen: in der Fabrikationshalle der Senffabrik, allerdings nur von der Seite und in schlechtem Licht.

Keller schlenderte auf die vermeintlichen Kunstkenner zu. In Hörweite blieb er zunächst stehen und tat so, als würde er sich für die an dieser Stelle gezeigten Werke interessieren: quadratische Flächen in unterschiedlichen Einfärbungen, auf denen scheinbar willkürlich Buchstaben verteilt waren.

»Ich kann wirklich nicht nachvollziehen, weshalb es dir diese Stilrichtung so angetan hat, Gérard«, hörte er die Diva sagen, die aus der Nähe betrachtet jünger aussah, was hauptsächlich an ihren wallenden Kleidern und dem aufragenden Dutt lag. »Wenn du schon den Mäzen gibst, dann fördere doch bitte die, die es wert sind.«

Der Angesprochene war nicht besonders groß, wirkte jedoch extrem energiegeladen. Seine Körperhaltung verriet Keller, wie sehr er unter Strom stand.

Gérard – höchstwahrscheinlich Gérard Noiret – wippte

auf den Zehenspitzen, vermutlich, um den Größenunterschied zu der Diva auszugleichen. »Meine liebe Aurélie, diese Diskussion führen wir nicht zum ersten Mal. Ich bin davon überzeugt, dass *l'Alph-Art* eine großartige Zukunft hat.«

Die Frau wand sich gequält. »Ja, aber wo siehst du in diesen Machwerken die Inspiration? Wo die Genialität, die es braucht, um sich von anderen abzuheben und in der Kunstwelt beachtet zu werden?«

Noiret antwortete mit einem feinsinnigen Lächeln: »Die sehe ich in jedem einzelnen Pinselstrich, den Timo auf die Leinwand bringt.«

»Herrje, das verstehe, wer will. Ich kann das nicht nachvollziehen, Gérard.«

»Das ist auch nicht nötig, Aurélie. Wenn ich nur eine der renommierten Galerien von Timos Qualitäten überzeugen kann, reicht mir das vollkommen. Der Rest wird ein Selbstläufer, da bin ich zuversichtlich.«

»Ach, mit dir kann man einfach nicht vernünftig reden«, beschwerte sich die unzufriedene Aurélie, die wohl selbst gern zum Pinsel griff, wie Keller vermutete. »Das ist vergeudete Liebesmühe.« Kopfschüttelnd ließ sie Noiret stehen und schloss sich den anderen Kunstenthusiasten an, die schon weitergegangen waren.

Keller nutzte die Chance und sprach Noiret an: »Entschuldigen Sie, ich habe gerade aufgeschnappt, dass Sie den Künstler kennen. Den, der diese bemerkenswerten Anthologien erschaffen hat?«

Noiret taxierte ihn sekundenkurz. »Sie sind an moderner Kunst interessiert?«, erkundigte er sich.

»Nun ja, vielleicht nicht im eigentlichen Sinne des Wortes«, entgegnete Keller und stellte sich mit Namen vor. »Aber diese Serie hier spricht mich an. Können Sie mir mehr darüber sagen?«

Auch Noiret nannte jetzt seinen Namen und reichte Keller die Hand. Seine Miene verriet seinen Stolz, als er ausführte: »*l'Alph-Art,* die Alpha-Kunst, ist meine höchstpersönliche Entdeckung. Ihr Schöpfer heißt Timo Match, ein früh vollendeter Student der Kunstakademie. Er hat sich auf Bilder spezialisiert, bei denen Buchstaben mehr oder weniger zufällig arrangiert werden. Gerade diese Willkür in seiner Vorgehensweise sorgt für die einzigartige Wucht, mit der seine Werke auf den Betrachter wirken. Das kann im ersten Moment verstörend sein, nach einiger Zeit aber offenbart sich der tiefergehende Effekt, und man erkennt die Aussage, die hinter all dem steckt.«

»Dieser tiefere Sinn scheint Ihrer Bekannten Aurélie bislang verborgen geblieben zu sein«, stellte Keller fest.

Darauf schnaubte Noiret verärgert. »Was daran liegen könnte, dass Aurélie auch Künstlerin ist und sich selbst und ihr Werk fortwährend verkannt fühlt. Das gute Kind sucht händeringend nach einem Förderer, aber vermögende Kunstliebhaber muss man in Dijon mit der Lupe suchen.« Nachdem er Keller noch einmal gemustert hatte, erkundigte er sich: »Sie sind nicht von hier, nicht wahr?« In dieser Frage schwang die Neugierde darauf mit, ob er es mit einem potenziellen Käufer der Werke seines Schützlings zu tun hatte.

»Nein«, bestätigte Keller. »Man hört mir wohl an, dass ich Deutscher bin.«

Noiret nickte diese Information ab. »Sie interessieren sich für die schönen Künste.«

»Sonst wäre ich kaum hier«, bestätigte Keller und wandte sich wieder den Bilder Timo Matchs zu.

Noiret wertete das als Aufforderung, die Vielseitigkeit seines vermeintlichen Genies hervorzuheben: »Timo ist ungeheuer vielseitig. Wenn er nicht gerade an der Leinwand steht und seine Buchstaben arrangiert, arbeitet er mit flüssigem Polyester oder Acryl. Dazu übergießt er diverse Gebrauchsgegenstände, aber auch Kleintiere wie Insekten mit dem Kunststoff, die in ihrer plötzlichen Erstarrung eine völlig neuartige, faszinierende Wirkung entfalten.«

Der Anfang war gemacht, dachte Keller. Es fragte sich nur, wie er die Kurve kriegen und das Gespräch auf die Senffabrik lenken könnte. »Diese Polyesterskulpturen brauchen genau wie die Bilder sicherlich ausreichend Platz, um genügend Ausstrahlung zu haben. Bringen Sie Ihren Künstler auch außerhalb des Museums unter? Zum Beispiel im Rahmen einer Werksausstellung in den Boutella-Werken?«, fragte er derartig beiläufig und harmlos, dass Noiret nichts Böses dahinter vermuten konnte.

»Ach, Sie wissen von meiner hauptberuflichen Tätigkeit?«, fragte er.

»Ich habe mich schlaugemacht, bevor ich herkam«, erklärte Keller. »Wer will schon die Katze im Sack kaufen?«

»Sie sind also tatsächlich interessiert?« Noirets Lächeln wurde breiter.

»Durchaus möglich«, sagte Keller, obwohl er sich wirklich nicht vorstellen konnte, wie er Gefallen an den recht monotonen Arbeiten des angeblichen Ausnahmekünstlers finden sollte. »Aber erst einmal verraten Sie mir, was Sie zu dieser Leidenschaft gebracht hat. Wie sind Sie – ein Senffabrikant – der Kunst verfallen?«

Noiret lachte. »Erst einmal, mein Lieber, bin ich kein Fabrikant, sondern Kaufmann. Zweitens bin ich nichts und niemandem verfallen, denn trotz meiner Leidenschaft für Werke aufstrebender Talente wie Timo Match behalte ich stets die Zahlen im Auge. Wenn ich in etwas investiere, dann weiß ich, dass ich daraus meinen Gewinn ziehen werde. Eines Tages.«

Keller zog die Brauen hoch. »Dann darf ich mich also auf gepfefferte Preise einstellen, sollte ich einen Match erwerben wollen?«

»Ein Schnäppchen können Sie bei jemandem seines Kalibers nicht erwarten«, stellte Noiret klar. »Da Sie aber extra aus Deutschland angereist sind, könnten wir Ihnen entgegenkommen.«

»Wir? Übernehmen Sie die Verkaufsverhandlungen für den Künstler?«

»Ja, denn Timo gibt sich nicht mit so profanen Dingen wie dem schnöden Mammon ab.« Wieder lachte er. »Ich bin sozusagen sein Mäzen, Galerist und Agent in einem.«

»Erstaunlich, dass Sie das noch nebenbei schaffen. Gerade jetzt, da es in Ihrem Betrieb hoch hergeht. Wie man hört, werden nach dem Tod der Juniorchefin die Karten neu gemischt, nicht wahr?«

Noiret, bis eben ganz jovialer Kunstfreund, betrachtete ihn abschätzig. »Worauf wollen Sie hinaus, Monsieur? Als Geschäftsführer werde ich Ihnen gewiss keinen Einblick in unsere strategischen Planungen geben. Das hat im Übrigen auch nichts mit der Kunst zu tun, wegen der Sie hier sind.«

»Ein Stimmungsbild würde mir schon reichen«, beschwichtigte ihn Keller. »Ich muss wissen, mit wem ich es zu tun habe, bevor ich bereit bin, mein Geld anzulegen.«

»Stimmungsbild?« Er fuhr sich mit der Hand durchs Haar. »Sie wollen wissen, woran Sie sind? Also schön: Sie werden sicherlich davon gehört haben, dass Mademoiselle Boutella einiges vorhatte. Die Jugend sucht nun mal nach Veränderung.«

»Hört sich nicht so an, als würde sich das mit Ihren Vorstellungen von der Führung eines Unternehmens decken«, merkte Keller an.

»Odile Boutella wollte das Grundkonzept komplett verändern, daraus hat sie keinen Hehl gemacht. Das kann Ihnen fast jeder hier in Dijon bestätigen. Und ja: Ich – in meiner Verantwortung für immerhin knapp neunzig Mitarbeiter – konnte diesen Ideen wenig abgewinnen. Als kommissarischer Geschäftsleiter sah und sehe ich es als meine Pflicht, den Betrieb in bewährter Weise fortzuführen, getreu dem alten Prinzip: keine Experimente.« Er blickte seinen Gesprächspartner an, als warte er auf eine Reaktion. Da diese ausblieb, fuhr Noiret fort: »Ich hatte in der Sache einige – sagen wir – Diskussionen mit dem jungen Fräulein. Unsere unterschiedliche Sichtweise ist im Unternehmen bekannt, und ich stehe dazu.«

Keller zollte seinem Gegenüber Respekt für dessen Aufrichtigkeit. »Es gehört Mut dazu, sich offen gegen die künftige Chefin zu stellen.«

Noiret antwortete mit dem Selbstbewusstsein eines alten Hasen: »Ich habe mich nicht gegen sie gestellt. Ich bin loyal, aber dem Unternehmen gegenüber. Genau wie ich es gegenüber Käufern unserer Kunstwerke bin. Habe ich Sie nun von meiner Solidität überzeugt, Monsieur Keller?«

Keller ließ nicht locker: »Fest steht aber auch, dass mittlerweile nahezu alle anderen heimischen Hersteller mit traditionellem Geschäftsmodell von großen Lebensmittelkonzernen geschluckt worden sind oder in die Insolvenz gegangen sind.«

Noiret war anzumerken, dass ihm das zu weit ging. Dennoch wollte er den potenziellen Käufer nicht von der Angel lassen und antwortete leicht verkniffen: »Das lassen Sie mal meine Sorge sein. Mein Konzept hat mehr Zukunft als gewisse neumodische Geschäftsideen. Nichts für ungut, aber Odile Boutella fehlte es einfach an Reife, wofür sie nichts konnte.«

Das war deutlich genug. Keller nahm sich zurück, um Noirets Redefluss nicht zu unterbrechen. Mit Erfolg.

»Wissen Sie, was unsere Leute sagen? Diesen Floh, das erfolgreiche Geschäftsmodell unserer Firma auf den Kopf zu stellen, habe ihr ihre Mutter Mireille ins Ohr gesetzt, die auch nie viel mit Betriebswirtschaft befasst war«, redete sich Noiret in Rage. Doch nur für den Moment. Dann gewann seine Professionalität wieder die Oberhand, und er relativierte: »Das muss leider so klar ausgesprochen werden, auch wenn mir der Tod von Odile sehr, sehr leidtut.«

»Was ist denn aus Mireille Boutella geworden? Wissen Sie, was sie inzwischen macht, wo sie heute lebt?«

Noiret gelang es nicht, seine Abneigung dieser Frau gegenüber zu verbergen. »Ich habe keinen Kontakt zu ihr. Aber ich bin sicher, dass es ihr gut geht«, sagte er kalt. »Mireille Boutella hat sich von ihrem Mann auszahlen lassen und ein Weingut vor den Toren der Stadt erworben. Soweit ich weiß, direkt am Kanal gelegen.« Dann straffte er seine Schultern und sagte: »Nachdem nun alles offengelegt sein dürfte, sollten wir endlich wieder zu dem Thema kommen, das Sie hierhergeführt hat. Aus unserem Vorgespräch schließe ich, dass Sie an mehr als nur einem Bild interessiert sind, richtig? Ihnen schwebt eine ganze Serie vor ...«

Keller suchte noch nach einer Antwort, als auf der anderen Seite der Ausstellungshalle Unruhe aufkam. Ein Mann um die zwanzig in einem lässig sitzenden Leinenanzug drängte sich resolut durch eine Gruppe Museumsbesucher. Als Noiret ihn bemerkte, winkte er ihm begeistert zu.

Hatte sich Keller Timo Match bis eben noch als introvertierten Intellektuellen vorgestellt, sah er sich getäuscht: Der junge Mann, der den Raum mit der Energie eines Wirbelwinds betrat, erwies sich als alles andere als zurückhaltend. Sein Auftritt war der eines Selbstdarstellers, der es verstand, alle Aufmerksamkeit auf sich zu ziehen. Mit ausladenden Schritten und großen Gesten stürmte er auf sie zu, den seidenen Künstlerschal als Blickfang um den Hals geschlungen.

»Die Hängung passt noch immer nicht!«, rief er schon von Weitem. »Alles dicht auf dicht. Eine Katastrophe! Wann begreifen es diese Ignoranten endlich, dass man die richtigen Abstände einhalten muss? Die Lichtwirkung ist erbärmlich, wenn die Proportionen nicht stimmen!«

Verblüffend. Der Habitus eines Klaus Kinski, assoziierte Keller. Fehlte bloß noch, dass er mit Fäkalausdrücken um sich warf.

Noirets Reaktion auf den anmaßenden Auftritt verblüffte Keller mindestens genauso: Mit geradezu unterwürfigem Gehabe rechtfertigte er sich dafür, dass er diesen Missstand nicht selbst erkannt hatte. »Du hast natürlich völlig recht, Timo, so kann das nicht bleiben.«

Der Künstler strafte Noiret mit Missachtung, zerrte eine Trittleiter aus einer Nische und machte sich daran, die Hängung der Bilder zu korrigieren. »Eine Schande«, brabbelte er dabei vor sich hin. »Es ist unglaublich, was einem in diesem Haus zugemutet wird.« Noiret hielt ihm mit besorgter Miene die Leiter.

Keller erkannte, dass er bei Noiret vorläufig abgemeldet war. Wenn er hoffte, von ihm mehr über die Familie Boutella zu erfahren, musste er sein Glück wohl ein anderes Mal versuchen. »Ich melde mich wieder«, sagte er im Gehen, doch Noiret achtete gar nicht mehr auf ihn, so sehr war er damit beschäftigt, seinen aufgebrachten Schützling zu umsorgen. Keller schaffte es gerade noch, ihm ein Visitenkärtchen von sich zuzustecken.

Er war sehr nachdenklich, als er zurück zum Hafen bummelte. Dieser Noiret besaß ein waschechtes Motiv: Differenzen mit der neuen Chefin, die Sorge um den Erhalt seines

Arbeitsplatzes, vielleicht gefolgt von Existenzängsten, denn in seinem fortgeschrittenen Alter fand man nicht so einfach einen adäquaten neuen Job. Zusammen genommen wäre das ausreichend Motivation, um sich massiv gegen Odile und ihre Pläne zu stellen. Allerdings war es ein Unterschied, sich gegen die ungeliebte Chefin zur Wehr zu setzen oder sie zu töten. Keller bezweifelte nach seinem ersten Eindruck, den er von Noiret gewonnen hatte, dass der Geschäftsführer die notwendige Tatgeneigtheit mitbrachte. Er schien nicht der Typ zu sein, der zu körperlicher Aggression tendierte.

Ganz im Gegensatz zu dem von ihm so hoch gelobten Künstler: Wie es aussah, war Timo Match leicht in Rage zu bringen. Sein kurzer, jedoch heftiger Auftritt ließ darauf schließen, dass er sich mit ganzer Kraft für die Wirkung und den Erfolg seiner Kunst einsetzte und bei der Wahl seiner Mittel wahrscheinlich nicht zimperlich war. Keller schätzte ihn als aufbrausend, womöglich sogar jähzornig ein.

Und das Motiv? Hätte Noiret seinen Posten verloren, hätte auch Timo Match seinen Mäzen eingebüßt. Vielleicht hatte er dem zuvorkommen wollen, indem er Odile tötete?, mutmaßte Keller. Und zwar in der Annahme, dass Noiret dadurch weiter fest im Sattel blieb. Denn wer auch immer nun das Erbe antrat, würde froh sein, wenn die Fabrik weiterhin von einem langjährigen Fachmann geführt wurde.

Während Keller durch die Stadt ging, ohne auf seine Umgebung zu achten, stellte er seine Hypothese auch schon wieder infrage: Ihm erschien die Argumentation allzu konstruiert. Dennoch: Timo Match sollte man im Auge behalten.

Und wie weiter? Keller war inzwischen viel zu tief in die Ermittlung eingestiegen, um einfach aufzuhören. Hatte Noiret nicht gesagt, dass Mireille Boutella sich auf einem Weingut vor den Toren der Stadt niedergelassen hatte? Direkt am Kanal? Keller besaß eine ausgesprochene Vorliebe für Weingüter! Schon bei seiner Bootstour durch Okzitanien hatte er einige Winzer aufgesucht und war in den Genuss so manch guten Tropfens gekommen. Wie schön wäre es, sich auch einmal einen Weinberg im Burgund anzusehen. So könnte er das Angenehme mit dem Nützlichen verbinden.

Gleich morgen früh wollte er ablegen und zu Mireille Boutellas Weingut fahren. Es dürfte ja kein Problem sein, den genauen Standort herauszufinden. Damit würde er hoffentlich auch die Reporter los, die sonst wahrscheinlich bald wieder am Hafen aufkreuzten.

14

So, wie es aussah, war er der Belagerung durch die Reporter auch durch seinen kleinen Ausflug nicht entkommen: Vor seinem Boot lungerten wieder einige Gestalten herum, deren große Kamerataschen eindeutige Rückschlüsse auf ihren Beruf zuließen. Keller unternahm daher gar nicht erst den Versuch, sich dem Liegeplatz zu nähern, sondern machte auf dem Absatz kehrt. Wahrscheinlich musste er bis zum Abend warten, um sich dann im Schutz der Dämmerung an Bord zu schleichen. In der Hoffnung, die Journalisten hätten keine Lust auf zu viele Überstunden und wären bis dahin nach Hause gegangen.

Doch was sollte er in der Zwischenzeit tun? Seinen Rundgang durch die Straßen Dijons fortsetzen, um mehr von dieser geschichtsbewussten Stadt zu sehen? Angebracht wäre es, denn durch seine privaten Ermittlungen war er so beschäftigt, dass er kaum noch das tun konnte, was anspruchsvolle Urlauber gemeinhin taten: Land und Leute kennenlernen. Was schade war, denn er hätte sich gern ein Stück der burgundischen Seele erschlossen, von der es hieß, dass sie an Vertrautem festhielt. Diese Region hatte vieles ihrer ursprünglichen Art bewahrt und verdiente es, mit allen Sinnen erkundet zu werden: angefangen bei Dijon mit seiner zauberhaften Altstadt über Beaune mit seinen guten Weinen, Mâcon mit seiner mediterranen Lebensart oder Autun, wo noch immer die romanische Vergangenheit zu spüren sein sollte. Auf all diese Orte hatte sich Keller sehr gefreut. Genau wie auf die vielen verschlafenen Dörfer, die in keinem Reiseführer auftauchten und in denen die Uhren langsamer gingen als im übrigen Frankreich.

Doch Keller war nun mal ein alter Spürhund, und so fasste er den Entschluss, die gewonnene Zeit doch lieber dafür zu verwenden, einer neuen Spur zu folgen: Timo Match war es seiner Meinung nach wert, dass er sich intensiver mit ihm beschäftigte. Ob der Künstler bereit wäre, sich mit ihm zu unterhalten? Keller könnte dafür denselben Vorwand benutzen, mit dem er schon bei Noiret Erfolg gehabt hatte: Er würde Kaufinteresse heucheln.

Mit einem Blick auf die Armbanduhr fragte sich Keller, ob er Match noch in der Kunsthalle antreffen würde. Oder sollte er es direkt in Matchs Atelier probieren? Die Eingabe des Namens bei Google reichte, um eine Homepage samt Adresse ausfindig zu machen. Demnach war das Atelier zu Fuß zu erreichen. Keller fand, dass sich ein Abstecher dorthin lohnen könnte.

Die Gasse, in die sich Keller von seinem Smartphone leiten ließ, war typisch für das mittelalterliche Dijon: der Weg zu seinen Füßen mit Kopfstein gepflastert, die schmalen Häuser durch filigranes Fachwerk gestützt. Zum Atelier ging es durch einen engen Tordurchgang, durch den Keller auf einen Hinterhof gelangte. Dort war ein handwerklicher Kleinbetrieb zum Studio umfunktioniert worden, wovon mehrere Skulpturen schon im Eingangsbereich kündeten. Sie waren nicht aus Kunststoff, wie Keller es nach dem Gespräch mit Noiret erwartet hätte, sondern aus Metall. Match schien tatsächlich vielseitig begabt zu sein.

Keller trat vor eine Tür aus grün lackiertem Blech, in

die ein Fensterband eingelassen war. Er spähte durch eine schmutzig trübe Scheibe ins Innere. Dort herrschte ein kreatives Chaos: eine Reihe von Staffeleien, bemalte Leinwände in allen Größen und eine ganze Armada von Pinseln, die auf jeder sich bietenden Fläche abgelegt worden waren. Dazu Farbtöpfe, Tiegel und Tuben in Regalen, auf Tischen und auf dem Boden. Nun entdeckte Keller auch einige der beschriebenen Plastikfiguren: einige in Form von Fantasiegestalten, daneben durchsichtige Acrylblöcke, in denen Keller die zartgliedrigen Körper von Insekten, aber auch den einer Schildkröte erahnte.

Da von dem Künstler selbst nichts zu sehen war, klopfte Keller an. Erst zaghaft und als sich nichts rührte, so kräftig, dass das Glas schepperte.

Im Atelier blieb es ruhig. Das hieß wohl, dass sich Match noch in der Kunsthalle aufhielt. Sollte Keller also dorthin gehen und darauf hoffen, ihm unterwegs über den Weg zu laufen? Während er darüber nachdachte, drückte er eher unbewusst die Klinke der grünen Eingangstür, die zu seiner Überraschung nachgab und quietschend aufschwang. Der Künstler musste vergessen haben, abzusperren. Oder dem Ausnahmetalent fehlte es an bürgerlichem Sicherheitsbedürfnis. Trotzdem fahrlässig, fand Keller. Denn wenn Matchs Werke nur halb so viel wert waren, wie es dessen Mentor Noiret suggerierte, könnten offene Türen ziemlich bald für unerwünschten Besuch sorgen.

Auch Keller legte den unverschlossenen Zugang als Einladung aus, dass er sich umsehen durfte. Vorsichtshalber rief er aber laut Matchs Namen, bevor er das Studio betrat. Er tastete sich vor, wobei er darauf achtete, auf keinen der vielen Gegenstände zu treten, die über den fleckenübersäten Boden verteilt waren. In dem großen Atelier, in das durch seitliche Fensterreihen Tageslicht flutete, herrschte ein feuchtwarmes Klima. In der Luft hing der Geruch nach Verdünnungsmitteln, Aceton und sonstigen Chemikalien. Keller warf einen flüchtigen Blick auf die Bilder, die sich im Stil nicht sonderlich von denen in der Ausstellung unterschieden.

Bald wandte er sich den Kunststoffschöpfungen zu und musste feststellen, dass die Schildkröte keineswegs die größte Kreatur war, die Match in einem Acrylblock konserviert hatte: Unter einem Tuch entdeckte er einen glasklaren, kniehohen Kubus, in dem ein kleiner Hund steckte. Keller bückte sich, um sich dieses gewöhnungsbedürftige Exponat näher anzusehen. Beim Blick in die dunklen Augen des Tieres konnte er nur hoffen, dass der arme Kerl nicht mehr am Leben gewesen war, als er mit der heißen Substanz übergossen worden war.

»Was zum Teufel …«

Keller fuhr hoch, als er Schritte hinter sich hörte. Im nächsten Moment blickte er in das wutverzerrte Gesicht von Timo Match.

»Was haben Sie hier zu suchen?«, fauchte Match ihn an.

Keller erhielt keine Gelegenheit zu antworten, schon schnellte Matchs Hand nach vorn und packte Keller am Hals. Mit der anderen Hand fasste er Keller am Arm.

»Loslassen!«, röchelte Keller im Versuch, sich zu befreien. Er fasste nach Matchs Handgelenk.

Der aber drückte voller Zorn zu. »Sie sind in mein Studio eingedrungen!«, fuhr er Keller an.

»Die Tür …« Keller bekam kaum einen Ton heraus. »Es war offen.«

Match schien das nicht als Entschuldigung zu akzeptieren. Er stemmte sich gegen Keller, der wiederum an einem Zeichentisch Halt suchte.

Endlich gelang es Keller, Matchs Hand von seinem Hals

zu lösen. Hustend rief er: »Hören Sie auf damit! Sofort!« Der energische Ton in seiner Stimme zeigte Wirkung, denn nun lockerte sich auch der Griff um seinen Arm.

»Wer sind Sie?«, fragte Match noch immer gereizt.

»Keller heiße ich. Konrad Keller.« Wieder musste er husten. »Ich habe Ihre Bilder gesehen. Im Kunstforum.«

Match ließ von ihm ab und trat einen Schritt zurück. Er musterte Keller. »Sie sind in *Le Consortium* gewesen? Ja, ich glaube, ich habe Sie vorhin dort gesehen.«

»Begrüßen Sie Ihre Kunden immer so herzlich?«, fragte Keller bissig. Er fühlte sich schwindlig, der Kehlkopf schmerzte.

»Kommt darauf an.«

Match blieb also auf Krawall gebürstet, stellte Keller fest. War es sinnvoll, in dieser aufgeheizten Atmosphäre das Gespräch über Odile zu suchen? Wohl kaum, meinte Keller, denn das könnte den nächsten Tobsuchtsanfall auslösen. Er würde wohl auf eine andere Gelegenheit warten müssen, um sich den überspannten Künstler vorzuknöpfen.

»Was ist jetzt?«, fragte Match unvermittelt. »Wollen Sie etwas kaufen? Ja oder nein? Meine Zeit ist kostbar.«

Keller stieß sich von dem Zeichentisch ab und trat auf Match zu. Der war kaum größer als er und ebenso schmal gebaut. Dennoch wollte es Keller nicht auf eine weitere Konfrontation ankommen lassen. Er beließ es bei einem warnenden Blick. »Ein andermal. Vielleicht.« Er wandte sich zur Tür.

»Sie wollen gehen?«

»Ja, denn ich fühle mich hier nicht willkommen.«

»Für welches meiner Werke interessieren Sie sich überhaupt?«

Keller blieb stehen. Versuchte Match jetzt doch noch zu verhandeln? Zu spät!

»Leinwand oder Acrylblock?«

»Weder noch«, antwortete Keller kalt und drehte sich noch einmal zu Match um.

»Wie schade …«, meinte dieser und legte seine flache Hand auf den in Kunststoff erstarrten Hund. »Ich experimentiere jetzt nämlich auch mit Primaten. Zweibeiner in einer kristallinen Hülle aus künstlich hergestelltem Polymer – wäre das etwas für Ihre Wohnung?«

Die nächste Provokation, erkannte Keller und ging wortlos zur Tür. Match verstand es, das *Enfant terrible* zu geben und dieses Spiel auf die Spitze zu treiben. Alles bloß Masche, um sich wichtigzumachen? Der Wahnsinn eines überdrehten Künstlers? Oder bewusstes Kalkül, um von etwas abzulenken?

Keller war nach diesem Besuch jedenfalls nicht viel schlauer als zuvor. Eines aber wusste er gewiss: Eine Gewalttat traute er Match nach dieser Würgeattacke sehr wohl zu.

Zwei Kerle, die sich dreist auf die Poller direkt neben Kellers Hausboot gesetzt hatten, verrieten Keller, dass er selbst jetzt, am frühen Abend, nicht auf sein Schiff konnte. Ärgerlich, denn ihm blieb heute nicht mehr viel Zeit zum Auslaufen, da die Schleusen bald den Betrieb einstellten. Doch Keller verspürte wenig Lust, sich mit den Reportern auseinanderzusetzen und sich dabei ein weiteres Mal gegen seinen Willen fotografieren zu lassen. Bloß, was konnte er dagegen tun? Er musste sich etwas einfallen lassen, wie er das Schiff startklar machen konnte, ohne dass die Meute über ihn herfiel.

Bevor er länger darüber nachdenken konnte, kamen zwei Jugendliche in sein Blickfeld, die mit Skateboards über die Promenade kurvten. Als sie auf seiner Höhe waren, stieß Keller einen Pfiff aus. Die beiden blieben stehen und sahen ihn fragend an. Sicher rechneten sie damit, dass der alte Herr sie auffordern würde, langsamer zu fahren. Doch stattdessen winkte er mit zwei Zehneuroscheinen.

»Wollt ihr euer Taschengeld aufbessern?«, fragte er.

Die beiden Jungen sahen ihn misstrauisch an.

Keller reagierte mit einem gewinnenden Lächeln. »Keine Sorge, ich will euch nichts Böses. Seht ihr das Hausboot dort hinten? Das, vor dem die beiden Typen sitzen?«

Einer der Jungen nickte.

»Das sind Journalisten, die auf ein Interview mit mir aus sind, was ich aber nicht möchte.«

»Sind Sie etwa ein Promi oder so?«, wollte der andere Jugendliche wissen und musterte Keller von oben bis unten, vermutlich um zu prüfen, ob er ihn von irgendwoher kannte.

»Wie man's nimmt«, erwiderte Keller und hielt den beiden die Scheine entgegen. »Alles, was ihr dafür tun müsst, ist, denen zu sagen, dass ihr mich gerade vor einem Bistro in der Innenstadt gesehen habt und dass dort schon alles voller Fotografen ist. Jede Wette, dass sie dann sofort weg sind?«

Die Jungen sahen sich an, dann griffen sie entschlossen nach dem Geld.

Kurz darauf konnte Keller die Liegegebühr zahlen und unbehelligt sein Boot besteigen. Er löste die Taue und trat an den Steuerstand. Neben sich hatte er eine nautische Karte gelegt, die den kurvigen Verlauf des Canal de Bourgogne nachzeichnete. Er tippte auf die orange markierte Fläche, die Dijon darstellte, und ließ seinen Finger dann in Richtung Westen gleiten. Zunächst wollte er ein Stück durch die Stadt und die Vororte fahren. Bestenfalls bis Plombières-lès-Dijon, wo es ebenfalls einen kleinen Hafen gab. Dort könnte er die Nacht verbringen. Vielleicht schaffte er es sogar noch durch die nächste Schleuse, um sein Boot danach auf freier Strecke zu vertäuen. Dort würde ihn garantiert kein Reporter aufspüren. Er ließ den Motor an und fühlte, wie der Schiffsdiesel den Boden zum Vibrieren brachte.

Beim Hafenmeister hatte er sich nach dem Weingut von Madame Boutella erkundigt. Um es zu erreichen, musste er morgen noch weitere Schleusenstufen in Richtung Fleurey-sur-Ouche passieren. Ihr Weingarten lag an den Ausläufern des Forét de Plombières nahe der Waldgrenze.

Es gelang ihm, das Boot aus dem Hafenbecken zu manövrieren, noch bevor die Journalisten seine List durchschaut hatten und zurückkamen. Er gab Vollgas, was nicht viel hieß, es hätte nicht einmal gereicht, um einen ambitionierten Jogger zu überholen. Trotzdem ließ er die Kaianlagen unbehelligt hinter sich.

Kaum hatte er die Peripherie der Stadt erreicht, veränderte sich die Umgebung. Kellers Boot durchquerte eine hügelige, waldreiche Landschaft mit malerischen Weilern. Am Ufer tauchten vereinzelt alte Dörfer auf, wo ihm freundliche und gelassen wirkende Menschen zuwinkten.

Als besondere Attraktion erwiesen sich die teils bewohnten Schleusenhäuschen – jedes von ihnen ein Unikat. Eines hatten die Eigentümer zu einem Café umgebaut, und die Bewohner eines anderen Häuschens hielten Gänse, Hühner und Kaninchen. An Land wie auf dem Kanal lebte es sich hier sehr beschaulich, stellte Keller wieder einmal fest.

Da manche Schleusen noch nicht automatisiert waren, musste er selbst Hand anlegen. Während sein Schiff von Tauen gehalten wurde und der Motor im Leerlauf arbeitete, kurbelte er an einem gusseisernen Rad, damit sich das Tor schloss. Eine pummelige, rotwangige Schleusenwärterin half ihm dabei. Sie stellte sich als Florence vor und erzählte, auch schon ihre Eltern und Großeltern seien Schleusenwärter gewesen. Im Hauptberuf arbeite sie in einer Bäckerei, aber das hier mache ihr weitaus mehr Spaß.

Trotz der fortgeschrittenen Stunde kam Keller so gut voran, dass er bei einbrechender Dämmerung gut zwei Drittel der Strecke geschafft hatte, deutlich mehr als vorausberechnet. Auf Höhe einer stattlichen Pappel lenkte Keller das Boot ans Ufer und nahm sich zwei Pflöcke und einen Hammer. Er ging von Bord und hieb die Pflöcke in den Boden. Anschließend nahm er die Leinen auf, um sie daran festzuzurren. Ein weiteres Tau schlang er um den Stamm der Pappel.

Dann kletterte er zurück an Deck, holte eine Flasche Rosé aus dem Kühlschrank und entkorkte sie. Gerade wollte er sich einschenken und die Zutaten für ein einfaches Abendessen zusammensuchen, da meldete sich sein Handy. Als er Sophies Nummer erkannte, huschte ein Lächeln über sein Gesicht.

»Wie geht es dir, mein Kind?«, begrüßte er sie freudig.

»Super! Nettes Ensemble, cooler Regisseur. Alles gut.«

Das hörte Keller gern. Er hätte gern mehr über Sophies neues Engagement erfahren, sie aber hatte anderes im Sinn. »Wie gehen die Ermittlungen voran?«, wollte sie wissen.

Keller seufzte, denn all das zu erzählen, was sich seit ihrer Abreise ereignet hatte, würde eine Weile dauern. Da ihm der Magen knurrte, fing er mit dem Kochen an, während er seiner Tochter Bericht erstattete. Nach Sichtung der Vorräte entschied er sich für Kotelett mit Süßkartoffeln. Und damit es in die Gegend passte, wollte er das Fleisch mit einer Senf-Pastis-Glasur versehen.

»Hört sich ganz danach an, als hätte dieser Noiret ein echtes Motiv«, meinte Sophie, nachdem sie ihrem Vater eine Weile zugehört hatte.

»Warte erst ab, was ich dir über seinen Schützling Timo Match verraten kann!«, kündigte er an und erzählte von dessen Attacke.

»Wow!«, rief Sophie. »Er ist dir allen Ernstes an die Gurgel gegangen? Mensch, Paps, das hätte böse ins Auge gehen können.«

»Meine Augen hat er freundlicherweise in Ruhe gelassen«, scherzte Keller, der den Schrecken mittlerweile überwunden hatte. »Aber natürlich stimmt es, was du sagst. Das war eine gefährliche Situation, so wie ich sie eigentlich nicht mehr haben wollte. Da reichen mir die einschlägigen Erlebnisse aus meinen Dienstjahren.«

»Wenn ich das meinen Brüdern erzähle, ist hier die Hölle los. Ein solches Risiko darfst du nicht noch einmal eingehen, versprochen?«

»Wer konnte ahnen, dass dieser Atelierbesuch zum Risiko werden würde?«, meinte Keller ausweichend und fügte schnell hinzu: »Es war ja nicht umsonst. Zu gern würde ich Matchs Alibi überprüfen.«

»Hast du eine Ahnung, ob die Polizei in dieselbe Richtung ermittelt?«, wollte Sophie wissen.

»Ich kann es nur hoffen. Ich bin drauf und dran, Capitaine Giraud anzurufen und genau danach zu fragen. Andererseits möchte ich seine Aufmerksamkeit nicht unnötig wieder auf mich lenken – immerhin habe ich seit gestern Ruhe vor ihm.«

»Als Nächstes nimmst du dir also Odiles Mama vor?«, erkundigte sich Sophie. »Mit welcher Masche willst du denn bei ihr landen?«

»Am liebsten mit gar keiner«, antwortete Keller, der sich bislang keinen Plan für diesen Besuch zurechtgelegt hatte. »Einer Mutter, die gerade ihr einziges Kind verloren hat, möchte ich ungern etwas vorspielen.«

»Meinst du denn, dass du einfach so an sie herankommst?«

»Ich werde mein Möglichstes versuchen.«

»Und was willst du von ihr wissen?«

Wieder eine Frage, für die Keller keine Antwort parat hatte. Denn im Gegensatz zu seinem Vorgehen als aktiver Kommissar, der sich auf fundierte Daten, Fakten und bereits vorliegende Zeugenaussagen berufen konnte, musste sich der Privatmann Keller mehr oder weniger von seinem Bauchgefühl leiten lassen. Und von seiner Erfahrung. »Das werde ich situationsabhängig entscheiden«, sagte er.

»Situationsabhängig, soso.«

»Mir geht es vorrangig darum, den Täterkreis nach dem Ausschlussprinzip einzuschränken«, führte Keller aus. »Gelingt es mir nicht, auch bei Odiles Mutter ein überzeugendes Motiv zu erkennen, kommt sie gar nicht erst auf meine Liste.«

»Die Liste, auf der bereits Noiret und Match stehen«, folgerte Sophie.

»Ganz genau, wobei es bei Match noch mit dem Motiv hapert.«

Nachdem sie sich verabschiedet hatten, widmete sich Keller seinem Essen. Inzwischen war die Kabine von einem würzig aromatischen Duft erfüllt. Keller deckte den Tisch und freute sich auf das Gericht, das er sich heute gönnen wollte. Er nahm gerade einen Topflappen zur Hand, um das überbackene Fleisch aus dem Ofen zu holen, als das Telefon erneut klingelte. Ein kurzer Schrecken durchfuhr ihn, als er eine französische Nummer auf dem Display erkannte: Es war die Gendarmerie.

»Hallo?«, rief er angespannt.

»Giraud am Apparat«, erklang die tiefe, raue Stimme des Capitaine.

Nach kurzem Luftschnappen fragte Keller: »*Bonsoir*. So spät noch im Dienst?«

»Das kennen Sie doch, Monsieur Keller: Während einer laufenden Mordermittlung hat man nie so richtig Feierabend.«

Das konnte Keller nur bestätigen. »Wie kann ich diesmal helfen?«

»Wie wir feststellen mussten, haben Sie Dijon verlassen.«

»Ja. Ich bin ein freier Mann, oder etwa nicht?«

»Es wäre trotzdem gut gewesen, wenn Sie mich über Ihre Abreise vorab informiert hätten.«

»Sie haben ja meine Nummer und können mich jederzeit erreichen«, rechtfertigte sich Keller. Er sah keinen Grund, sich in seiner Bewegungsfreiheit einschränken zu lassen.

»Was mich angeht, ist das in Ordnung«, meinte Giraud, um dann jedoch hinzuzufügen: »Der Untersuchungsrichter könnte das allerdings anders sehen. Sie kennen die Funktion eines Untersuchungsrichters in Frankreich? Von den Aufgaben und Befugnissen her entspricht sein Amt in etwa dem eines Staatsanwalts bei Ihnen in Deutschland. Letztendlich ist er es, der über die nächsten Ermittlungsschritte entscheidet.«

»Das ist mir bekannt, Capitaine«, sagte Keller und störte sich an dieser erneuten verdeckten Drohung.

»So? Dann wissen Sie auch, dass ich nicht ewig meine schützende Hand über Sie legen kann.«

»Tun Sie das denn?« War es nicht vielmehr so, dass Giraud schlicht und einfach nichts gegen Keller vorbringen konnte? Zumindest nichts, was einen Haftbefehl rechtfertigte?

»Ich kann mich nur gebetsmühlenartig wiederholen: Ich halte Sie nicht für den Täter.«

»Ist das wirklich Ihre Meinung?«, fragte Keller.

»Ja. Aber der Untersuchungsrichter könnte auf solche Gedanken kommen.«

»Hören Sie doch auf damit, so ein Bedrohungsszenario aufzubauen!«, rief Keller verärgert. »Sagen Sie mir einfach, was Sie von mir wollen.«

»Weshalb so dünnhäutig? Ich möchte Ihnen helfen. Im Gegenzug erwarte ich das Gleiche von Ihnen. Haben Sie neue Informationen für mich?«

Keller schluckte seinen Ärger hinunter und wies ihn erneut auf Noiret hin und dessen mögliches Motiv. »Haben Sie ihn schon befragt?«

»Noch nicht«, antwortete Giraud. »Bisher haben wir uns auf das familiäre Umfeld konzentriert.«

»Ich empfehle, das nachzuholen. Vielleicht stoßen Sie dann auch auf ein Individuum namens Timo Match.«

»Dieser Name sagt mir nichts.«

»Oh, das dürfte ihn schmerzen. Match ist Künstler und überaus überzeugt von sich.«

»Wo besteht der Zusammenhang zu Odile Boutella?«

»Match wird von Noiret protegiert. Hätte Odile Boutella sich von Noiret getrennt und einen neuen Geschäftsführer gesucht, wäre Match höchstwahrscheinlich seinen Sponsor los gewesen. Möglicherweise wollte er dem zuvorkommen? Match ist extrem impulsiv mit Tendenz zu Gewaltausbrüchen, das habe ich am eigenen Leib zu spüren bekommen.«

»Match soll Odile getötet haben, damit Noiret seinen Posten behält? Ist das nicht ziemlich um die Ecke gedacht?«

»Ich kann nur Hinweise geben. Alles Weitere liegt bei Ihnen.«

Das Essen war nur noch lauwarm, als Keller endlich bei Tisch saß. Außerdem schmeckte es ihm längst nicht so gut, wie er sich das vorgestellt hatte. Vor allem die ausgeprägte Senfnote empfand er nun eher als störend und nicht als Bereicherung. Die Zutaten konnten nichts dafür, das war ihm klar. Giraud hatte ihm mit seinem Anruf ganz einfach den Appetit verdorben.

Der Abend war gelaufen, erkannte Keller zerknirscht und räumte das Geschirr in die Spüle.

15

Nach kurzem Frühstück – diesmal ganz französisch mit Baguette und Kaffee – stieg Keller auf eines der beiden Fahrräder, die zur Bordausstattung gehörten, um dem Weingut von Mireille Boutella einen Besuch abzustatten. Er radelte den Treidelpfad am Kanal entlang, wo früher Pferde die Kanalschiffe zogen.

Das Weingut reichte bis fast an die Uferböschung heran. Keller sperrte sein Fahrrad vor dem Eingangstor an den Stamm einer Kastanie und ging zu Fuß den Hang hinauf. Zu beiden Seiten der geschwungenen Kiesauffahrt ragten schlanke Zypressen in den Himmel, und die dicht bewachsenen Weinberge ringsum zeigten bereits ein warmes Ockergelb.

Das wunderschön gelegene Haupthaus war liebevoll restauriert, sein Dach mit Ziegeln in den verschiedensten Rot- und Brauntönen gedeckt. Keller folgte einem Hinweisschild und betrat einen Verkaufsraum, wo er von einer Verkäuferin höflich gegrüßt wurde. Weinkartons stapelten sich bis zur Decke, außerdem wurden diverse andere Artikel angeboten, ansprechend dekoriert in massiven Holzregalen: Honig, Kräutermischungen und – wie könnte es anders ein? – Senf.

Als er sich bei der Verkäuferin nach der Chefin erkundigte, erteilte ihm die Frau eine Absage: Madame Boutella sei wegen eines Trauerfalls derzeit nicht zu sprechen.

»Aber es wäre sehr wichtig«, insistierte Keller.

»Tut mir leid, Monsieur, aber Madame hat mir aufgetragen, niemanden zu ihr vorzulassen.«

Obwohl er es eigentlich nicht vorgehabt hatte, griff Keller nun doch in die Trickkiste. »Das ist aber schade«, sagte er mit bedauernder Miene. »Ich bin eigens aus Deutschland angereist, um mich von Madame Boutella beraten zu lassen. Sie genießt einen exzellenten Ruf als Expertin für die Weine des Burgund, selbst bei uns in Süddeutschland.« Er strich sich mit der flachen Hand über den Kopf. »Zu gern hätte ich sie gesprochen! Immerhin geht es nicht nur um ein oder zwei Flaschen …«

Er hatte noch nicht ganz ausgesprochen, als sich ein Vorhang hinter dem Kassentresen bewegte und eine weitere Frau heraustrat. Nicht mehr jung, aber schön und anmutig. Keller musterte sie und erkannte die Augen von Odile wieder. Ja, kein Zweifel, dies musste Mireille Boutella sein. Während sie mit schmalem Lächeln auf ihn zukam, sah sie verletzlich und tieftraurig aus.

Dennoch schien sie bereit, sich auf ein Kundengespräch einzulassen. »Lassen Sie nur, Lisa«, sagte sie zu der Verkäuferin. »Ich übernehme den Herrn.« An Keller gerichtet fuhr sie fort: »Mein Name ist Boutella. Wie ich höre, kommen Sie aus Deutschland? Was verschafft mir die Ehre? Sie haben dort ja selbst großartige Weine, etwa in Franken und der Pfalz. Ich habe viel übrig für deutsche Weißweine.«

»Sie sagen es: Weißweine. Meine Vorliebe liegt eher bei den Roten«, behauptete Keller. Gern wäre er jetzt ohne Umschweife auf sein eigentliches Thema gekommen, weil er der trauernden Mutter nicht länger als unbedingt nötig etwas vorspielen wollte, doch weitere Kunden betraten den kleinen Verkaufsraum. An ein offenes Gespräch mit der Weingutbesitzerin war hier und jetzt nicht zu denken.

»An welchem Wein sind Sie denn interessiert?«, erkundigte sich Mireille Boutella. Sie war sichtlich bemüht, sich keine Schwäche anmerken zu lassen, was ihr nur teilweise gelang. »Welche Richtung bevorzugen Sie?«

»Ich bin ganz offen – und neugierig: Was bauen Sie auf Ihrem Gut an?«

»Unsere Rotweine werden vorzugsweise aus den Rebsorten Pinot Noir oder Gamay hergestellt, sie vereinen Kraft und Komplexität mit Finesse. Und nur damit Sie es wissen: Wir haben auch ein kleines Sortiment an Weißweinen, für die wir Chardonnay und Aligoté-Reben verwenden.«

»Worin liegen die Unterschiede zu den Weinen aus dem Süden Frankreichs?«, erkundigte sich Keller und beobachtete aus den Augenwinkeln, wie sich die neuen Kunden in aller Seelenruhe umsahen.

»Die sind zahlreich. Wir mögen hier zwar weniger Sonnenstunden haben, dafür ist unsere Bodenbeschaffenheit vielfältiger, was den Geschmack besonders facettenreich macht. Wir können eben nicht nur dunkel und schwer, sondern produzieren Weine mit Esprit. Davon abgesehen geben wir der Domänenabfüllung den Vorzug, und Sie erhalten alles aus einer Hand. Es geht bei uns deutlich persönlicher zu als bei Genossenschaften, wie sie im Süden häufig anzutreffen sind.«

Da die anderen Kunden in Hörweite blieben, musste sich Keller etwas einfallen lassen. Wenn er Mireille Boutella ungestört sprechen wollte, sollte er sie besser aus dem Raum locken. »Ehe ich mich für einen neuen Lieferanten entscheide, schaue ich mir gern an, wie er – oder sie – den Wein herstellt. Ein Blick in den Weinkeller, ein Streifzug durch die Reben. So etwas schafft Vertrauen.«

»Ich verstehe«, sagte Mireille Boutella und nahm die Verkäuferin beiseite. »Übernimmst du bitte die andere Kundschaft, Lisa? Ich bin mit dem Herrn für eine Weile unterwegs.«

Mireille Boutella ging voran, wobei Keller das Gefühl beschlich, dass sie sehr geschwächt und entsprechend unsicher auf den Beinen war. Dennoch bemühte sie sich, das Gespräch am Laufen zu halten.

»Mit der Herstellung von frischen und jung zu trinkenden Rotweinen hat man im Burgund ja erst vor etwa dreißig Jahren so richtig begonnen«, erläuterte sie ungefragt, »vorher kannte man vor allem fülligere Sorten, unsere Klassiker. Sie gehörten und gehören zu den besten und am höchsten bewerteten Weinen in Europa.«

»Deswegen bin ich hier«, warf Keller ein, denn noch waren sie nicht unter sich. »Wegen Ihrer Klassiker, aber auch um Neues zu entdecken. Überraschen Sie mich.«

»Das tue ich sehr gern. Sie werden Ihren Besuch nicht bereuen.«

Mireille Boutella ging eine ausgetretene steinerne Treppe hinunter in einen riesigen Weinkeller, der noch weitläufiger zu sein schien als die Gebäude darüber. Zielsicher schritt sie zwischen den Kisten und Regalen voll Weinflaschen entlang, die für Kellers ungeübtes Auge alle gleich aussahen, aber wohl die unterschiedlichsten Jahrgänge und Qualitäten enthielten.

Das einzige Licht spendeten ein paar alte Glühbirnen, die von Balken an der Decke baumelten. Es verlor sich in den Tiefen des Gewölbes und wurde weiter hinten vollständig von der Dunkelheit verschluckt. Die Holzfässer an den Wänden dämpften das Geräusch ihrer Schritte.

Dafür hatte der Geruchssinn umso mehr zu tun: Eine überwältigende Fülle von Düften erfüllte die feuchtkühle Luft. Keller erschnupperte Alkohol, Hefe, überreifes Obst und darüber die verheißungsvollen Aromen der fertigen

Weine. Er war sich sicher: Würde er sich länger hier unten aufhalten, würde er allein von den Gerüchen betrunken.

Ohne zu zögern, nahm Mireille Boutella irgendwo eine Flasche heraus und entfernte mit einer geschmeidigen Bewegung den Korken. »Das ist ein Cuvée, ein Verschnitt mehrerer Rebsorten, aber gewiss anders, als Sie das kennen«, sagte sie, und Stolz schwang in ihrer Stimme. »Mein absoluter Liebling, in kleinen Mengen nur für beste Freunde hergestellt. Kraftvoll und aromatisch, dabei doch sehr leicht und fast ohne Restsüße.«

Sie schenkte in zwei Gläser ein, die auf dem Deckel eines ausgedienten Weinfasses standen. Keller nahm zögerlich an. Es war an der Zeit, das Thema zu wechseln und auf den eigentlichen Anlass seines Besuchs zu kommen.

»Ich habe ihn selbst kreiert, angepflanzt auf einer kleinen Parzelle, die durch einen Starkregen verwüstet worden war«, vertraute Mireille ihm an. »Was Sie soeben verkosten, ist eine Mischung aus Cabernet Sauvignon und Merlot. Es wäre reizvoll gewesen, noch etwas Nebbiolo hinzuzufügen und das vielleicht sogar noch mit Syrah zu mischen. Aber so viele Rebsorten zu vermengen, das ist im Burgund verpönt, wir achten hier immer noch sehr auf Tradition.«

Jetzt hätte Keller sich gern zu erkennen gegeben und den wahren Grund für seinen Besuch genannt. Doch da fiel ihm etwas ein: Er wollte noch eine Sache klären, bevor Mireille erfuhr, mit wem sie es wirklich zu tun hatte. Also nippte er am Wein, nickte beifällig und fragte so beiläufig wie möglich: »Ist das Leben als Winzerin im Burgund eigentlich einträglich? Sie haben hier eine außerordentlich gute Lage …«

»Beileibe nicht!«, wehrte Mireille ab. »Die Konkurrenz ist groß, ich bin nur eine Erzeugerin von vielen.« Da Keller sie weiter fragend ansah, fügte sie hinzu: »Ja, mein Weinberg hat einen guten Boden und liegt günstig. Doch ich besitze das Weingut noch nicht so lange, daher habe ich weder den Namen noch die Vertriebsmöglichkeiten, um hohe Preise zu erzielen. Ich bin auf Mundpropaganda angewiesen, denn ein richtiges Marketing kann ich mir nicht leisten. Sie können mir glauben: Mit dem, was der Weinberg abwirft, macht man keine großen Sprünge. Umso mehr freue ich mich über neue Kunden wie Sie.«

Keller erkannte, dass er ihr nun nicht länger etwas vormachen durfte, andernfalls würde er sie brüskieren. Außerdem hatte er bereits eine wichtige Erkenntnis über ihre Finanzlage gewonnen und damit eines seiner Ziele erreicht. Daher lenkte er das Gespräch in andere Bahnen: »Entschuldigen Sie die indiskrete Bemerkung: Der Name Boutella ist in dieser Gegend ja sehr bekannt, wird aber meistens mit Senf in Verbindung gebracht, nicht wahr?«

Mireilles Züge veränderten sich. Ein Funke Misstrauen mischte sich in ihren Blick. »Ja, das stimmt. Weshalb fragen Sie?«

»Nun ...« Keller räusperte sich. »Ich weiß, dass Sie mit Monsieur Boutella von der gleichnamigen Senfmanufaktur in Dijon verheiratet waren. Offen gesagt bin ich nicht wegen des Weins zu Ihnen gekommen. Zumindest nicht in erster Linie.«

»Nicht?« Mireille sah ihn verunsichert an. »Was wollen Sie dann von mir?«

»Es geht um Odile, Ihre Tochter.«

Mireilles Lippen bebten, in ihren Augen sammelten sich Tränen. Ruckartig drehte sie sich um und stellte die Weinflasche so heftig auf dem Fass ab, dass sie beinahe umkippte. Ohne sich ihnen wieder zuzuwenden, fragte sie: »Sie kommen von der Polizei, ja?«

»Nicht direkt«, antwortete Keller.

»Was soll das heißen?«, fragte sie mit flirrender Stimme.

»Ich bin ein deutscher Ex-Kommissar, seit zwei Jahren in Pension. Durch Zufall bin ich Ihrer Tochter begegnet.«

»Ach ja?« Noch immer verbarg Mireille ihr Gesicht vor ihnen. »Sie behaupten, Odile gekannt zu haben? Das ist doch bloß ein Vorwand, um mich auszuhorchen! Wer sind Sie wirklich?« In ihrer Stimme lag Verbitterung über die dreiste Täuschung.

»Konrad Keller, ein Urlauber aus Deutschland. Das ist die Wahrheit. Ich sah es als meine Pflicht, mich mit Odiles nächster Angehöriger in Verbindung zu setzen«, erklärte er und sprach dabei ruhig und langsam. »Ich bin wahrscheinlich der letzte Mensch, der Ihre Tochter lebend zu Gesicht bekommen hat. Mit Ausnahme ihres Mörders.«

Mireille fuhr herum und starrte Keller aus rot geränderten Augen an. Ihr Blick verriet starke Gefühle, Trauer, Zorn und Verzweiflung. Für einige Sekunden machte es den Anschein, als wollte sie sich auf ihn stürzen. Doch dann rief sie: »Ich muss hier raus!«

Im Eiltempo verließen sie die Katakomben. Mireille stürmte ins Freie und rang nach Luft, Keller folgte in gebührendem Abstand.

»Kommen Sie!«, forderte Mireille ihn auf. »Ich muss mich bewegen, sonst drehe ich durch. Begleiten Sie mich, und erzählen Sie mir alles, was Sie wissen. Und zwar wirklich alles. Nehmen Sie keine Rücksicht.«

Sie waren in die offene Landschaft getreten und hatten nun eine endlose Kette kleiner Hügel vor Augen, die alle mit Wein bewachsen waren. Am verwaschen blauen Himmel ballten sich schaumige Wolkenfetzen, vor ihnen erstreckten sich die schwer beladenen Rebstöcke über den ganzen Hang. Mireille bog zielsicher zwischen zwei Rebzeilen ab und ging bergab auf den Kanal zu.

Keller hatte Mühe, ihrem straffen Tempo zu folgen. Doch als er begann, von seinen Erlebnissen zu berichten, wurden Mireilles Schritte langsamer und schwerfälliger. Jedes Wort über Odile schien ihr zuzusetzen und sie zu schwächen. Schließlich brach Keller ab, um die Tortur zu beenden.

»Es tut mir wirklich sehr leid«, sagte er und verspürte das Bedürfnis, die tief getroffene Frau in den Arm zu nehmen und zu trösten. »Aber es ist mir wichtig, mit Ihnen zu sprechen. Denn Odiles Tod wirft viele Fragen auf.«

»Das ist alles so schlimm«, gab Mireille schluchzend von sich. »Erst wurde mein Mann – mein Ex-Mann – aus dem Leben gerissen und jetzt mein einziges Kind. Ich habe alles verloren, alles.«

Aus diesen Worten schloss Keller, dass Mireille bis zuletzt noch starke Gefühle für ihren geschiedenen Mann gehegt hatte.

»Ich weiß nicht …« Ihre Stimme drohte zu versagen. »Ich weiß nicht, ob ich ohne sie überhaupt weiterleben möchte. Wofür?«

Keller ließ ihr Zeit, und erst nachdem sich Mireille einigermaßen gefangen hatte, begann er, seine Fragen zu stellen. »Hatten Sie oft Kontakt mit Odile?«

»Ja, sehr oft. Wir waren auch nach der Trennung von Louis eng verbunden, zwischen uns passte kein Blatt.«

»Dann wäre es Ihnen sicher aufgefallen, wenn Odile sich verändert hätte?«

»Wie meinen Sie das?«

»Wenn sie sich in letzter Zeit anders verhalten hätte als sonst«, präzisierte Keller. »Hatten Sie den Eindruck, dass sich Odile vor irgendetwas oder jemandem fürchtete?«

»Nein, überhaupt nicht. – Allerdings liegt unser letztes Treffen eine Weile zurück. Weil sie ja diese fixe Idee hatte, auf Rucksacktour zu gehen.«

»Wissen Sie, wo überall sie gewesen ist?«

»Nicht genau. Sie hat sich zwischendurch immer mal gemeldet und ab und zu eine WhatsApp-Nachricht geschickt. Aus der Normandie, aus der Bretagne. Ich wusste aber, dass sie auf dem Rückweg war und sich zuletzt ganz in der Nähe aufgehalten hat.« Eine Träne rann ihr über die Wange. »Das dumme Kind. Glaubte immer nur an das Gute im Menschen und hat die Gefahren nicht erkannt.«

»Welche konkreten Gefahren haben Sie dabei im Sinn?«, fragte Keller.

»Liegt das nicht auf der Hand? Als junges Ding per Anhalter unterwegs zu sein – es gibt genügend Beispiele dafür, wie das enden kann.«

Konnte oder wollte Mireille die möglichen Zusammenhänge zwischen Odiles Tod und dem Schicksal des Boutella-Werkes nicht sehen? Das große Vermögen, das vermutlich eine Rolle spielte? Oder verschwieg sie ihm bewusst etwas?

»Könnte es sein, dass Ihre Tochter Feinde gehabt hat?«, fuhr er fort.

Mireille schüttelte vehement den Kopf. »Was sollen all diese Fragen? So etwas wollte auch schon dieser taktlose Capitaine Giraud wissen. Odile hatte keine Feinde. Im Gegenteil: Die halbe Stadt war mit ihr befreundet.« Damit setzte sie sich wieder in Bewegung und ging durch den Weinberg weiter. Keller folgte ihr.

Der Boden unter den Rebstöcken war mit fein duftenden Kräutern wie Rosmarin, Salbei, Wacholder und Lavendel bewachsen, dazwischen lagen große, runde Kieselsteine. Mireille bemerkte Kellers Blick und sagte: »*Galets roulés*, so nennen wir die Kiesel. Sie liegen nicht nur zur Zierde dort, sondern helfen dabei, das Mikroklima im Rebberg zu beeinflussen. Die Steine erhitzen sich bei Sonneneinstrahlung schnell und stark und tragen so ihren Teil zur optimalen Traubenreife bei. Davon profitieren die Pflanzen, selbst wenn das Wetter einmal nicht so schön ist.«

Sie bog zum wiederholten Mal ab, Keller hatte längst die Orientierung verloren. »Woher wissen Sie, wo genau Sie sich in Ihren Weinbergen befinden?«, erkundigte er sich.

»Das habe ich im Gefühl. Sie könnten mir die Augen verbinden und mich irgendwo auf meinem Grund aussetzen. Ich wüsste sofort, wo ich bin, auf den Meter genau.« Mireille erzählte weiter über ihren Wein. Keller gewann den Eindruck, dass sie sich an dieses Thema klammerte, um nur nicht länger über Odile sprechen zu müssen.

»Wussten Sie, dass die hochwertigsten unter den Burgunder-Weinen auf Böden wie diesen gedeihen? Sie fühlen sich pudelwohl auf dem sehr kalkhaltigen Mergel.«

Keller versuchte, sie auf sein Thema zurückzuführen: »Ist Ihnen nie der Gedanke gekommen, der Tod Ihrer Tochter könnte mit ihrem Erbe zu tun haben?«

Mireille geriet ins Stolpern, fing sich aber wieder. »Das Erbe? Sie meinen die Senffabrik?« Das letzte Wort spuckte sie geradezu aus, voller Abfälligkeit. »Davon weiß ich nichts, und es interessiert mich auch nicht.«

»Könnte es sein, dass Sie in der Erbfolge an nächster Stelle stehen?«, wagte er sich vor. »Jetzt, nachdem die Tochter die Firma nicht weiterführen kann …«

Dafür fing er sich einen empörten Blick ein. »Ich habe mein eigenes Auskommen.«

»Aber sagten Sie nicht vorhin, dass Sie mit den Erträgen des Gutes keine großen Sprünge machen können?«

»Das will ich auch gar nicht!«, fauchte Mireille, die er jetzt offensichtlich aus der Reserve gelockt hatte. »Ich komme gut aus mit dem, was ich habe.« Giftig fügte sie hinzu: »Ganz im Gegensatz zu meiner werten Nachfolgerin Stéphanie, die mir meinen Louis weggeschnappt hat.«

Keller blickte sie interessiert an. »Sie sprechen von Louis Boutellas zweiter Frau.«

»Ganz genau. Stéphanie hat sich einen Senfbaron geangelt, um in Dijons High Society aufzusteigen, hat aber nicht lange etwas davon gehabt. Gott sei Dank hatte Louis bald durchschaut, dass sie lediglich auf sein Vermögen und das Prestige aus war, und sich getrennt. Seitdem hört man nicht mehr viel von ihr. Sie soll völlig verarmt sein. Lebt in irgendeinem Wohnblock draußen in der Vorstadt von Dijon. Für Stéphanie wäre das Erbe sicherlich ein Segen, aber ich bezweifle, dass sie noch irgendwelche Ansprüche hat.«

»Und Sie selbst haben gar keine Verbindungen mehr zum Unternehmen Ihres Ex-Mannes?«, hakte Keller nach.

»Nein, nicht die geringsten, und das ist auch gut so. So laufe ich wenigstens nicht mehr diesem Intriganten Noiret über den Weg. Ich weiß nicht, aus welchen Gründen Louis ihn in die Firma geholt hat. Er hat von Anfang an das Betriebsklima vergiftet und war immer nur auf sein eigenes Wohl bedacht.«

Das habe ich schon einmal gehört, dachte Keller bei sich.

»Deshalb habe ich Odile auch dringend empfohlen, sich von Noiret zu trennen und einen anderen Geschäftsführer einzustellen, sobald sie die Zügel in den Händen halten würde. Dazu ist es nun leider nicht mehr gekommen.«

Ob Noiret das gewusst hat? Keller ergriff das Wort. »Eine letzte Frage noch, bevor ich Sie in Frieden lasse: Hatte Odile eigentlich einen Freund?«

»Sie hatte viele Freunde, das sagte ich bereits.«

»Ich meine einen Partner. Sie als Ihre Mutter hätten das doch sicherlich gewusst.«

Mireille neigte den Kopf. »Nicht unbedingt. Odile war zwar sehr offen zu mir, aber über Männergeschichten hat sie sich mir gegenüber ausgeschwiegen. Darüber wissen ihre

Freundinnen wahrscheinlich mehr. Wenn Sie auf eine feste Beziehung anspielen: Nein, da war nichts. Ihre letzte Rucksacktour hat sie ja auch allein unternommen.« Neue Tränen sammelten sich in ihren Augen. »Odile war ein äußerst freiheitsliebender Mensch, schon als Kind wollte sie am liebsten ohne ihre Eltern losziehen und hat Campingausflüge mit Jugendgruppen dem komfortablen Familienurlaub im Hotel vorgezogen. Allerdings …«

»Ja?«, fasste Keller nach.

»In letzter Zeit hatte sie ein paar Andeutungen gemacht. Keinen Namen, nichts Konkretes, aber ich dachte mir, dass es da jemanden geben könnte. Doch vielleicht habe ich mir das auch nur eingebildet.«

Ein weiterer vielversprechender Hinweis. Keller fand, der Ausflug in den Weinberg hatte sich mehr als gelohnt!

Der Abschied verlief versöhnlich. Mireille erkundigte sich sogar, wie sie Keller erreichen könnte, falls sie noch einmal das Bedürfnis haben sollte, mit ihm zu sprechen. Keller gab ihr seine Telefonnummer und erzählte ihr, dass sein Hausboot ganz in der Nähe vertäut sei. Sie wiederum ließ es sich nicht nehmen, ihm eine Flasche Wein mit auf den Weg zu geben. Keller drückte ihr die Hand, sah in ihre traurigen, schönen Augen und roch ihr Parfüm: eine einprägsame Mischung aus Sommerblumen und Meeresbrise.

16

Wieder bei seinem Boot, bemerkte Keller ein Versäumnis: Eines der Fenster zur Kombüse stand einen Spaltbreit offen. Man hätte es ohne Weiteres aufschieben und sich auf diese Weise Zutritt in die Kabine verschaffen können. Normalerweise achtete Keller peinlich genau darauf, dass alles verschlossen war, wenn er fortging. Diesmal aber hatte er offenbar das Fenster übersehen.

In der Kajüte stellte er zu seiner Erleichterung fest, dass alles so war, wie er es zurückgelassen hatte. Mit einem Blick in eine Schublade vergewisserte er sich, dass seine Reisedokumente an Ort und Stelle lagen. Auch die teure Spiegelreflexkamera befand sich im Regal.

Und doch beschlich ihn das unbestimmte Gefühl, dass sich jemand in der Kabine aufgehalten haben könnte. Täuschte er sich oder hatte er sein Notebook nicht am anderen Ende der Sitzbank zurückgelassen? Und den Block, in dem er sich hin und wieder Notizen machte, legte er normalerweise doch nicht mit der Rückseite nach oben auf den Tisch? Andererseits war sonst keine Spur eines Eindringens zu erkennen, weder am Kombüsenfenster noch an seinen Sachen. Nein, das musste Einbildung sein, sagte er sich und schüttelte das lästige Misstrauen ab.

Mit Sonnenbrille, Sonnenhut und einer Tageszeitung, die er sich auf der Rückfahrt in einem verschlafenen Dorf besorgt hatte, streckte er sich am Oberdeck auf einem Liegestuhl aus. Die liebliche Umgebung und die friedvolle Stille, die nur hin und wieder durch ein Vogelzwitschern oder das Platschen eines Frosches, der aus der Böschung ins Wasser sprang, unterbrochen wurde, beruhigten und entspannten ihn.

Umso mehr erschrak er, als er zum Lokalteil der Zeitung blätterte und den Aufmacher sah. Unter der aufgeregten Überschrift zum Mordfall Odile Boutella war ein großes Bild abgedruckt, das Keller geradezu ansprang. Es zeigte ihn selbst! Mit abweisendem Blick und abwehrender Geste stand er auf seinem Schiff, die Hand bereits an der Tür zur Kajüte. Durch die Bildunterschrift erfuhr der Leser, dass es sich um den deutschen Touristen Konrad K. handele, der Odile als Letzter lebend zu Gesicht bekommen habe.

Keller erinnerte sich genau an das Überraschungsmoment, als die Aufnahme entstanden war, und sah seine Ahnungen bestätigt. Es war eine gute Entscheidung gewesen, den Liegeplatz zu wechseln. Denn spätestens nach Erscheinen dieses Artikels hätte in Dijon eine Hetzjagd der Neugierigen und Schaulustigen auf ihn begonnen, und er hätte auf seinem Boot im Hafen keine ruhige Minute mehr gehabt. Vielleicht hätte man ihn gar vorverurteilt und sein Schiff angegriffen. Farbschmierereien und eingeworfene Scheiben wären dabei wohl noch das Harmloseste gewesen.

Nachdem er den ersten Schock überwunden und sich gesammelt hatte, las er den Artikel genau durch. Neuigkeiten über den Stand der Ermittlungen erfuhr er erwartungsgemäß nicht, denn seit dem letzten Telefongespräch mit Giraud wusste er ja, dass die Polizei auf der Stelle trat. Dafür waren etliche Fotos von Odile zu Lebzeiten abgedruckt, das jüngste musste laut Bildtext erst vor Kurzem bei einem feierlichen Empfang entstanden sein.

Keller betrachtete die Aufnahmen und fand die Worte ihrer Mutter bestätigt: Odiles Auftreten vermittelte die pure Lebenslust. Auf fast jedem Foto lachte sie, umarmte jemanden oder zog eine witzige Grimasse. Das jüngste Bild sah sich Keller genauer an. Dabei fiel ihm ein Ring an Odiles Hand auf, den sie auf seinem Boot seiner Meinung nach nicht getragen hatte. Dieses Detail hatte vielleicht nichts zu bedeuten, dennoch wollte er es im Kopf behalten.

Auf einem der Fotos war laut Bildunterschrift auch Stéphanie zu sehen, die zweite Ehefrau von Louis Boutella. Kleidung, Haltung und Mimik sprachen eine deutliche Sprache. Mireille hatte mit ihrer Schilderung völlig recht gehabt, da gab es nichts zu beschönigen: Stéphanie sah aus wie eine abgehalfterte Alkoholikerin, die in dieser feinen Gesellschaft deplatziert wirkte.

Es dürfte interessant sein, auch Stéphanie zu befragen, fand Keller, wobei er nicht wusste, wie er an sie herankommen sollte. Er konnte sich kaum vorstellen, dass er sie mit der bisherigen Masche in ein Gespräch verwickeln könnte.

Ja, das dürfte schwer werden, dachte Keller und legte die Zeitung beiseite. Für den Moment wusste er nicht mehr weiter. Er konnte wenig tun, außer abzuwarten, bis Capitaine Girauds Leute den eigentlichen Tatort gefunden hatten oder auf Spuren stießen, die eindeutige Hinweise auf den Täter lieferten.

Abwarten hörte sich in Kellers Ohren allerdings nach Langeweile an. Wie lange würde er es auf dem Deck aushalten, ohne dass ihn der Müßiggang schläfrig und tatenlos machte? Er war ja eher der Typ Aktivurlauber.

Also gab er seinen Platz an der Sonne auf und beschloss, in die Stadt zurückzukehren, um sich noch einmal im Umfeld der Senffabrik umzuhören. Mit dem Boot konnte er sich dort natürlich nicht mehr blicken lassen; das würde auch zu lange dauern. Aber mit dem Fahrrad schon, und die Treidelpfade entlang des Kanals waren perfekte Radwege. In etwa einer Stunde, so schätzte er, könnte er da sein, denn die Schleusen hielten ihn nicht auf, und es gab keine Steigungen. Davon abgesehen: Dass er mit dem Rad auftauchte, damit würde wohl kein Reporter rechnen.

Der Entschluss war kaum gefasst, da füllte Keller auch schon eine Trinkflasche mit Wasser, trug Sonnencreme im Gesicht und auf den Armen auf und verließ das Boot erneut. Diesmal hatte er sich allerdings bei einem Rundgang übers Deck davon überzeugt, dass wirklich jede Luke verschlossen war. Das gewährleistete zwar keinen hundertprozentig wirksamen Schutz vor ungebetenen Gästen, aber er wollte es jenen, die einen Einbruch versuchten, auch nicht allzu leicht machen.

Keller kam mit dem Rad gut voran, wahrscheinlich würde er doch bloß eine Dreiviertelstunde benötigen. Die Strecke war eben, gerade und frei, nur ganz selten musste er die Klingel benutzen, damit Spaziergänger ihn vorbeiließen. Immer wieder sah er Hausboote über den Kanal tuckern, mit den unterschiedlichsten Besatzungen an Bord. Oft waren es Freundesgruppen oder befreundete Pärchen, meist jenseits der fünfzig, aber auch eine Familie, deren Kinder sich im Planschbecken auf dem Sonnendeck vergnügten. Ein weiteres Boot, das ihm entgegenkam, hatte eine Gruppe Jugendlicher geladen, die Flaschen kreisen ließen. Da hatten wohl welche ihr Abitur bestanden und wollten es vor dem Beginn des Studiums krachen lassen.

Seine Wasserflasche war bis auf den letzten Tropfen geleert, als die Peripherie der Stadt vor ihm auftauchte. Bald habe ich es geschafft, dachte Keller und trat noch einmal kräftig in die Pedale.

Er suchte sich ein schattiges Eckchen in einem Straßenlokal am Place de la Libération, inzwischen Kellers Lieblingsplatz in dieser Stadt. Kein Wunder, denn auf dem großzügig angelegten Rund waren Eleganz, Anmut und Beschaulichkeit zu einem nahezu perfekten Einklang gebracht worden. Während er noch die vom samtenen Sonnenlicht bestrahlten Fassaden mit ihren Säulen und Bogengängen bewunderte, wurden die Getränke serviert: Eine Karaffe stilles Wasser gegen den Durst, dazu gönnte er sich ein spritziges Glas Sekt mit Cassis.

Wie sollte er es am besten angehen? Planlos noch einmal die Fabrik aufzusuchen hielt er für wenig zielführend. Dort würde er kaum mehr erfahren, als er bereits wusste: Nämlich, dass die Stimmung angespannt war, weil man sich Sorgen um die Zukunft machte. Den Leuten ging es darum, ihren Arbeitsplatz zu sichern. Über Odile redete hingegen kaum jemand.

Vielleicht kam es aber auch nur darauf an, die passenden Fragen zu stellen. Wer weiß, überlegte Keller, ob sich nicht doch noch die eine oder andere neue Information über die ermordete Juniorchefin aus den Leuten herauskitzeln ließe, wenn man die richtigen Hebel ansetzte. Meistens zahlte sich Hartnäckigkeit in seinem Metier ja aus.

Eine Gruppe spanischer Touristen strömte gerade durch das Tor in die Boutella-Werke, und Keller konnte ohne Aufsehen auf das Gelände gelangen. Während er sich zurückfallen und sich in Richtung der Fabrikationshallen treiben ließ, bekam er noch mit, wie die Besucher vor dem Souvenirladen in Empfang genommen wurden. Täuschte er sich, oder handelte es sich bei ihrem Guide um den jungen Mann, der schon ihn und Sophie geführt hatte? Er sah näher hin, und tatsächlich: Es war Victor. Vielleicht würde Keller später noch Gelegenheit finden, sich kurz mit ihm zu unterhalten. Denn wenn er etwas dringend gebrauchen konnte, dann war es ein Verbündeter. Jemanden, der ihm genauere Informationen oder bestenfalls sogar Kontakte zu den Mitarbeitern beschaffen konnte.

Doch zunächst strebte er auf ein offen stehendes Rolltor zu, in dem gerade ein Arbeiter mit einer Sackkarre verschwunden war. Er wollte hinter ihm in die Halle schlüpfen. Wenn es gut lief, kam er mit dem Mann ins Gespräch und konnte ihm einige seiner Fragen stellen. Aber das Tor schloss sich, bevor Keller es erreicht hatte. Stattdessen kamen zwei weitere Männer in Arbeitskleidung an ihm vorbei. Sie hatten wohl gerade ihre Schicht beendet, denn sie trugen Taschen unter den Armen und trotteten in Richtung Ausgang. Auch recht, dachte Keller und ging ihnen nach.

In der Absicht, die beiden einzuholen und vielleicht auch anzusprechen, folgte er ihnen um die nächste Straßenecke. Er hatte die Männer fast erreicht, da bogen sie in eine Kneipe ab, vor der ein kreidebeschriebenes Schild mit verschiedenen Biersorten und deftiger Kost warb. Keller blieb dran und trat ebenfalls ein.

In dem Lokal, an dessen Theke bereits andere Männer in Boutella-Overalls lehnten, stand die Luft. Es roch nach schalem Bier, scharf angebratenem Essen und Schweiß. Kein Ort, den sich Keller für seinen Feierabend ausgesucht hätte. Doch die Männer der Frühschicht schienen sich am schäbigen Ambiente nicht zu stören. Kurz entschlossen setzte sich Keller an einen kleinen runden Tisch, von dem aus er die Arbeiter am Tresen gut sehen und vor allem hören konnte.

Kaum hatte er Platz genommen, trat eine korpulente Frau mit fliederfarbener Schürze zu ihm und wischte mit einem Lappen über die Tischplatte. »Haben Sie sich verlaufen?«, fragte sie. »Für Touristen gibt es Passenderes als den *Pot de moutarde*.«

Wohl der Name dieser Spelunke, vermutete Keller und orderte ein Bier. Das beste Getränk, um in dieser Umgebung nicht aufzufallen. Die Wirtin nahm die Bestellung mit verkniffener Miene an und machte sich am Zapfhahn zu schaffen.

Keller konzentrierte sich unterdessen auf die Unterhaltungen an der Bar, die sich um Fußball und Autos drehten. Doch er musste nicht lange warten, bis die Männer auf das Thema kamen, das ihn interessierte.

»Wie lang das wohl noch gut geht?« Ein etwa Fünfzigjähriger lupfte seine fleckige Kappe und kratzte sich am Kopf. »Eine böse Sache, das mit der kleinen Boutella.«

Sein Nachbar pflichtete ihm bei: »Erst der Autounfall des Alten, und nun erwischt es auch noch die Juniorchefin. Verdammtes Pech.« Dann verzog er den Mund. »Obwohl man ja nicht weiß, was sie mit dem Betrieb vorhatte ...«

»Ja, vielleicht ist es gut so, wie es ist«, sagte der Erste. »Wer weiß, was sie mit uns angestellt hätte.«

»Gut ist gar nichts!«, stellte sein Gegenüber klar und ließ seinem Unmut freien Lauf: »Am Ende sind sowieso wir die Dummen, die in die Röhre gucken. Denn ganz egal, wer am Ruder sitzt: Unser Schicksal ist doch schon längst besiegelt.« Er stierte in sein Glas, während er weiterredete. »Mein Kumpel Bertrand hat bei der Konkurrenz gearbeitet, drüben in der Rue de Saône. Ihm ist es nicht besser ergangen: Von heute auf morgen haben sie die Fabrik dichtgemacht. Seitdem sitzt Bertrand auf der Straße, obwohl er sich mehr als zwanzig Jahre für den Laden abgerackert hat.«

»Hast recht.« Der Fünfzigjährige leerte sein Bier zur Hälfte und stimmte ein: »Immer dasselbe, diejenigen, die die ganze Arbeit machen, gehen leer aus. Und die da oben?

Die sind fein raus. Daran ändert sich nichts, auch wenn die Chefin jetzt tot ist.«

Die da oben? Damit spielte er wohl auf die Geschäftsleitung an, in erster Linie wahrscheinlich auf Noiret, folgerte Keller.

Die Wirtin servierte ihm das Bier. »Wenn ich Ihnen einen Rat geben darf«, flüsterte sie ihm zu, »kaufen Sie Senf, solange es noch welchen gibt.«

»Ist wohl was dran an dem, was die Leute reden?«

»Meine Stammkundschaft sieht jedenfalls schwarz. Nicht, dass einer von denen etwas Genaues weiß. Nein, nein, man sagt ihnen ja immer nur das Nötigste. Sie sind die Letzten, die es zu hören kriegen, wenn die Firma zumacht.«

»Aber Sie wissen es besser?«

»Das pfeifen doch die Spatzen von den Dächern, die Firma wird abgewickelt, genau wie die anderen Senffabriken auch. Da brauchen sich die Jungs gar keine Hoffnung mehr zu machen. Und für solche wie die war es das dann.«

»Abgewickelt?«, fasste Keller nach. »Wer soll das tun, nachdem die Eigentümer verstorben sind?«

»Na, der Boss«, antwortete die etwas unbedarfte Wirtsfrau.

»Monsieur Noiret? Sie gehen davon aus, dass er das Unternehmen auflösen wird?«

»Ach, kennen Sie den etwa?« Ihre Augen weiteten sich.

»Ich weiß, dass er hier momentan die Geschäfte führt«, erwiderte Keller ausweichend.

»Wer sind Sie eigentlich?«, fragte die Wirtin jetzt so laut, dass es auch die Männer an der Theke mitbekamen und ihre Blicke auf Keller richteten. »Ich habe Sie hier noch nie gesehen.«

Keller beeilte sich, einen Zehneuroschein über den Tisch zu schieben. »Für Sie«, sagte er mit einem gezwungenen

Lächeln. Denn es konnte womöglich gleich ungemütlich werden.

Die Wirtin strich den Schein ein und zog davon. Doch die Aufmerksamkeit mindestens eines Gastes hatte Keller nun: Ein dürrer Mann mit krausem, grauen Haar, ebenfalls in einem Arbeitsanzug mit dem Boutella-Logo, gab seinen Platz vor den Zapfhähnen auf und gesellte sich zu ihm.

»Reporter?«, fragte er und sah Keller neugierig an.

Daraufhin kam ein zweiter Arbeiter dazu. Bullig und mit mürrischem Blick. »So, wie der aussieht und redet, bestimmt nicht. Ausländer, oder?«

Keller fühlte sich nicht mehr wohl in seiner Haut, doch da musste er durch. Schließlich hatte er das Gespräch ja gesucht. »Mein Name ist Keller. Ich bin kein Journalist, sondern privat hier. Die Firma Boutella interessiert mich einfach nur, weil ich selber lange in Lohn und Brot stand und nachvollziehen kann, was ihr momentan durchmacht, Jungs. Außerdem bin ich ein großer Fan von Senf und seiner Geschichte.«

»Siehst du«, stellte der Kräftige fest, »kein Schreiberling.«

»Na gut«, meinte der hagere Kollege. »Ist ja auch nichts, wo man groß drum herumreden muss. Außerdem kann es uns bald egal sein, wenn der Laden erst einmal dichtgemacht hat.«

»Möchte nur wissen, mit wie viel Geld der Alte hier rausgeht«, raunte der Große ihm zu.

Der Alte? Damit musste wieder Noiret gemeint sein, nahm Keller an.

»Der wird schon dafür sorgen, dass er nicht zu kurz kommt. Dabei schwimmt er schon jetzt im Geld.«

»Alles für die Kunst!«, meinte der Starke, und Bitterkeit schwang in seiner Stimme.

»Haben die Erben da nicht ein Wörtchen mitzureden?«,

erkundigte sich Keller, stieß damit jedoch auf Unverständnis.

»Welche Erben?«, fragte sein Gegenüber.

»Er meint die Frauen«, tuschelte der andere ihm zu. »Die Exen vom Senior.«

»Ach was«, tat der Bullige die Frage ab. »Für die gibt's keinen müden Cent mehr zu holen. Sind längst ausgezahlt und haben hier nichts zu melden. Und selbst wenn: Würde es das für uns besser machen?«

Alles lief auf eine Person hinaus, stellte Keller fest: Noiret! Es wurde dringend Zeit, dass sich Capitaine Giraud den Geschäftsführer vornahm. Das hätte schon längst geschehen müssen!

Keller spendierte den beiden Männern eine weitere Runde und wünschte ihnen noch einen schönen Feierabend.

Am Ausgang passte ihn noch einmal die Wirtin ab. »Nicht vergessen«, gab sie ihm mit auf den Weg. »Kaufen Sie Senf, so viel Sie tragen können!«

Draußen empfing ihn die milde Spätsommersonne. Blinzelnd sah sich Keller um und plante sein weiteres Vorgehen. Er wollte es ein weiteres Mal bei der Senfmanufaktur versuchen. Dort stand ja noch ein Gespräch mit Gästeführer Victor aus, von dem er sich einiges versprach, denn der junge Mann war nicht auf den Kopf gefallen.

Auf dem Fabrikhof begegnete er zunächst einem kleinen Trupp Putzleuten, bei denen er sich nach Victor erkundigte. Doch er erntete nur Kopfschütteln, vermutlich, weil die Leute ihn nicht verstanden. Dann entdeckte er eine Frau im grauen Kostüm, die zielstrebig den Innenhof überquerte. Sie nahm Keller im Vorbeigehen zur Kenntnis, schien ihn für einen Besucher auf dem Weg zum Souvenirshop zu halten und blieb kurz stehen.

»Kann ich etwas für Sie tun?«, fragte sie.

Keller nahm ihre gepflegte Erscheinung wahr: das sorgfältig geschminkte Gesicht, die gut frisierten dunklen Haare. Das Kostüm wirkte elegant, ebenso die hochhackigen Schuhe. Die Frau musste um die vierzig sein.

»Ja«, sagte er mit gewinnendem Lächeln. »Ich bin auf der Suche nach einem Ihrer Gästeführer, Victor ist sein Name. Vorhin habe ich ihn noch mit einer Besuchergruppe gesehen.«

»Da haben Sie leider kein Glück, die Führung ist bereits beendet. Wenn Sie Victor treffen möchten, müssen Sie morgen noch einmal vorbeikommen.«

Pech gehabt, dachte Keller, der sich erhofft hatte, dass der leutselige Tourguide sich zu der einen oder anderen Indiskretion über seinen Chef hinreißen ließ. Da Keller aber nun schon einmal mit einer anderen Boutella-Beschäftigten ins Gespräch gekommen war, nutzte er diese Chance: »Dann können Sie mir bestimmt auch weiterhelfen: Ich wollte mir von Victor Tipps für meinen Einkauf holen: Mitbringsel für die Familie. Den legendären Boutella-Senf – solange es ihn noch gibt.«

Die Wimpern der Frau zuckten, dann zeigte sie in Richtung des Besucherladens. »Sehen Sie das Schild? Dort drüben bekommen Sie alles, was das Herz des Senffreunds begehrt.«

Sie wollte weitergehen, doch Keller hielt sie mit den Worten auf: »Wirklich schade, dass das alles bald vorbei sein soll.«

Die Frau zögerte. »Ich kann Ihnen versichern, in unserem Fabrikverkauf steht Ihnen die ganze Auswahl unserer Produktvielfalt zur Verfügung.«

Eine harte Nuss, dachte sich Keller, ganz anders als die Arbeiter, die nur zu gern ihren Frust teilten. »Wissen Sie, ich habe mich recht intensiv mit der Firmengeschichte beschäftigt.«

»So?« Strenge Linien zeichneten sich auf ihrer Stirn ab.

»Ja, und daher finde ich es umso bedauerlicher, dass diese stolze Tradition schon bald beendet sein soll.«

»Wer sagt denn so was?«, fragte die Frau mit spitzer Stimme. Dabei glitten ihre Blicke in Richtung Lagerhalle. Wusste sie, woher der Wind wehte?

»Es gehen Gerüchte um …«, deutete Keller an.

»Da ist nichts dran«, stellte die Frau klar. »Das Haus Boutella macht schwere Zeiten durch, das streitet niemand ab. Aber die Produktion ist gewährleistet. Sie müssen auf Ihren Lieblingssenf auch in Zukunft nicht verzichten.«

Wer's glaubt … Keller war sich nun ziemlich sicher, es mit einer Mitarbeiterin aus dem Marketing zu tun zu haben. Sie würde sich keine brauchbaren Informationen entlocken lassen. Trotzdem wollte er es zumindest versuchen: »Wie man hört, soll Monsieurs Noirets Herz ja mehr für die schönen Künste schlagen als für *moutarde*.«

Die Gesichtszüge der Marketingdame wurden jetzt noch härter. »Wenn Sie Ihre Einkäufe erledigen wollen, bevor wir schließen, sollten Sie sich beeilen«, sagte sie und kehrte ihm den Rücken zu. Ohne sich noch einmal umzudrehen, stöckelte sie davon.

Keller tippte, dass sie Noiret von dieser Begegnung sehr bald berichten würde, und dieser ahnte, mit wem es seine Mitarbeiterin zu tun gehabt hatte, sobald er die Beschreibung hörte. Doch das macht nichts, konstatierte Keller durchaus zufrieden. Vielleicht würde Noiret auf diese Weise merken, dass ihm jemand auf die Schliche gekommen war, und wäre verunsichert. Dies wiederum würde Giraud in die Hände spielen.

Da er nicht mit leeren Händen zurück auf sein Boot gehen

wollte, griff Keller den Vorschlag der Marketingfrau auf und füllte im Souvenirshop einen Einkaufskorb mit Senfsorten aller Art. Keller wollte sie hauptsächlich zum Kochen verwenden, denn mittlerweile war er ein regelrechter Fan der Küche à la Dijon geworden – immer mit einem Löffel Senf dazu. Gerade hatte er bezahlt und den Laden wieder verlassen, da wurde er auf einen Mann aufmerksam, der wild gestikulierend und vor sich hin schimpfend über den Fabrikhof eilte. Er schien sich über irgendetwas fürchterlich aufgeregt zu haben und steuerte wutschäumend auf den Eingang zu.

Keller musste zweimal hinsehen, um in ihm Timo Match, den cholerischen Schöpfer der Alpha-Kunst, zu erkennen. Was hatte der Künstler hier in der Fabrik zu suchen?, fragte sich Keller. Ob er Noiret einen Besuch abgestattet hatte? Und worüber mochten die beiden aneinandergeraten sein, um bei Match einen solchen Anfall auszulösen? Kellers Neugierde war geweckt. Doch nach den Erfahrungen ihres letzten Zusammentreffens hielt er vorsichtshalber Abstand.

Wenig später entsperrte Keller das Schloss seines Fahrrads und schob es durch die belebten Straßen. Dabei spielte er mit dem Gedanken, sich an Giraud zu wenden. Da die Fäden beim Gespann Noiret und Match zusammenzulaufen schienen, wollte er den Capitaine aushorchen, ob er diese heiße Spur inzwischen aufgenommen hatte.

Doch noch zögerte er, denn vieles war weiterhin unklar. So fragte sich Keller, was Noiret eigentlich vorhatte und ob er die Fabrik tatsächlich gewinnbringend veräußern wollte, um sich danach ganz seiner Kunst widmen zu können. Ob er das als Geschäftsführer überhaupt durfte? Denn Noiret war ja auch nur ein Angestellter des Unternehmens, nicht der Besitzer, er hätte also gar nichts von einem Verkauf. Es sei denn, sein Vertrag sah eine Abfindung in einer Höhe vor, für die sich der ganze Aufwand lohnen würde. Aber welche

Rolle spielte dabei der aufbrausende Stadtkünstler, an dem er gerade vorbeigelaufen war? Match gefiel ihm nicht, so viel stand fest. Und so, wie er das letzte Mal mit Noiret umgesprungen war, machte es ganz den Eindruck, als würde er seinem Mentor nach Belieben auf der Nase herumtanzen. Denkbar, dass Match Noiret zu einer unbedachten Tat verleitet hatte …

Alles vorstellbar – aber ließ sich irgendetwas davon beweisen? Jedenfalls nicht auf Basis des Betriebsklatsches, musste sich Keller eingestehen. Er bezweifelte, dass er Capitaine Giraud mit seinen Erkenntnissen wirklich beeindrucken konnte. Daher verkniff er sich den Anruf bei der Gendarmerie. Wenigstens vorerst.

17

Vor der Rückfahrt zu seinem Boot wollte Keller noch eine Pause einlegen, diesmal aber in gepflegterem Ambiente als in der drittklassigen Kneipe zuvor. Fündig wurde er an der Place Émile Zola, einem Ort, wo Keller die Lebendigkeit dieser Stadt besonders spürte. Der lauschige Platz war von relativ kleinen Häusern gesäumt, vor denen etliche Tische und Stühle standen, fast alle besetzt. Die Gäste unterhielten sich rege, tranken, aßen und ließen es sich gut gehen. Die Mitte des Platzes dominierten Bäume mit Lichterketten, die abends für ein besonderes Flair sorgten.

Keller bestellte einen *Café crème,* dazu ließ er sich als kleinen Appetithappen Schokoladenpralinen mit Kokosmousse bringen, eine weitere lokale Spezialität.

Während er die anderen Besucher aufmerksam beobachtete, fragte er sich nach einer Weile, was die Stimmung an diesem Platz eigentlich so gemütlich machte. Er blickte sich um und machte eine erstaunliche Feststellung: Nirgends lagen Handys auf den Tischen. Die Leute waren ganz bei der Sache. Sie tauschten sich aus, redeten mit Händen und Füßen – weil kein Smartphone sie daran hinderte und sie vom Wesentlichen ablenkte.

So etwas findet man heute nur noch selten, sinnierte Keller. Vielleicht lag es an der besonderen Magie dieses Ortes.

Im nächsten Augenblick ertönte ein Klingeln aus Kellers

Jacketttasche, und der Zauber war verflogen. Zu seiner großen Verwunderung meldete sich Gérard Noiret. »Verzeihen Sie, wenn ich störe«, sagte der Geschäftsführer, nachdem er seinen Namen genannt hatte. »Sie hatten mir ja freundlicherweise Ihre Visitenkarte überlassen.«

»O ja«, sagte Keller überrascht. »Es freut mich, dass Sie anrufen. Ich hätte beinahe nicht mehr damit gerechnet.«

»Nun – ich will nicht lange um den heißen Brei herumreden, das liegt mir nämlich nicht. Und auch Sie brauchen sich übrigens nicht länger zu verstellen. Ihr Bild war ja groß genug in der Zeitung. Ich weiß inzwischen, dass Sie kein Kunstliebhaber, sondern Bootsurlauber sind und ehemaliger Polizist, wie man hört.«

»Das eine muss das andere ja nicht ausschließen.«

»Ich bitte Sie, Monsieur Keller! Wie ich gehört habe, sind Sie heute in unserem Betrieb gewesen. Vanessa, meine rechte Hand, meint, Sie auf dem Hof erkannt zu haben.«

»Ja, das ist richtig«, bestätigte Keller, der zufrieden feststellte, dass seine Saat früher als erwartet aufging.

»Nach dem, was ich in der Zeitung über Sie gelesen habe, sind Sie in den Todesfall Boutella verwickelt. Und nun forschen Sie in eigener Sache?«

»So kann man es ausdrücken, ja.«

»Ist das nicht paradox? Ein pensionierter Kriminalkommissar, der sich um die Aufklärung eines Mordes bemüht, anstatt seinen Ruhestand zu genießen?«

»Kennen Sie denn viele pensionierte Kommissare?«

»Nein.«

»Na also«, sagte Keller und wartete gespannt, was da noch kommen mochte.

»Weshalb sind Sie neulich wirklich in die Ausstellung gekommen?«

»Um Fragen zu stellen.«

»Über Odile Boutella?«

»Ja.«

»Wollen Sie immer noch Fragen stellen?«

»Ja. Zum Beispiel würde mich interessieren, was für eine Frau sie wirklich gewesen ist. Ich habe so viel Widersprüchliches über sie gehört, da hätte ich gern ein klareres Bild.«

»Würde das denn helfen?«, fragte Noiret skeptisch.

»Ich glaube schon.«

»Von jemandem wie Odile ein klares Bild zu geben, das ist nicht leicht. Sie war sehr fantasiebegabt, das machte sie im wahrsten Sinne des Wortes vielseitig.«

»Fantasiebegabt in Bezug auf die Zukunft der Firma?«, bohrte Keller nach. »Sie selbst hielten ja nicht besonders viel von Odiles Plänen ...«

»Auch das. Ich fürchte, Sie werden von jedem, der ihr näherstand, einen anderen Eindruck hören.«

»Das kommt mir auch so vor.«

»Aber ich will, dass Sie eines wissen: Ich mochte die junge Madame Boutella. Trotz unterschiedlicher Ansichten in geschäftlichen Dingen konnte ich sie gut leiden. Ich habe ihre Eleganz bewundert, ihren Witz und ihre Schönheit. Deshalb liegt auch mir daran, dass ihr Mörder gefasst wird.«

»Ist das so?«, fragte Keller.

»Ich hätte vielleicht etwas für Sie. Nichts, was ich offiziell erwähnen würde, und schon gar nicht gegenüber der Polizei. Dazu weiß ich zu wenig, denn es handelt sich lediglich um eine Vermutung. Doch Sie können möglicherweise etwas damit anfangen und es gegebenenfalls weitergeben.«

Weitergeben an wen? Wollte Noiret ihn als Boten einspannen, weil er selbst nicht mehr als unbedingt nötig mit der Gendarmerie zu tun haben wollte? Keller konnte das nur recht sein. »Ich höre«, sagte er. »Auf was sind Sie gestoßen?«

»Auf nichts Spezielles, erwarten Sie also nicht zu viel. Es handelt sich nur um eine Beobachtung, aus der ich meine Schlüsse gezogen habe.«

»Was haben Sie beobachtet? Verraten Sie es mir bitte.«

»Nicht am Telefon«, sagte Noiret bestimmt. »Sind Sie noch in Dijon oder in der Nähe? Können Sie zur Fabrik kommen, in mein Büro?«

Keller zögerte mit der Zusage, denn er wusste nicht recht, was er von dieser Einladung zu einem konspirativen Gespräch halten sollte. Schließlich war nicht auszuschließen, dass es sich um einen Hinterhalt handelte. »Können Sie mir nicht wenigstens einen Anhaltspunkt geben, worum es sich handelt?«, bat er.

Noiret wand sich, bevor er schließlich sagte: »Ich habe mir unser Gespräch im Museum durch den Kopf gehen lassen. Sie denken in die falsche Richtung, Monsieur Keller. Aber ich glaube, dass ich jetzt weiß, wie es wirklich gewesen ist. Oder sagen wir so: Ich habe einen Verdacht. Kommen Sie zu mir, dann können wir uns in Ruhe darüber unterhalten.«

»Ich verstehe nicht ganz, weshalb Sie sich mir anvertrauen wollen und nicht der Polizei.«

»Weil es dafür zu früh ist, denn ich habe ja keinerlei Beweis. Aber hören Sie sich doch erst einmal an, was ich zu sagen habe, und urteilen Sie dann selbst. Sie sind doch noch interessiert, oder?«

Keller suchte eine Ausflucht. »Das Tor dürfte inzwischen geschlossen sein, wie soll ich jetzt noch hineinkommen?« Ihm war einfach nicht wohl bei dem Gedanken, seinem derzeitigen Hauptverdächtigen gegenüberzutreten.

»Keine Sorge, daran soll es nicht scheitern. Nehmen Sie den Seiteneingang fürs Personal, da ist noch offen. Ich sitze im dritten Stock des Verwaltungstraktes. Ein Backsteingebäude mit blauen Fensterrahmen. Gar nicht zu verfehlen. Sie kommen also?«

Abermals zögerte Keller, sagte dann aber spontan: »Abgemacht.«

»Wann können Sie frühestens hier sein?«

»Sagen wir, in einer halben Stunde.«

»Das passt sehr gut.«

Nachdem das Gespräch beendet war, bedauerte Keller seine Entscheidung auch schon wieder. Wie sollte er ausschließen, dass Noiret ihn in eine Falle locken wollte? Mit Speck fing man bekanntlich Mäuse, und auf dem abendlichen Betriebsgelände könnte Keller sehr leicht etwas zustoßen, was später als Unfall eingestuft wurde ... Möglichkeiten dafür gab es in der alten Fabrik sicherlich genug. Andererseits könnte das Treffen eine gute Gelegenheit sein, endlich einen Fortschritt zu erzielen. Sollte Noiret ihm den Namen eines Verdächtigen und vielleicht sogar dessen Motiv nennen können, wäre das wie ein Hauptgewinn im Lotto und ein Befreiungsschlag für Keller.

Er durfte sich diese Chance nicht entgehen lassen! Jetzt musste er alles auf eine Karte setzen. Leichtsinnig wollte er trotzdem nicht sein und wählte Girauds Nummer. Zwar hielt sich der Capitaine nicht mehr in seinem Büro auf, Keller konnte den wachhabenden Offizier jedoch davon überzeugen, dem Polizeichef eine Nachricht zukommen zu lassen.

Etwas früher als angekündigt passierte Keller den von Noiret genannten Seiteneingang, ein von Rost zerfressenes Eisengatter, das schrill in den Scharnieren quietschte. Der Fabrikhof war nur unzureichend von wenigen altersschwachen Laternen beleuchtet und weitgehend düster. Auch in der Fabrikationshalle, wo am Nachmittag die Mahlwerke ihren dröhnenden Lärm verbreitet hatten, war längst Ruhe eingekehrt. Ebenso im Souvenirshop. Das Verwaltungsgebäude erkannte Keller auf Anhieb, ganz wie von Noiret beschrieben. Und er sah auch, dass aus der Fensterreihe im dritten Stockwerk Licht schien.

Unbehelligt und ohne auf eine Menschenseele zu treffen, überquerte Keller den Hof. Das mulmige Gefühl begleitete ihn dabei auf Schritt und Tritt, immer wieder blieb er kurz stehen, um sich nach allen Seiten umzusehen. Sein Handy hielt er währenddessen fest umklammert, jederzeit bereit, die Nummer der Gendarmerie zu wählen, wenn es nötig sein sollte.

Die Tür zum Verwaltungsbau war nur angelehnt. Keller stieß sie auf und betrat einen Gang, in dem es muffig nach altem Mauerwerk roch. Die hölzernen Treppenstufen ächzten unter seinen Schritten. Sie waren abgenutzt wie alles, was er hier zu Gesicht bekam. In die Instandhaltung hatte schon lange niemand mehr investiert, stellte er fest.

Außer dem Knarren der Holzdielen war nichts zu hören. Offenbar war Noiret der Letzte, der sich noch in dem Gebäude aufhielt. Weder Schritte noch Stimmen drangen an seine Ohren.

Der dritte Stock, die Vorstandsetage, war wenigstens ein bisschen mehr herausgeputzt als das schäbige Treppenhaus. Die Wände waren in einem freundlichen Senfgelb gestrichen und mit Bildern aus der Firmengeschichte geschmückt. Keller passierte mehrere Türen, neben denen Schilder wie »Personalverwaltung« und »Fakturierung« angebracht waren. Die letzte Tür im Gang stand offen, heller Lichtschein fiel aus dem Raum in den Flur.

Keller trat näher und steckte seinen Kopf durch die Tür. Er sah in ein Vorzimmer mit Schreibtisch, Aktenschränken und einigen Zierpflanzen. Da das Büro verwaist war, trat Keller ein und wandte sich einer weiteren Tür zu, die wahrscheinlich ins Chefzimmer führte. Er klopfte an, doch nichts rührte sich. Daher drückte er die Klinke und befand sich in einem geräumigen Raum, der unverkennbar Noirets Handschrift trug. An allen vier Wänden hingen Gemälde, neben dem Schreibtisch stand zudem eine hüfthohe Plastik, ganz im Stil seines Protegés Timo Match. Doch auch dieses Büro fand Keller menschenleer vor.

Er ging zurück ins Vorzimmer, sah auf den Flur hinaus und rief mehrmals Noirets Namen. War er schon gegangen?, fragte sich Keller. Vielleicht hatte er ihn zu lange warten lassen. Aber nein, Keller war ja sogar früher da gewesen als ausgemacht. Außerdem brannte im Büro Licht. Das hätte Noiret ja wohl ausgeknipst, ehe er nach Hause ging.

Also war er nur kurz austreten? Das war eine Möglichkeit, fand Keller und entschied sich, noch ein paar Minuten zu warten. Währenddessen ging er unruhig auf und ab. Die ganze Situation gefiel ihm nicht. Irgendetwas war hier faul. Das Gefühl von Bedrohung war mit Händen zu greifen.

Da sich nichts tat, suchte er nach den Toiletten, die er auf der anderen Seite des Gangs fand. Er öffnete die Tür zum Herren-WC, fand es aber dunkel vor.

Wo mochte Noiret bloß stecken? Noch einmal rief Keller laut nach dem Geschäftsführer. Diesmal rief jemand von draußen »Hallo«, und kurz darauf hörte Keller Schritte. Jemand kam die Treppe herauf.

Zu seiner Überraschung handelte es sich jedoch nicht um Noiret, sondern um Victor, den jungen Fremdenführer. Dieser schien ebenso verwundert, Keller hier anzutreffen. Offenbar erkannte er ihn nicht wieder und sah ihn argwöhnisch an.

»Ich bin mit Monsieur Noiret verabredet«, beeilte sich Keller zu erklären, denn er wollte nicht für einen Einbrecher gehalten werden.

Darauf klarten Victors Gesichtszüge auf. »Ach so. Soll ich Sie zu seinem Büro führen?«, bot er an.

»Nicht nötig«, antwortete Keller. »Dort komme ich gerade her. Aber er ist nicht da.« Dann sagte er noch, dass er Victor kenne, da er bereits an einem Rundgang teilgenommen habe.

Victor nickte mit einem Blick, aus dem man nicht schließen konnte, ob er sich wirklich erinnerte oder nur höflich sein wollte. Dann streckte er sich, um über Kellers Kopf hinwegschauen zu können. »Das Licht brennt, und ich habe nicht gesehen, dass der Chef fortgegangen ist. Das hätte mir nämlich auffallen müssen, denn von meiner Kammer aus kann ich den Hof überblicken. Ich arbeite gerade eine neue Führung aus.«

»Aber mich haben Sie doch auch nicht gesehen, als ich heraufkam, oder?«

»Stimmt, ich war wohl zu konzentriert.« Er strich sich eine Haarsträhne aus der Stirn. »Trotzdem glaube ich nicht, dass er fort ist. Wir sollten es mal im Kopierraum versuchen. Haben Sie dort schon nachgesehen?«

»Nein«, sagte Keller, »den Kopierraum kenne ich nicht.«

Victor wies ihm den Weg zurück ins Treppenhaus. »Eine Etage tiefer«, sagte er.

Keller folgte ihm. »Sie entwickeln also gerade eine neue Tour?«, erkundigte er sich. »Lohnt sich das denn noch, nach all dem, was man über die Zukunft der Boutella-Werke hört?«

»Um ehrlich zu sein: Ich weiß es nicht«, antwortete Victor. »Viele von uns – zumindest die Jüngeren – sind auf dem Absprung und schauen sich nach was Neuem um. Vor allem, weil die Zahlungsmoral inzwischen ziemlich zu wünschen übrig lässt. Für mich ist das hier nur ein Nebenjob, und noch habe ich Freude daran. Deshalb bleibe ich, solange es eben geht.«

Vor einer Tür mit der Aufschrift »Postzimmer« blieb er stehen, klopfte kurz an und öffnete. An der Decke des recht kleinen quadratischen Raums hing eine flackernde Neonröhre und verbreitete ein kaltes Licht. Keller nahm beiläufig zwei klobige Kopiergeräte, ein Regal und einen Stapel Kartons wahr. In der Luft hing der feine Duft eines Damenparfüms, das ihm vage bekannt vorkam. Was ihn jedoch elektrisierte, war der Anblick des Mannes, der zusammengesunken auf einem Drehstuhl saß. Noiret! Aus seiner Brust ragte der Griff eines Messers, nein, eines Brieföffners!

Ehe Keller reagieren konnte, drängte sich Victor an ihm vorbei. Voller Entsetzen brüllte er den Namen seines Chefs, fasste ihn an den Schultern und schüttelte ihn.

»Um Himmels willen«, rief Keller und sprang ebenfalls vor. Er fasste Victor am Arm und versuchte, ihn zurückzuhalten. »Fassen Sie bloß nichts an!«

»Aber ich muss ihm doch helfen!« Verzweifelt versuchte Victor weiter, Noiret aufzurichten.

»Zu spät«, sagte Keller. »Ihm ist nicht mehr zu helfen.«

18

Tief in der Nacht saß Keller im Verhörzimmer des Gendarmerie, ihm gegenüber Capitaine Edouard Giraud. Victor hatte man bereits in aller Ausführlichkeit befragt und dann nach Hause geschickt. Nun war also Keller an der Reihe, seine Zeugenaussage zu machen.

Er hielt sich an dem Kaffeebecher fest, den man ihm gegeben hatte. Obwohl der Kaffee ihn wärmte und es in dem kleinen Raum deutlich mehr als zwanzig Grad hatte, fröstelte er. Was wohl an der Müdigkeit lag, dem Schrecken über Noirets Tod und bestimmt auch an der eisigen Atmosphäre, die in dem Verhörzimmer herrschte.

Capitaine Giraud, dem deutlich anzusehen war, dass er lieber in seinem Bett läge, anstatt sich die Nacht um die Ohren zu schlagen, ließ einen Kugelschreiber zwischen den Fingern tanzen. Mit Blick auf die Notizen, die er bereits gemacht hatte, sagte er matt: »Sehe ich das richtig, dass Sie mit Monsieur Noiret verabredet waren?«

»Ja«, bestätigte Keller mit müder Stimme. »Wie gesagt, wir haben diese Verabredung telefonisch getroffen. Monsieur Noiret hatte angedeutet, dass er über gewisse Informationen im Zusammenhang mit dem Tod von Odile Boutella verfügt oder zumindest einen bestimmten Verdacht hegt. Darüber wollte er mit mir sprechen, allerdings nicht am Telefon, sondern persönlich, unter vier Augen.«

»Und Sie hielten es nicht für nötig, uns – die zuständige Gendarmerie – über diese womöglich entscheidende neue Entwicklung in Kenntnis zu setzen?«, fragte Giraud mit lauerndem Unterton.

»Das habe ich getan oder es zumindest versucht, ich habe Ihnen telefonisch eine Nachricht hinterlassen. Außerdem kam das alles sehr plötzlich. Noiret rief mich an und erreichte mich in einem Bistro, wo ich gerade einen Kaffee trank. Ich wollte keine Zeit verlieren«, erklärte Keller. »Im Übrigen wusste ich nicht, welchen Wert Noirets Informationen für die Ermittlungen überhaupt gehabt hätten.«

»Dies zu bewerten hätten Sie getrost uns überlassen können«, wies ihn Giraud zurecht. »Es wäre Ihre Pflicht gewesen, zu warten, bis ich mich mit Ihnen in Verbindung setze, statt eigenmächtig und unabgestimmt zu handeln. Das wissen Sie als ehemaliger Kriminalbeamter sehr genau.« Er schüttelte seinen breiten Kopf. »Ich verstehe Sie nicht, Monsieur Keller. Sie stecken doch ohnehin in Schwierigkeiten. Ihre Rolle in dieser Angelegenheit ist aus meiner Sicht äußerst undurchsichtig, ja dubios, und ich kann nicht behaupten, dass Ihr Verhalten in den letzten Tagen Sie unverdächtig macht. Ich weiß wirklich nicht, wie ich gegenüber dem Untersuchungsrichter argumentieren soll, um Sie nicht spätestens jetzt in die nächstbeste Zelle stecken zu müssen.«

Keller zwang sich zu einer besonnenen Reaktion: »Victor traf zeitgleich mit mir am Tatort ein, mir fehlte also die Gelegenheit für den Mord an Noiret. Ganz abgesehen vom Motiv.«

»Ist mir klar«, grummelte der Capitaine. »Trotzdem war Ihr Verhalten sträflich fahrlässig. Sie haben uns damit einen Bärendienst erwiesen, denn möglicherweise hätte Monsieur Noiret uns mit seinem Wissen oder seiner Ahnung eine

Menge Arbeit erspart und den Fall zu einem baldigen Ende gebracht. Aber so ...«

Keller räusperte sich. »Es tut mir leid.«

Der korpulente Ermittler winkte mit energischer Handbewegung ab. »Muss es nicht. Denn ich bin ja selbst schuld. Ich habe Sie ja dazu verleitet, eigene Recherchen anzustellen«, räumte er ein. »Aber damit muss jetzt Schluss sein. Sie müssen damit aufhören, wie ein Polizist aufzutreten. Sie sind keiner mehr.«

»Das ist mir völlig klar. Trotzdem sollten Sie meine Aktivitäten nicht als hinderliches Ärgernis betrachten, sondern als Hilfe und Unterstützung. Wir ziehen am selben Strang, Capitaine, und wie Sie ja wissen, stehe ich unter einem enormen Druck: Die Journalisten sind ganz wild darauf, mich vor ihre Kameras und Mikrofone zu bekommen.«

Giraud murmelte etwas Unverständliches vor sich hin. Keller meinte herauszuhören, dass es nichts Schlimmeres gebe, als es bei Ermittlungen mit Kollegen zu tun zu haben. Dann fragte Giraud lauter: »Wie ist der Kontakt zu Noiret überhaupt zustande gekommen? Weshalb haben Sie sich für ihn interessiert?«

»Weil ich ihn für Odiles Mörder hielt«, sagte Keller ohne Umschweife.

»Was definitiv falsch ist. Noirets Alibi wurde von uns überprüft. Er kommt als Täter nicht in Betracht, da er sich zum Tatzeitpunkt nicht in der Gegend befunden hat. Noiret nahm an einer Vernissage in Nizza teil, wofür es Dutzende von Zeugen gibt. Noch Fragen?«

Keller sah betreten zu Boden.

»Machen Sie sich klar: Noiret war kein Täter, sondern allenfalls ein Zeuge«, sagte Giraud. »Doch das hilft uns auch nicht mehr weiter.« Er rückte seinen Stuhl zurück. »Sie können jetzt gehen.«

Keller zögerte.

»Doch, doch, gehen Sie nur. Sie freuen sich sicher zu erfahren, dass wir am Tatort im Wald, in dem Odile Boutella aufgefunden wurde, keine Hinweise auf Ihre Anwesenheit feststellen konnten. Damit sind Sie aus dem Schneider. Vorläufig.«

Mit der Auflage, sich für mögliche weitere Befragungen zur Verfügung zu halten, entließ er Keller in die Nacht.

Über den Dächern der Stadt zog die Morgendämmerung auf. Keller wusste, dass er jetzt keinesfalls schlafen konnte, und sah sich nach einem Bistro um, das schon geöffnet hatte. Ihm stand der Sinn nach einem *petit déjeuner*.

Er entschied sich für das erstbeste Lokal. In dem übersichtlichen Raum standen schon einige frühe Geschäftsleute und eine Krankenschwester an, um sich mit einem Coffee to go zu versorgen. Keller ließ sich eine Schale Milchkaffee und ein noch warmes Croissant reichen und setzte sich an einen Tisch am Fenster. Von dort aus konnte er die erwachende Stadt beobachten.

Sollte er also aufgeben und sich ab sofort aus den Ermittlungen heraushalten? Wahrscheinlich wäre es das Beste, wenn er Capitaine Giraud nicht länger dazwischenfunkte. Vor allem auch deshalb, weil er ja bisher so gut wie nichts erreicht hatte. Andererseits – da war noch immer dieser imaginären Strick um seinen Hals, weil der Verdacht gegen ihn nicht vollständig ausgeräumt war. Außerdem war er kein Freund von halben Sachen. Wenn man schon einen Schlussstrich ziehen musste, dann doch unbedingt an der richtigen Stelle. Und an der war er noch nicht angekommen, fand er.

Keller, der die Erschöpfung nach der durchwachten Nacht trotz des Kaffees deutlich spürte, entschied sich also zum Weitermachen. Aber bestimmt nicht länger allein.

Wenn er wirklich vorankommen und jeden Zweifel an seiner Unschuld zerstreuen wollte, brauchte er nun kompetente Unterstützung. Daher wählte er noch einmal die mittlerweile vertraute Nummer von Béatrice Bardot.

Vielleicht lag es an der Müdigkeit, die ihn niedergeschlagen klingen ließ. Oder er hatte diesmal die richtigen Argumente parat, um *Madame le commissaire* zu überzeugen. Denn nachdem Béatrice ihm aufmerksam zugehört hatte, räusperte sie sich und sagte: »Na gut, Konrad, Sie haben es geschafft. Ich habe in diesem Jahr ohnehin noch kaum Urlaubstage verbraucht und noch viele Überstunden. Ich denke, dass ich mir ein oder zwei Tage Erholung im schönen Burgund redlich verdient habe.«

»Sie kommen hierher?«, rief Keller freudig überrascht. Darauf hatte er zwar gehofft, jedoch nicht ernsthaft damit gerechnet.

»Mein Stellvertreter Marc Gauthier wird den Laden schon am Laufen halten. So, wie ich ihn einschätze, vollführt er wahrscheinlich Freudentänze, wenn die ›Alte‹ mal außer Haus ist.«

»So nennt er Sie nicht wirklich, oder?«, fragte Keller, der den verschlagenen und zu Aggressivität neigenden Gauthier nicht leiden konnte.

»Ich fürchte doch«, antwortete Béatrice gut gelaunt. Die Idee mit den Kurzferien im Burgund schien sie zu beflügeln. »Es dürfte kein Problem sein, freizubekommen. Die *grandes vacances* sind vorüber, und in der Stadt wird es allmählich ruhiger, auch was das Verbrechen anbelangt. Ich bin also für ein kleines Weilchen verzichtbar.«

Sie meinte es wirklich ernst, wurde Keller jetzt klar. Er merkte, wie er nervös wurde. »Wie schön«, sagte er. »Meine Tochter ist zurück nach Deutschland gereist. Ich hätte eine Kabine frei, falls Sie nach einer Unterkunft suchen.«

»Hm. Eigentlich dachte ich an ein Hotel. Aber warum nicht? Ich wollte schon immer mal auf einem Hausboot übernachten. Das hat auch den Vorteil, dass ich näher dran bin.«

»Näher dran?«

»Am Fall, mein lieber Konrad. Am Fall.«

»Ah, so. – Wann beabsichtigen Sie denn anzureisen?«

»Wann ich kommen will?«, fragte Béatrice amüsiert. »Wie wäre es mit morgen? Wenn sich die Nachricht vom Tod des Geschäftsführers herumspricht, wird das hohe Wellen schlagen. Der zweite Todesfall rund um Haus Boutella in so kurzer Zeit – die Presse von ganz Frankreich wird sich darauf stürzen! Uns bleibt also nicht viel Zeit, um Sie aus dem Schussfeld zu ziehen.«

»Das stimmt.«

»Aber eines muss klar sein«, schob Béatrice nach. »Ich reise rein privat und lasse meinen Dienstausweis zu Hause, um mich bei den Kollegen vor Ort nicht unbeliebt zu machen. Und mehr als zwei Tage sind nicht drin.«

»Trotzdem danke«, sagte Keller ergriffen. »Dass Sie das für mich tun ...«

Jetzt musste er nur noch diesen Tag herumbekommen, denn er konnte es kaum erwarten, Béatrice endlich wiederzusehen.

19

Konrad Keller hatte es gut gemeint. Da Béatrice Bardot ihre Ankunft für den späten Vormittag angekündigt hatte, belud er das Tischchen auf dem Oberdeck üppig mit drei Baguettestangen, einer stattlichen Käseauswahl, Wurstaufschnitt, Konfitüren und einer Schale mit dunklen und hellen Trauben. Dazu gab es Milch, Saft, Wasser, eine Kanne frisch gebrühten Kaffee und – zur Begrüßung – eisgekühlten Champagner.

Béatrice, mit dem nussbraunen Teint einer Mittelmeeranwohnerin, trug ein schlichtes, figurbetontes Kostüm, in der Hand hielt sie eine kleine wildlederne Reisetasche. Eine nach oben geschobene Sonnenbrille hielt ihr welliges, dunkelblondes Haar im Zaum. Ihre Augen blitzten vergnügt, als sie sich von Keller an Bord helfen ließ und ihn an sich zog. Ihre Begrüßung mit *bise*, Küsschen links und Küsschen rechts, hätte vertrauter nicht ausfallen können, und Keller merkte, wie ihm warm ums Herz wurde.

»*Mon dieu*«, entfuhr es Béatrice, als sie all die deftigen Leckereien sah. »Ich werde mich niemals an die deutschen Vorstellungen von einem Frühstück gewöhnen«, sagte sie lachend. »Viel zu viel. Nur die Briten übertreiben es noch mehr mit ihrem Speck, den in Öl schwimmenden Eiern und dicken Bohnen.«

Dieser Aussage zum Trotz brach sie sich ein großes Stück

Baguette ab und belegte es mit einer daumendicken Scheibe Camembert. »Reisen macht hungrig«, sagte sie kauend.

Dann stießen sie mit Champagner an, und Keller durfte feststellen: Dermaßen gelöst und ungezwungen hatte er *Madame le commissaire* bislang nicht erlebt. Der Besuch im Burgund schien ihr – trotz des ernsten Hintergrunds – echte Freude zu bereiten. War es, weil sich ihr unverhofft eine Chance geboten hatte, dem Alltag für eine Weile zu entfliehen? Oder weil sie Keller wiedersehen konnte? Diese Vorstellung trieb ihm prompt die Röte ins Gesicht.

»Was halten Sie …« Sie unterbrach sich selbst. Dann strahlte sie ihn an und fragte: »Wollen wir nicht allmählich auf die Förmlichkeiten verzichten?«

»Sehr gern«, antwortete Keller.

»Also dann, Konrad: Was hältst *du* von einer kleinen Hausbootbesichtigung? Nicht, dass ich mich später verlaufe …«

»Keine Sorge, das wird nicht passieren«, sagte Keller lachend und führte seinen Gast herum. »Die Oberdecks kennst du ja bereits. Wie du siehst, gibt es jede Menge Platz, um sich in der Sonne auszustrecken. Tische, Sitzgelegenheiten und Stauraum sind ausreichend vorhanden. Es gibt hier oben sogar eine eingebaute Grillplatte, sodass man die schönsten Momente im Freien verbringen kann. Und man findet immer einen Platz, wo man mal seine Ruhe hat. Falls man den anderen Fahrgästen entfliehen will.« Keller lächelte.

»Gut zu wissen …«

Dann brachte er die Besucherin zum Steuerstand. »Dank moderner Joystick-Steuerung lässt sich das Boot sehr leicht manövrieren. Bug- und Heckstrahlruder machen das Fahren zum Kinderspiel. Nicht zu vergleichen mit früheren Modellen, wo man noch ordentlich am Steuerrad kurbeln musste.«

»Aber das Passieren der Schleusen wird auch heute nicht von ganz allein funktionieren, oder?«

»Beim Bootsfahren ist Teamarbeit gefragt, und jeder Kapitän ist nur so gut wie seine Crew. Deswegen freue ich mich immer, wenn ich Verstärkung an Bord habe.«

Béatrice legte die Handkante an die Stirn und stand stramm. »Leichtmatrose Bardot meldet sich zum Dienst!« Dann wanderten ihre Blicke über den Kanal. »Gibt es in dieser Gegend denn überhaupt genug Wasser für einen solchen Kahn?«

»Aber ja!«, meinte Keller schmunzelnd angesichts der offenkundigen Wissenslücke der Südfranzösin. »Mit tausend Kilometer Wasserstraßen verfügt die Region Burgund-Franche-Comté sogar über das größte Netz von Flüssen und Kanälen in ganz Frankreich: die Kanäle von Burgund, des Nivernais, Rhein-Rhone, dann der Loire-Nebenkanal, der Canal du Centre und die schiffbaren Flüsse Doubs, Saône, Yonne und Seille.«

Als Nächstes erkundeten sie die Innenräume.

»Geräumiger, als ich erwartet habe«, sagte Béatrice staunend, während sie den Salon- und Küchenbereich besichtigte. Dank der Panoramafenster wirkte alles hell und freundlich – und natürlich hatte Keller dafür gesorgt, dass bestens aufgeräumt war.

»Die Kombüse ist voll ausgestattet«, erklärte er. »Kühlschrank, Gasherd mit Ofen, Geschirr, Küchenutensilien und Handtücher – alles vorhanden.«

»Na, dann kann ich mich ja austoben.«

»Ich tobe gern mit, denn das Kochen ist meine Leidenschaft.«

Ein kurzer Gang endete vor den Kabinentüren. Keller öffnete sie und zeigte Béatrice, wo sie sich für die nächsten paar Tage einquartieren durfte. Sophie hatte die in freundlichen Farben eingerichtete Kabine im besten Zustand hinterlassen und sogar eine Vase mit Blumen auf das Fensterbrett gestellt. Daneben stand ein kleines gerahmtes Bild von ihr, das sie ihrem Vater wohl zur Erinnerung dagelassen hatte.

Béatrice hob das Bild an und betrachtete es versonnen. »Eine wirklich nette Tochter hast du, Konrad. Da werde ich fast ein wenig neidisch.«

Keller wusste, dass Béatrice weder verheiratet war noch Kinder hatte. Ob aufgrund einer bewussten Entscheidung oder weil es sich nie ergeben hatte, konnte er nicht sagen. Denn bislang hatte sie sich ihm gegenüber mit privaten Auskünften sehr zurückgehalten. »Jede Kabine hat ihr eigenes Bad«, fuhr er fort. »Wir kommen uns also nicht in die Quere.«

Béatrice nahm das mit einem anerkennenden Nicken zur Kenntnis. »Ich bin wirklich überrascht, mit so viel Komfort hätte ich nicht gerechnet.«

Mit zwei *bols,* aus denen der Kaffee dampfte, gingen sie zurück aufs Sonnendeck, wo sie sich auf einer gepolsterten Bank niederließen. Den Blick auf vereinzelte andere Boote, die langsam an ihnen vorbeiglitten, gerichtet, kam Béatrice noch einmal auf Sophie zu sprechen. Keller gestand, wie stolz er auf seine Kinder war. »Auch wenn sie mir oft den letzten Nerv geraubt haben – ich möchte keines von ihnen missen.«

»Inzwischen sind sie ja aus dem Gröbsten raus«, merkte Béatrice an. »Da sind deine Vaterpflichten nicht mehr gefragt.«

»Von wegen! Eltern bleiben immer Eltern, ganz egal, wie alt der Nachwuchs ist. Es gibt immer etwas, worüber man sich Sorgen machen kann.«

»Zum Beispiel?«, interessierte sich Béatrice.

»Zum Beispiel, dass sich Burkhard übernimmt mit seiner Tierarztpraxis, der Familie und den diversen Vereinen, in denen er sich engagiert. Er isst deutlich zu viel, was verbunden mit dem Stress sicher nicht gesund ist.«

»Als Arzt müsste er doch selbst auf sich aufpassen können, oder?«

»Bei Jochen mache ich mir Gedanken wegen seiner Unstetigkeit. Ständig neue Freundinnen, denen er das Herz bricht. Manchmal glaube ich, dass er einfach nicht bindungsfähig ist.«

»Vielleicht möchte er das einfach nicht.«

»Was?«

»Sich auf ewig binden. Er genießt sein Leben so, wie es ist, und findet eine Ehe womöglich spießig und überkommen.«

»Mag sein. Aber dann ist da noch Sophie mit ihrem unsicheren Job. Als Schauspielerin muss sie das nehmen, was kommt, ist dauernd auf Achse und hat eine ziemlich ungewisse Zukunft.«

»Den Beruf hat sie sich selbst ausgesucht, oder? Also wird sie auch ihr Glück darin finden. Auf dem Foto macht sie nicht den Eindruck von jemandem, dem es nicht gut geht.« Sie stellte den Kaffee beiseite, beugte sich vor und sah Keller auffordernd an. »Genug geplaudert. Lass uns jetzt an die Arbeit gehen: Was hat es mit dieser ganzen Boutella-Geschichte auf sich?«

»Das würde ich gern von dir wissen«, entgegnete Keller und deutete an, dass sie nach der zweiten Gewalttat die Kreise weiter ziehen müssten.

»Wie kommst du darauf?«, wollte Béatrice erstaunt wissen.

»Wegen Odiles Herkunft«, begründete Keller. »Sie entstammt einer Dynastie von Senfbaronen, die im Laufe von Jahrhunderten ein großes Vermögen angehäuft haben.«

»Von dem jedoch nicht mehr allzu viel übrig ist, wenn man der Wirtschaftspresse Glauben schenken darf.«

»Mag sein, dass die Fabrik selbst nicht mehr so gut läuft wie früher, aber allein die Immobilien in bester Lage könnten Begehrlichkeiten wecken«, erklärte Keller. »Außerdem ist die Familienstruktur keineswegs einfach, denn Odiles Vater war drei Mal verheiratet. Hinzu kommen Intrigen im Führungspersonal, und soweit ich mitbekommen habe, gärt es auch unter den Arbeitern in der Fabrik.«

»Ich merke schon: Du hast dich richtig reingekniet.«

»Bitte kein Spott. Was blieb mir denn anderes übrig? Schließlich will ich meine Haut retten.«

»D'accord«, sagte Béatrice und schlug vor, jeden Verdächtigen einzeln zu betrachten.

Keller erwähnte erst Timo Match und dann die beiden Ex-Frauen des Senfbarons.

»Du hast mit beiden gesprochen?«, erkundigte sich Béatrice.

»Nein, bisher nur mit Mireille, der ersten Frau und Mutter von Odile«, antwortete Keller.

»Dein Eindruck?«

»Sie ist in Trauer. Eindeutig. Das spricht gegen ihre Täterschaft. Abgesehen davon, dass eine Mutter wohl kaum ihr eigenes Kind umbringen würde.«

»Aber?«, fragte Béatrice und betrachtete ihn lauernd.

»Möglicherweise wirft ihr Weingut nicht genug ab, und sie braucht Geld. Außerdem ist mir etwas aufgefallen: Mireille trägt ein recht eindrückliches Parfüm. In dem Raum, in dem ich Noirets Leiche gefunden habe, roch es nach einem sehr ähnlichen Damenduft.«

»Ein Anhaltspunkt«, meinte Béatrice. »Aber was sagt uns das? Dass sie sich vielleicht vor nicht allzu langer Zeit am Tatort aufgehalten hat. Um was zu tun? Noiret zu töten? Ich erkenne kein Motiv. Es sei denn …«

»Es sei denn, sie war auf derselben Spur wie ich, hielt

Noiret für den Mörder ihrer Tochter und wollte die Tat rächen«, brachte Keller die Hypothese zu Ende.

»Das wäre eine Möglichkeit, ja«, sagte Béatrice nach längerem Nachdenken und forderte Keller dazu auf, weitere mögliche Täter aufzuzählen.

»Ich weiß keine«, erwiderte er.

»Wie steht es mit diesem Gästeführer, von dem du neulich am Telefon erzählt hast: Victor heißt er, oder?«

Keller winkte ab. »Der hat damit nichts zu tun. Ein ausgesprochen auskunftsfreudiger junger Mann, aber harmlos.«

»Gut aussehend?«, fasste Béatrice nach.

»Wie soll ich das als Mann beurteilen?« Keller lachte. »Aber ja, Sophie war ziemlich beeindruckt von ihm.«

»Dann könnte doch auch Odile ein Auge auf ihn geworfen haben. Und umgekehrt, oder?«

»Victor soll in sie verliebt gewesen sein?«, fragte Keller ungläubig. Auf diesen Gedanken war er bisher nicht gekommen.

»So weit würde ich nicht gehen. Dafür gibt es ja wohl keine Belege, sonst hättest du sie bemerkt.« Nach einer Pause fragte sie: »Als du mit diesem Victor gesprochen hast, ist dir an ihm etwas aufgefallen?«

Keller versuchte, sich zu erinnern, und beschrieb den lässigen Auftritt des Gästeführers, nannte noch die legere Kleidung, modische Accessoires und Tattoos.

»Sonst nichts?«

»Nein, das war alles.« Dann fiel ihm ein: »Er trug ein großes Pflaster an seinem Unterarm.«

»Aha!«, rief Béatrice.

Keller schüttelte den Kopf. »Ich kann mir denken, worauf du abzielst, aber da muss ich dich enttäuschen: Das Opfer wies keinerlei Kampfspuren auf, diese Information hat Capitaine Giraud durchsickern lassen. Und falls du darauf hinauswillst, dass Victor mit dem Pflaster vielleicht Kratzer seines Opfers verbergen will, es befand sich kein Fremdgewebe unter Odiles Nägeln.«

Béatrice zuckte mit den Schultern. »Na gut. Vielleicht hat er sich einfach nur in der Fabrikhalle geschrammt.«

»Oder ist beim Skaten ausgerutscht. Wie auch immer: Odile hat ihn garantiert nicht verletzt, weil sie sich wehrte, so viel steht fest.«

»Ein Verdächtiger weniger.« Der Tourguide war für Béatrice abgehakt.

Später, als sie bei Kerzenschein auf dem Sonnendeck saßen und sich Fischfilet an einer feinen Senfsoße und Kartoffeln mit Senfkruste schmecken ließen, gab Béatrice das erste Mal Persönliches aus ihrem Leben preis. Sie erzählte Keller von ihrem viele Jahre zurückliegenden Versuch einer Ehe, dem ersten und einzigen: »Clement und ich haben uns auf der Polizeischule kennengelernt. Beide noch verdammt jung, ungestüm und schwer verliebt.« Ihre Augen glänzten, während sie sich erinnerte: »Ich war überzeugt, dass es in meinem Leben nur noch diesen einen Mann geben würde. Mit ihm wollte ich alt werden, mit ihm wollte ich eine Familie gründen. Drei Kinder, wie du sie hast, das hätte mir gefallen. Vielleicht sogar vier, ich war schon immer kinderlieb. Dass wir dann so schnell geheiratet haben, hatte aber eher praktische Gründe: Wir hatten uns erhofft, nach Abschluss der Ausbildung nicht in entgegengesetzte Regionen Frankreichs versetzt zu werden.«

»Und?«, fragte Keller. »Hat es geklappt?«

»Ja, das schon. Wir landeten beide im Département Aude, ja sogar im Arrondissement Carcassonne, doch viel Glück hat es uns nicht gebracht.« Sie hielt Keller ihr leeres Weinglas hin, woraufhin er ihr nachschenkte. »Es war die übliche Geschichte eines zu jung verheirateten Paares: Clement meinte wohl, sich die Hörner abstoßen zu müssen, bevor es ernst wurde mit der Familienplanung. Seinen ersten Fehltritt, von dem ich erfuhr, habe ich ihm verziehen, ich blöde Kuh. Denn damit habe ich ihn ermutigt, es immer wieder zu tun.«

»Das tut mir leid.«

»Mir auch. Ich habe fast fünf Jahre meines Lebens an diesen Idioten vergeudet, ehe ich es endlich begriffen habe.«

Ein Windstoß löschte die Kerze. Keller zog ein Feuerzeug aus der Tasche und zündete sie wieder an.

»Als Nichtraucher hast du ein Feuerzeug parat?«, wunderte sich Béatrice.

»Alte Gewohnheit«, sagte Keller schmunzelnd. »Früher, im Dezernat, haben wir alle gequalmt wie die Weltmeister.« Er kam zurück auf das vorherige Thema, das ihn außerordentlich interessierte: »Aber was ist dann gekommen?«, fragte er und merkte, dass seine Zunge durch den Wein gelöst war. »Nach eurer Scheidung warst du doch jung genug, um es noch einmal zu versuchen. Und bist es noch immer.«

»Schmeichler«, sagte sie lächelnd. »Nach dem Trennungskrieg – wir haben uns nichts geschenkt! – habe ich mich auf die Karriere gestürzt. Mein Job war jahrelang mein Ein und Alles. Ich war die Jüngste im ganzen Département, die es in so kurzer Zeit bis zu meinem Rang gebracht hat.«

»Keine Zeit mehr fürs Privatleben?«, fragte Keller.

»Doch. Klar. Man hat ja seine freien Tage und muss Überstunden abbauen. Natürlich gab es den einen oder anderen Mann in meinem Leben. Die große Liebe war aber nicht mehr dabei.«

Keller sah sie versonnen an. Die große Liebe. Er hatte auch immer angenommen, es gäbe sie nur einmal. Für ihn seine Helga, die er so tragisch früh verloren hatte. Doch nun: Wie sie hier so saßen, in der milden Abendluft und unter dem Sternenhimmel, fühlte er sich Béatrice so verbunden, so nahe, dass er drauf und dran war, ihr seine Gefühle zu gestehen.

Sie schien ähnliche Regungen zu verspüren, denn ihre Hand legte sich auf die von Keller.

Eine Welle des Wohlgefühls durchströmte ihn. Gleichzeitig musste er an Helga denken und wie sie ihm fehlte. Das Verlangen nach Béatrice und die gleichzeitige Sehnsucht nach seiner Frau verstörten ihn.

»Du vermisst sie noch immer, ja?«, fragte Béatrice und zog ihre Hand taktvoll zurück.

Keller überspielte den Moment der Unsicherheit und flüchtete sich auf sicheres Terrain, den anstehenden Fall: »Was nun Odiles Tod angeht – was würdest du als nächsten Schritt vorschlagen?«

Béatrice sah einen Augenblick sehr enttäuscht aus, doch dann sagte sie: »Du hast so ziemlich jeden befragt, der mit Odiles Familie im engeren Sinne zu tun hatte. Bis auf eine Ausnahme. Ich finde, dass wir diese letzte Lücke schließen sollten.«

»Du sprichst von Stéphanie, Louis Boutellas Verflossener Numero zwei«, folgerte Keller.

»Ganz recht. Sollten wir uns nicht anhören, was sie zu sagen hat? Immerhin hat sie im Gegensatz zu den beiden anderen Frauen an Louis' Seite das schlechteste Los gezogen. Ein Sozialfall, wie es heißt. Alkoholabhängig. Es wäre interessant zu erfahren, wie sie zu dem, was passiert ist, steht.«

»Meinst du nicht, dass Giraud längst auch mit ihr gesprochen hat?«, wandte Keller ein.

»Möglich. Aber muss uns das hindern?«

»Wie könnten wir an sie herankommen?«

Béatrice nahm ihr Smartphone aus der Handtasche und googelte Stéphanies Namen. »Die Adresse befindet sich am äußeren Stadtrand Dijons. Ich kann mir vorstellen, dass das nicht gerade eine Villengegend ist.« Unternehmungslustig sah sie Keller an: »Ich habe das Fahrrad am Baumstamm lehnen sehen. Gibt es davon noch ein zweites an Bord? Wenn ja, fahren wir morgen früh in die Stadt!«

Keller hob sein Glas: »Gute Idee!«

Béatrice stieß mit ihm an. Dabei kam sie ihm wieder sehr nahe. Keller sah sie an und merkte, wie er sich in ihren Augen verlor. Sie stellten ihre Gläser ab, standen auf, ohne ein weiteres Wort zu sagen. Keller nahm Béatrice bei der Hand und führte sie unter Deck.

In dieser Nacht teilten sie sich eine Kabine.

20

Der Morgen begrüßte sie mit munterem Vogelgezwitscher. Als Keller das Deck betrat, war Béatrice schon dabei, den Frühstückstisch zu decken. Sie trug eine eng anliegende Bluejeans und ein lässiges weißes T-Shirt.

»So geht das aber nicht«, rief Keller ihr zu. »Ich bin ein strikter Gegner der klassischen Rollenaufteilung und wehre mich dagegen, wenn man mir die Hausarbeit wegnehmen will.«

Béatrice legte den Zeigefinger auf den Mund. »Pssst«, machte sie mit einer Geste zum Ufer hin.

Keller schwieg sofort, stellte sich neben sie und sah sich um. Jetzt, im Licht der aufgehenden Sonne, erkannte er erst die ganze Schönheit der Umgebung. Ringsherum nichts als saftig grüne Wiesen, Bäume und Hecken.

»Hörst du das Konzert?«, fragte Béatrice und lehnte sich an seine Schulter. »Die Flüsse und Kanäle des Burgund bieten Lebensraum für viele Tiere. Allein hundertsechzig Vogelarten sind hier heimisch: Goldamseln, Sandregenpfeifer und sogar der seltene Eisvogel.«

»Alle Achtung«, sagte Keller und bezog das nicht nur auf die Vielfalt der Vogelstimmen, sondern auch auf Béatrice' überraschendes ornithologisches Wissen.

»Ich habe mich ein wenig schlaugemacht, bevor ich hergekommen bin«, gestand sie ihm ein.

Keller lachte. »Ich habe mich auch weitergebildet, und zwar über Fische, nachdem du neulich so von den burgundischen Fischgerichten geschwärmt hast.«

»War ja auch wirklich lecker gestern Abend! Und? Was hast du noch herausgefunden?«

»Dass der Fischreichtum mehr als beachtlich ist: Es gibt Karpfen, Hecht, Zander und Brassen – und alle kann man essen.«

»Einen besonderen Leckerbissen hast du allerdings unterschlagen«, merkte Béatrice an und machte ihn auf den Riesenwels aufmerksam, der in den Tiefen der Saône lebte, »geschmacklich soll er ein Gedicht sein!«

Keller zwinkerte ihr zu. »Dann wissen wir ja, was wir als Nächstes probieren werden.«

Während sie das zweite Fahrrad von Bord hievten, berichtete Béatrice von einer weiteren Erkenntnis, die für Keller weitaus bedeutsamer war als die Details über das Vogelparadies: »Du hast mich vor einiger Zeit nach dem Bericht über den tödlichen Autounfall des Ehepaars Boutella gefragt.«

»Ja«, sagte Keller, der diese Spur mangels Informationen nicht weiterverfolgt hatte. »Sag bloß, du hast etwas darüber herausfinden können?«

Béatrice stellte den Sattel auf ihre Größe ein. »Ich habe ein paar Köder ausgeworfen, und ein netter Kollege hat jetzt freundlicherweise angebissen. Heute früh hat er mir eine E-Mail mit Anhang geschickt.«

»Das heißt?«, wollte Keller wissen.

»Dass ich den offiziellen Unfallbericht habe. Den über Louis Boutellas Todesfahrt. Alles fein säuberlich dokumentiert.«

»Bist du schon dazu gekommen, hineinzulesen?«, fragte Keller, der ein neugieriges Kribbeln verspürte.

»Ja, ich habe ihn nach dem Aufwachen überflogen, während du im Bad warst. Aber ich muss dich enttäuschen: Es klingt sehr nach einem gewöhnlichen Verkehrsunfall. Ursache: eigenes Verschulden.«

»Wirklich?« Keller war enttäuscht.

»Wirklich. Das Paar ist spät am Abend nach einer Party mit seinem Porsche auf regennasser Fahrbahn und bei deutlich überhöhter Geschwindigkeit ins Schleudern geraten und gegen einen Baum geprallt. Nichts in diesem sehr detaillierten Bericht spricht für Fremdeinwirkung.«

»Und das ist eindeutig geklärt worden?«

»Ja«, bestätigte sie. »Ein Gutachter wurde hinzugezogen und hat diese Version bestätigt. Außerdem wies die posthum entnommene Blutprobe einen erhöhten Promillewert auf. Ich denke, damit erübrigen sich weitere Nachforschungen.«

Keller hatte sich etwas anderes erhofft. Denn wäre an dem Unfallwagen manipuliert worden, hätte das gut ins Bild eines Mörders oder einer Mörderin gepasst, die nach und nach alle möglichen Konkurrenten um das Vermögen der Senfdynastie aus dem Weg räumte.

Nach fast zweistündiger Radtour erreichten sie einen armseligen Wohnklotz in einer Gegend, die so gar nichts vom tourismuswirksamen Flair der Altstadt hatte.

»Nicht sehr einladend«, fand Keller und suchte nach einem geeigneten Platz zum Abstellen der Leihräder. Er hatte Bedenken, sie könnten ihnen gestohlen werden.

Das Gefühl schien Béatrice zu teilen, denn sie schob ihr Rad in den Sichtschatten eines Müllcontainers und überprüfte zwei Mal, ob das Schloss wirklich eingerastet war. »Solche Wohnsilos gibt es bei uns in jeder größeren Stadt, und nicht selten haben wir von der Gendarmerie dort am häufigsten zu tun«, sagte Béatrice. »Ist das bei euch in Deutschland anders?«

»Soziale Brennpunkte sind überall zu finden«, verallgemeinerte Keller, der sich jedoch nicht erinnern konnte, in seinem Einsatzgebiet jemals eine derart schäbige Behausung aufgesucht zu haben. Allerdings kam er aus Bayern …

Da die Klingelschilder beschmiert und unleserlich waren, fragten sie sich nach Stéphanie Boutellas Wohnung durch. Sie lag im achten Stock, in den sie ein scheppernder und nach Urin stinkender Aufzug brachte. Nach dem Läuten mussten sie warten.

»Ob sie überhaupt zu Hause ist?«, fragte Keller und drückte erneut den Klingelknopf.

Nach einer Weile hörten sie unregelmäßige Schritte, die sich schleppend näherten. Ein Schlüssel wurde herumgedreht, dann öffnete sich die Tür.

Eine Frau stand ihnen gegenüber, die noch mitgenommener wirkte als auf dem Zeitungsfoto. Keller sah Stéphanie Boutella auf Anhieb an, dass sie ihrem Körper seit Langem mit Alkohol und wahrscheinlich auch Tabletten einiges zumutete: Ihr schulterlanges Haar war matt und kraftlos, die Haut grau, die Augen so trüb wie ein Novembertag.

»Wer sind Sie und was wollen Sie?«, fragte sie mit abwehrender Haltung. »Ich abonniere keine Zeitung und will auch keiner Sekte beitreten.«

Keller nahm ihre Alkoholfahne wahr und ihren Blick, der sich auf seine Hände richtete. Sie rechnete wohl damit, dass er ihr den Ausweis irgendeiner Sozialbehörde zeigte. Stattdessen stellte er sich mit seinem Namen vor, ebenso tat es Béatrice.

»Wir sind wegen des Todes von Odile Boutella gekommen«, sagte er.

Stéphanie Boutella zuckte augenblicklich zusammen und klammerte sich an den Türgriff. »Journalisten?«, fauchte sie sie an.

»Keineswegs!« Béatrice stellte ihren Fuß auf die Schwelle, sodass Stéphanie die Tür nicht einfach zuschlagen konnte. »Wir sind in diese Sache hineingezogen worden und daher persönlich betroffen.«

»Ich bin derjenige, auf dessen Hausboot Odile eine Etappe mitgereist ist, kurz bevor sie starb«, erläuterte Keller. »Vielleicht haben Sie davon in der Zeitung gelesen oder es im Radio gehört?«

Stéphanie taxierte ihn argwöhnisch. »Was geht mich das an? Warum sind Sie hergekommen?«

»Immerhin handelt es sich um den Tod Ihrer Stieftochter«, warf Béatrice ein.

»Wir hatten nie ein besonders gutes Verhältnis«, entgegnete Stéphanie kurz angebunden.

»Wäre es nicht besser, sich drinnen weiter zu unterhalten?«, fragte Béatrice. »Die Nachbarn sollen ja nicht alles mithören.«

Stéphanie schien diese Idee gar nicht zu gefallen. Nur mit sichtbarem Widerwillen trat sie zur Seite und ließ ihre beiden Besucher eintreten.

In der engen, vollgerümpelten Wohnung hing stickige Luft. Alles war sehr ungepflegt und offenbarte, dass die Bewohnerin jegliche Initiative vermissen ließ. Da es keine freie Sitzgelegenheit gab, blieben sie stehen, was Keller nur recht war.

»Also?«, fragte Stéphanie und stemmte die Arme in die Hüften. Dabei fielen Keller die vielen Flecken auf ihrem Kleid auf. »Was soll das Ganze?«

Keller sagte: »Wir sind auf der Suche nach dem Grund für Odiles Ermordung.«

»Und den wollen Sie bei mir finden?«

»Wir haben bereits mit verschiedenen Personen aus dem Familienumfeld gesprochen«, erläuterte Béatrice.

»Ach ja?«, fragte Stéphanie mit einem aggressiven Zug um den Mund. »Dann waren Sie bestimmt auch bei der Schlampe Mireille. Und? Hat sie eifrig über mich hergezogen?«

»Überhaupt nicht«, sagte Keller.

»Das wäre auch noch schöner! Die hat gut lachen auf ihrem Weingut. Genießt das süße Leben, das ihr Louis nach der Scheidung möglich gemacht hat. Mich dagegen hat der Mistkerl bloß ausgenutzt und nach der Trennung mit Almosen abgespeist, weil ich Idiotin mich auf einen miserablen Ehevertrag eingelassen habe. Ich war einfach viel zu blauäugig.« Sie fuhr herum, suchte nach etwas und fand es auf einer Anrichte neben einigen benutzten Gläsern: eine halb geleerte Flasche Cognac. »Ich brauche jetzt was zu trinken. Möchten Sie auch?«

Keller schüttelte den Kopf. »Nein, danke.«

Stéphanie nahm eines der verschmutzten Gläser und goss sich reichlich ein. Sie leerte das Glas mit zwei Schlucken.

»Sie geben Ihrem Ex-Mann die Schuld an Ihrer heutigen Lebenssituation?«, fragte Béatrice.

»Wem denn sonst?«, entgegnete Stéphanie mit Hass in der Stimme. »Deshalb hat es mich auch wenig beeindruckt, als ich von seinem Unfall gehört habe. Dazu sage ich nur: Pech gehabt.«

»Sie haben seinen Tod nicht betrauert?«, vergewisserte sich Keller.

»Keine Sekunde!«, kam es wie aus der Pistole geschossen. »Wenn Sie wüssten, wie Louis mich abgekanzelt hat, nachdem er seine neue Flamme kennengelernt hatte, könnten Sie mich verstehen.«

»Und beim Tod Ihrer Stieftochter empfinden Sie das Gleiche?«, fragte Béatrice.

Stéphanie lag die Antwort auf der Zunge, doch diesmal

registrierte Keller ein Zögern. Nicht besonders lang, doch es reichte ihm, um zu erkennen, dass Stéphanie offenbar nicht ganz so kaltherzig war, wie sie vorgab. »Mich hat es nicht besonders betroffen gemacht«, sagte sie dann. »Dazu waren wir uns einfach zu fremd.«

»Haben Sie eine Vermutung, wer hinter dem gewaltsamen Tod von Odile stecken könnte?«, fragte Keller.

Stéphanie unterbrach den Blickkontakt, indem sie sich abermals der Cognacflasche zuwandte. »Und Sie möchten ganz bestimmt nichts trinken?«

»Nein, danke«, wiederholte Keller.

»Also, äh, nein. Ich weiß nicht, wer so was getan haben könnte«, sagte sie. »Ein Irrer vielleicht? Dort draußen laufen doch alle möglichen kranken Typen rum. Odile war hübsch, das muss man ihr lassen. Also war es wohl ein Lustmord.« Sie schenkte sich ein. Diesmal so viel, dass das Glas überlief.

Ob sie das Schicksal ihrer einstigen Familie wirklich so wenig berührte?, überlegte Keller. Oder wollte sie mit dem Cognac ihre wahren Gefühle zum Schweigen bringen? »Dass es sich um ein Sexualverbrechen handelte, gilt inzwischen als ausgeschlossen«, stellte Keller richtig.

»Die Vermutungen gehen vielmehr in Richtung der Boutella-Werke«, sagte Béatrice. »Jetzt, da es niemanden mehr mit direktem Erbanspruch gibt, könnten Sie vielleicht doch noch zum Zuge kommen. Haben Sie darüber schon einmal nachgedacht?«

Stéphanie verschluckte sich heftig an ihrem Getränk. Sie setzte das Glas so ungelenk ab, dass es umkippte und sich der Rest der goldgelben Flüssigkeit auf dem Teppichboden verteilte. Hustend suchte sie Halt an einer Stuhllehne. *»C'est absurde«*, schimpfte sie. »Ich bin raus, dafür hat Louis mit dem Ehevertrag gesorgt. Keinen müden Centime werde ich bekommen.«

»Sie könnten es zumindest versuchen«, redete Béatrice auf sie ein. »Ist Ihnen nie der Gedanke gekommen, sich einen Anwalt zu nehmen und eine höhere Abfindung einzuklagen? Nach dem Tod Ihres Ex-Mannes und Ihrer Stieftochter wäre der Weg dafür doch jetzt frei.«

Stéphanie war angetrunken, aber nicht so sehr, um in die Falle zu tappen. »Suchen Sie Ihren Mörder woanders!«, keifte sie und wies ihnen die Tür. »Lassen Sie mich in Frieden mit Ihren Fragen und diesen verrückten Ideen. Schauen Sie her, was Sie angerichtet haben: Mein Teppich ist ruiniert!« Sie schob sie in den Flur. »Alles, was mit Boutella zu tun hat, kann mir gestohlen bleiben. Ich überlege sogar, meinen Mädchennamen wieder anzunehmen, um endlich meine Ruhe zu haben. War das deutlich genug? Und jetzt raus hier!«

Sie ließ die Tür krachend ins Schloss fallen.

Ihre Fahrräder standen wohlbehalten dort, wo sie sie zurückgelassen hatten. Zufrieden mit dem Ergebnis ihres Besuchs war Keller indes nicht.

»Stéphanie zeigt keine echte Trauer, gleichgültig ist ihr das alles aber nicht«, sagte er nachdenklich.

Béatrice' Gedanken gingen in eine andere Richtung. »Selbst wenn sie keine Erbansprüche geltend machen kann, hätte Stéphanie ein Motiv für die Tat«, meinte sie. »Rache an der verhassten Familie Boutella, die angeblich ihr Leben zerstört hat. Vielleicht ist der Verkehrsunfall, bei dem Louis Boutella und seine dritte Frau umkamen, ja doch von jemandem herbeigeführt worden, ohne dass es bei der späteren Überprüfung des Wracks auffiel. Andererseits macht Stéphanie nicht den Eindruck, als wäre sie in der Lage, so komplex zu planen, und noch dazu über einen längeren Zeitraum hinweg. Die Morde an Odile und Noiret traue ich ihr in ihrem Zustand eigentlich auch nicht zu.«

»Und wenn sie uns etwas vormacht?«, gab Keller zu bedenken.

»So wie die beieinander ist? Bestimmt nicht.«

»Sie ist offensichtlich eine starke Trinkerin«, sagte Keller. »Oder aber eine glänzende Schauspielerin.« Keller dachte dabei an seine Tochter Sophie, die er in ähnlichen Rollen auch sehr überzeugend gefunden hatte. Gedanklich setzte er Stéphanie auf die Liste, auf der bereits Timo Match und Mireille standen.

21

Nach der Rückfahrt zum Liegeplatz des Hausbootes entschuldigte sich Keller, um sich in seine Koje zurückzuziehen. Er brauchte eine Mittagspause, denn das Radfahren – Béatrice hatte ein strammes Tempo vorgelegt! – hatte ihn erschöpft. Béatrice wollte in der Zwischenzeit ihre Kontakte spielen lassen, um herauszufinden, wie die Ermittlungen im Fall Noiret vorankamen.

Während Keller sich auf dem kühlen Laken ausstreckte und die Augen schloss, wurde ihm bewusst, wie sehr er in diese Geschichte eingetaucht war. Das Gleiche war ihm schon bei seiner Bootsfahrt in Okzitanien passiert, die mit seiner Verwicklung in einen Mordfall geendet hatte. Heute wie damals hatte er sich ohne Rücksicht auf Verluste in die Ermittlungsarbeit gestürzt – und ausgeblendet, dass er längst nicht mehr als aktiver Kommissar arbeitete. Aber war das denn wirklich so schlimm? Könnte man das nicht auch als eine Art Therapie sehen? Sobald er sich nämlich mit der Aufklärung eines Verbrechens befasste, waren die düsteren Gedanken wie weggeblasen, erst recht, wenn er Unterstützung von einer Gleichgesinnten wie Béatrice bekam. Den Austausch mit ihr empfand er als sehr angenehm, ihre Nähe stimmte ihn glücklich. Es fühlte sich an wie frisch verliebt, inklusive der Schmetterlinge im Bauch.

Über diesem Gedanken schlief er ein.

Satte drei Stunden hatte Béatrice ihn schlafen lassen – er hatte es wohl nötig gehabt. Es war nach fünf, als sie ihn mit einem Glas kühler *Citron pressé* weckte. »Keine neuen Erkenntnisse«, teilte sie ihm das Ergebnis ihrer Recherchen mit. »Die Auswertung der Spuren am Tatort in der Fabrik nimmt mehr Zeit in Anspruch, als es der Gendarmerie lieb ist. Ihr beide, der Tourguide und du, hättet die Leiche nicht berühren sollen, so habt ihr wahrscheinlich Spuren des Täters verwischt.«

»Ich habe ja noch versucht, Victor zurückzuhalten, aber man kann es ihm ja nicht anlasten, dass er helfen wollte.«

»Stimmt auch wieder«, meinte Béatrice und begleitete Keller an Deck.

Die milde Sonne des Spätnachmittags tauchte die Umgebung in ein freundliches Licht und ließ das viele Grün um sie herum noch weicher wirken.

»Schön!«, sagte Béatrice und lehnte sich über die Reling. »Hier könnte ich es länger aushalten. Aber leider sind meine Tage gezählt.«

»Musst du wirklich schon so bald zurück?«, fragte Keller und stellte sich zu ihr. Er sah hinab auf das Wasser des Kanals, auf dem die Sonnenstrahlen glitzerten. »Du bist doch gerade erst gekommen.«

»Mehr als eine Stippvisite ist nicht drin, das habe ich von Anfang an gesagt. Ich kann ja nicht meinen ganzen Resturlaub opfern«, sagte Béatrice. Mit einem sehr liebevollen Blick fügte sie hinzu: »Wer weiß, wo und wie oft ich dich noch besuchen muss, um dir aus der Klemme zu helfen. Na ja, auf diese Weise lerne ich Gegenden kennen, in die ich sonst wohl nie kommen würde.«

Die beiden dachten laut darüber nach, wie sie ihren letzten Abend verbringen sollten, bevor Béatrice morgen in den Zug zurück nach Carcassonne stieg. Eigentlich wäre es angemessen gewesen, wenn Keller sie in Dijon fein ausgeführt hätte. Doch keiner von beiden hatte noch die Lust und Energie zu einer Fahrt in die Stadt.

Mitten in ihre Diskussion hinein wurden sie auf einen kirschroten Kleinwagen aufmerksam, der sich ihnen über den Treidelpfad näherte: ein Cabriolet, aus dem ihnen jemand zuwinkte.

»Ist das nicht …« Keller rückte seine Brille zurecht, um besser sehen zu können.

Béatrice folgte seinem Blick. »Wer kommt dich denn da besuchen?«

»Das ist Mireille Boutella«, sagte Keller ungläubig.

»Sieht ganz danach aus, als wollte sie wirklich zu dir.«

»Ich hatte ihr gesagt, wo mein Boot liegt, und angeboten, vorbeizukommen, falls sie noch einmal über den Tod ihrer Tochter sprechen will.«

Béatrice warf Keller einen prüfenden Blick zu. »Sieht ziemlich attraktiv aus, diese Mireille. Kann es sein, dass sie bei dir mehr sucht als nur tröstende Worte?«

Keller kam nicht dazu, auf diese Bemerkung einzugehen, denn der Wagen hielt direkt vor ihrer Anlegestelle. Wie Keller feststellte, hatte Mireille Boutella auf dem Beifahrersitz einen großen Korb mit Baguette und Wein dabei.

»Wenigstens kommt sie nicht mit leeren Händen«, raunte Béatrice ihm zu.

Wie sich schnell herausstellte, waren Brot und Wein nur die Spitze des Eisberges: Nachdem die Winzerin, heute zünftig gekleidet in einer Bluse aus grobem Leinen, weit fallender Hose und wandertauglichen Stiefeletten, den ausladenden Essenskorb an Bord geschafft hatte, waren darunter diverse Schalen, Boxen und große Käsestücke zu sehen. Es schien sich um Bestandteile eines ausgedehnten Abendessens zu handeln.

Mireille stellte den Korb ab, um Keller zu begrüßen, dann wandte sie sich an Béatrice: »Entschuldigen Sie bitte, wenn ich hier so einfach hereinplatze«, sagte sie freundlich lächelnd. »Mein Name ist Boutella. Ihr Mann hat mir neulich seine Hilfe angeboten, für den Fall, dass ich einen Rat brauche.«

»Konrad und ich sind nicht verheiratet«, stellte Béatrice richtig und bedachte die ungeladene Besucherin mit einem kühlen Blick.

»Ach ja?« Mireille bückte sich nach ihrem Korb. »Dann sind wir wohl beide nur Gäste an Bord«, sagte sie und stellte sich und Béatrice damit auf eine Stufe.

Keller entging diese Spitze keineswegs, und er ahnte, was sich anbahnte. Schnell fragte er: »Was verschafft uns die Ehre, Madame Boutella?«

»Ich würde gern noch einmal mit Ihnen über Odile reden«, sagte Mireille. »Um mich erkenntlich zu zeigen, habe ich ein paar Kleinigkeiten mitgebracht. Darf ich Ihre Bordküche benutzen? Ich müsste einiges aufwärmen und andünsten.«

Keller warf Béatrice einen fragenden Blick zu, und sie nickte, wenn auch sichtlich wenig erfreut.

»Das wäre nicht nötig gewesen«, sagte er zu Mireille. »Für meine Hilfe erwarte ich keine Gegenleistung.« Dann griff er nach dem Henkel des Korbes und zeigte ihr den Weg in die kleine Bordküche.

»Doch, doch. Ich möchte es so.« Mireille sah sich in der Kombüse um, während Keller ihr beim Auspacken des verheißungsvollen Inhalts half. »Ich fand Sie so nett, und Ihr Besuch hat mir sehr geholfen, mit meinem Schmerz umzugehen«, sagte sie, während sie sich mit den Gerätschaften der Kochstelle vertraut machte. »Zu wissen, dass jemand wie Sie, mit dem sie sich offenbar gut verstand, Odile an ihren letzten Tagen begleitet hat, hat mir einen Teil meines Kummers genommen und Trost gespendet. Gern würde ich mehr darüber hören: Worüber Sie sich mit ihr unterhalten haben, welchen Eindruck sie auf Sie gemacht hatte, ob sie glücklich war.« Ihrer aufgesetzten Munterkeit zum Trotz konnte Mireille nicht verhindern, dass ihr eine Träne über die Wange rann.

»Das werde ich sehr gern tun«, sicherte Keller ihr zu. »Schön, dass Sie gekommen sind.« Nun trat er neben Béatrice, die inzwischen heruntergekommen war, und legte ihr den Arm um die Taille. Mit sanftem Druck schob er sie nach vorn, um ihr zu vermitteln, dass sie für ihn an erster Stelle stand.

Er spürte, wie sie sich sträubte. Deshalb sagte er zu Mireille: »Toben Sie sich hier ruhig aus! Wir werden inzwischen draußen den Tisch decken.«

Béatrice hatte den Wink verstanden und half Keller beim Beladen eines Tabletts mit Tellern, Gläsern und Besteck. Über die schmale Stiege gelangten sie aufs Oberdeck, wo Béatrice sogleich loslegte, wenn auch im Flüsterton: »Was für ein Biest! Das ist ja wohl die älteste Masche der Welt, einen Mann mit gutem Essen zu ködern.«

»Ich denke nicht, dass sie gekommen ist, um mich zu ›ködern‹«, entgegnete Keller. »Was soll denn das überhaupt heißen?«

»Das muss ich dir nicht erklären, Konrad. Du hast es dieser Frau offenkundig angetan.«

»Der Tod von Odile verbindet uns«, suchte Konrad nach einer Erklärung. »Sie sieht in mir eine Stütze.«

»Sie sucht Anlehnung? Ja, das merkt man.« Béatrice schüttelte missbilligend den Kopf. »Du hattest übrigens recht.«

Keller hob die Brauen. »Recht womit?«

»Mit dem Parfüm, das sie trägt. Ziemlich dominant. Zu

süß und zu schwer für meinen Geschmack. Eines, das man nicht vergisst, wenn man es einmal gerochen hat.«

»Du spielst darauf an, dass sie sich wirklich in dem Raum aufgehalten haben könnte, in dem Noiret starb?«

»Genau!«, bekräftigte sie. »Wir haben neulich erst über diese Möglichkeit gesprochen: Mireille könnte Noiret für den Mörder ihrer Tochter gehalten und blutige Rache an ihm genommen haben. Nun ist sie hier, um die gute Seele zu spielen und jeden Zweifel an ihrer Aufrichtigkeit zu zerstreuen. Wenn du mich fragst: Ich halte sie für einen eiskalten Engel.«

Keller sah Béatrice entschlossen an. »Dann lass uns gemeinsam herausfinden, was diese Frau vorhat! Gehen wir ihr beim Kochen zur Hand und warten ab, was da kommt.«

»In Ordnung«, sagte Béatrice entschlossen. »Neugierig bin ich auf jeden Fall.«

Sie kehrten in den Küchenbereich zurück, wo Mireille schon eifrig bei der Sache war. Mit Blick auf die Schlemmereien, die nach und nach zum Vorschein kamen und einen betörenden Duft verströmten, sagte Keller: »Wie es aussieht, sind Sie nicht nur eine begnadete Winzerin, sondern kochen auch ganz ausgezeichnet.«

»Ach was, das gehört im Burgund einfach dazu«, meinte Mireille. »Wussten Sie, dass keine andere Region Frankreichs mit so vielen Spitzenköchen aufwarten kann wie wir? Gutes Essen und Trinken geht uns über alles.« Mit einem vielsagenden Lächeln fügte sie hinzu: »Es gab da mal einen eifrigen Sammler lukullischer Sterne, der, als er seine Auszeichnung verlor, Selbstmord beging. An diesem Beispiel lässt sich ermessen, wie ernst wir es damit nehmen.«

Nachdem alle Vorbereitungen abgeschlossen waren und Béatrice den Tisch mit einem bunten Strauß Wiesenblumen vom Uferrand dekoriert hatte, trug Mireille die Vorspeise auf: die deftig gefüllten *Gougères*-Bällchen, die Keller schon kannte. Es folgten gegrillte Zucchini und ein gehaltvolles Mandelmus, in das sie immer wieder Baguettestückchen tunkten.

Nach einem gut gekühlten Rosé wählte Mireille als Begleiter zu den Hauptgängen einen ihrer tiefroten Favoriten. Während die Sonne am Horizont verschwand, genossen Keller und die beiden Damen *Andouillette de Chablis* – Wurst aus den Innereien vom Schwein im Weißweinsud – sowie *civet de lièvre,* Hasenpfeffer in Rotwein mit grob geschnittenen Zwiebeln, scharf angebratenem Speck und Waldpilzen.

Beim Schein einer Petroleumlampe rückten sie anschließend zusammen, und Keller löste sein Versprechen ein, mehr von der kurzen Zeit zu erzählen, die er an der Seite von Mireilles Tochter verbracht hatte. Dabei ließ er nicht außen vor, wie sympathisch er Odile gefunden hatte und wie lebenslustig sie gewesen war.

Mireille rührten diese Erinnerungen erneut zu Tränen, und sie nahm bereitwillig Béatrice' Angebot an, den Kopf an ihre Schulter zu legen.

Keller und Béatrice ließen ihr die Zeit, die sie brauchte, und stellten vorläufig keine weiteren Fragen. Es schien, als würde Mireille es dabei bewenden lassen und nicht weiter daran rühren wollen.

Aber dann fragte sie doch mit brüchiger Stimme: »Haben Sie einen Verdacht? Können Sie sich denken, wer es gewesen ist? Wer meine kleine Odile getötet hat?«

Keller und Béatrice sahen sich an.

»Wir haben gewisse Vermutungen«, antwortete Keller, »doch nichts davon lässt sich beweisen.«

»Noiret, richtig?«, fragte Mireille, wobei ein feindseliges Funkeln in ihre Augen trat. »Diesem Mann ist alles zuzutrauen.«

»Noiret lebt nicht mehr«, sagte Béatrice. »Das wissen Sie, oder?«

»Ja, das habe ich gehört«, sagte Mireille. »Doch bedeutet das nicht, dass er dadurch entlastet ist.«

Wieder wechselten Keller und Béatrice einen Blick.

»Wenn Noiret selbst zu den Opfern zählt, kann er wohl nicht der Täter sein«, meinte Béatrice. »Außerdem sagt der ermittelnde Gendarmerie-Capitaine, dass Noiret für den Tatzeitraum ein wasserdichtes Alibi hat.«

»Er kann es nicht gewesen sein?« Mireille sah die beiden anderen abwartend an. »Ich bin anderer Ansicht. Noiret könnte jemanden gedungen haben, der ihm die schmutzige Arbeit abnimmt. Was sagen Sie dazu? Dieser Auftragsmörder fühlte sich womöglich nicht ausreichend entlohnt und brachte daraufhin Noiret um. Damit schließt sich der Kreis.«

»Glauben Sie mir: Für den Laien ist es nicht einfach, an die richtigen Leute für einen solchen Job zu kommen«, gab Keller zu bedenken.

»Darüber habe ich mir auch Gedanken gemacht«, sagte Mireille. »Daher bin ich inzwischen davon überzeugt, dass sich Noiret eines willigen Helfers bedient hat, den er bereits kannte. Jemanden, der ganz und gar auf sein Wohlwollen angewiesen ist und alles tun würde, um Noirets Gunst nicht zu verspielen.«

Béatrice kräuselte die Stirn: »Sie machen uns neugierig: Wen soll Noiret denn da vor seinen Karren gespannt haben?«

»Timo Match«, riet Keller, »der Schöpfer der Alpha-Kunst. Ist er es, an den Sie denken?«

Mireille nickte kaum merklich. »Ja«, sagte sie leise. Ihre zuvor sanften Gesichtszüge wirkten nun hart und entschlossen.

»Wenn dieser Match Odile für Noiret getötet haben soll,

wieso musste danach auch Noiret selbst sterben?«, wollte Béatrice wissen. »Doch nicht ernsthaft, weil Noiret zu knausrig war, oder?«

Keller übernahm an Mireilles Stelle das Antworten, denn er konnte sich inzwischen denken, welche Theorie sich die trauernde Mutter zusammengereimt hatte: »Nein, Match könnte es aus Enttäuschung und Groll getan haben. Denn nachdem sich Noiret nach Odiles Tod nicht ausreichend für die Umsetzung von Matchs hochtrabenden Ansprüchen eingesetzt hatte, richtete der zornige junge Mann seine ganze Wut womöglich gegen ihn. Ich habe selbst erlebt, wie außer sich er war, bloß weil Noiret es verabsäumt hatte, die Hängung seiner Bilder zu korrigieren.«

»Das ist Timo Match, wie er leibt und lebt«, bestätigte Mireille. »Sie wissen nun, weshalb es so enden musste.«

Keller erinnerte sich, dass er Match auf dem Fabrikhof gesehen hatte. Das bewies, dass der Künstler sich zur fraglichen Zeit am Tatort befunden hatte, und untermauerte Mireilles Annahme. Aber könnte darin wirklich die Lösung liegen?

»Doppelmord also«, resümierte Béatrice. »Eine sehr schwere Anschuldigung. Haben Sie irgendwelche Belege für Ihren Verdacht? Oder ist es eher ein Gefühl …?«

Mireille setzte sich gerade auf. Offenbar empfand sie Béatrice' Nachfassen als Zumutung. »Natürlich habe ich keine Belege«, sagte sie, wobei sich ihre Wangen rot färbten. »Aber ich bin ja auch nicht die Polizei.«

»Gutes Stichwort«, sagt Béatrice. »Sollte er es tatsächlich getan haben, dann dürfen wir getrost davon ausgehen, dass sich Spuren von Match an beiden Tatorten finden und die Gendarmerie daraus ihre Rückschlüsse zieht …«

Keller fragte sich, weshalb Béatrice Mireilles Vermutung so sehr abwehrte. Weil sie vermutete, dass Mireille damit bloß von ihrer eigenen Beteiligung an dem Fall ablenken wollte? Oder sollte sie – und diesen Eindruck hatte er schon eine ganze Weile – auf die attraktive Mireille eifersüchtig sein?

Wie auch immer, Keller hegte starke Zweifel daran, dass die Ermittler tatsächlich Spuren von Match fanden. Bei Odiles Auffindeort handelte es sich bekanntermaßen nicht um den Tatort, da ihr Körper von Wildtieren bewegt worden war. Und im Fall Noiret hatten Fremdenführer Victor und Keller dafür gesorgt, dass der Tatort verunreinigt worden war. Selbst wenn sich im Umfeld des Toten Fasern oder Haare von Match fänden, hieße das bloß, dass er sich in der Fabrik aufgehalten hatte, nicht aber, dass er die Tat selbst ausgeführt hatte.

Mireilles Idee blieb also eine sehr theoriebelastete Hypothese.

»Haben Sie vor, Ihren Verdacht der Gendarmerie zu melden?«, erkundigte sich Keller.

Mireille wirkte unsicher. »Ich weiß nicht«, sagte sie und senkte den Blick. »Ihrer beider Reaktion bestärkt mich nicht gerade darin, es zu tun. Sie glauben mir nicht, oder?«

»Mit Glauben hat das nichts zu tun«, stellte Keller richtig. »Es geht vielmehr um ein Abwägen der Möglichkeiten. Außerdem sind Madame Bardot und ich vom Fach und wissen, dass Vermutungen allein nicht weiterführen, solange es an Beweisen oder wenigstens Indizien mangelt.«

»Ich verstehe«, sagte Mireille niedergeschlagen. »Ich möchte auch niemandem etwas Schlechtes nachsagen. Wenn sich Match am Ende als unschuldig erweisen sollte, täte mir das schrecklich leid.«

»Was halten Sie davon, wenn wir das für Sie übernehmen?«, meinte Keller versöhnlich. »Wir stehen ohnehin in Kontakt mit dem ermittelnden Capitaine, von daher kann ich den Hinweis platzieren, dass eine Überprüfung von Match dringend geboten wäre.«

»Das würden Sie tun?«

»Aber sicher. Gern«, sagte Keller und registrierte Béatrice' Blicke, die alles andere als freundlich waren.

Nachdem die Sonne untergegangen war, wurde es bald kühl. Sie halfen Mireille beim Zusammenpacken ihrer Sachen, und Keller nahm den Korb, um ihn von Bord zu tragen. Am Ufer reichte er ihn Mireille, damit sie ihn im Auto verstauen konnte. Dabei stieg ihm wieder ihr Duft in die Nase. Auch Béatrice, die hinter Keller stand, schien das Parfüm wahrzunehmen, denn sie stupste Keller an.

Daraufhin brach Keller das einvernehmliche Schweigen: »Welches Parfüm tragen Sie eigentlich?«, fragte er, an Mireille gerichtet.

»Bitte?« Sie blickte ihn fragend an.

»Ihr Duft.«

»Ach so, das ist *Champ de fleurs*. Vielleicht die letzte bleibende Erinnerung an meinen Ex-Mann. Er hat mir einmal einen Flakon dieser Marke geschenkt, seitdem bin ich diesem Parfüm treu geblieben.«

»*Champ de fleurs* sagen Sie? Ein sehr einprägsamer Duft.« Keller sah ihr jetzt direkt in die Augen. »Wenn man ihn einmal gerochen hat, vergisst man ihn nicht wieder, nicht wahr? Ich habe ihn übrigens auch wahrgenommen, als ich mich neulich in der Senffabrik aufgehalten habe.«

»So?« Mireille erstarrte.

»Ja, und zwar in dem Raum, in dem wir auf die Leiche von Noiret gestoßen sind. Haben Sie eine Erklärung dafür?«

Trotz des schwachen Lichts, in dem sie standen, konnte Keller beobachten, wie Mireille blass wurde.

Doch sie fing sich schnell. »Das wundert mich nicht«, sagte sie und öffnete die Wagentür. »Ja, ich mag diesen

Duft, obwohl ich feststellen musste, dass mein Mann auch andere damit beschenkt hat. Seine Sekretärin trug ebenfalls *Champ de fleurs,* und ich fürchte, noch weitere Damen aus der Belegschaft.« Sie setzte sich hinters Steuer. »Reicht Ihnen das als Erklärung?«, fragte sie und ließ den Motor an. »Danke für den Abend. *Au revoir!*«

Béatrice und Keller kehrten zurück aufs Boot und zogen Fleecejacken an. Dann nahmen sie ihre Weingläser mit ans Heck, von wo aus sie die akrobatischen Flugmanöver einiger Fledermäuse beobachten konnten.

Beide hingen schweigend ihren Gedanken nach.

22

Der Morgen begann für Keller mit einer Überraschung: Nachdem er sich gewaschen und angezogen hatte, verließ er seine Kajüte und klopfte an der Tür der Nachbarkabine. Weil auch nach dem dritten Klopfen keine Antwort kam, öffnete er die Tür einen Spaltbreit und schaute ins Zimmer. Es war leer. Das Bett gemacht, die Fenster zum Lüften aufgeschoben, doch keine Spur von Béatrice. Als Nächstes sah er in der Kombüse nach, dann auf Deck. Ganz offensichtlich befand sich Béatrice nicht an Bord.

Als er ans Ufer schaute, bemerkte er, dass an dem Baum vor dem Boot nur noch ein Fahrrad lehnte. War Béatrice also weggefahren? Aber wohin, und weshalb hatte sie ihm nicht Bescheid gegeben? Keller wusste ja, dass sie heute abreisen wollte. Konnte es sein, dass sie sich still und heimlich aus dem Staub gemacht hatte? Womöglich aus Verärgerung darüber, dass Keller sich am Abend zu sehr mit Mireille abgegeben hatte?

Als sein Handy klingelte, spürte er die Erleichterung in sich aufsteigen. Das musste sie sein, um ihm zu erklären, wo sie hingefahren war.

Doch es meldete sich Sophie.

»Habe ich dich geweckt, Paps?«, rief sie mit kecker Stimme.

»Ähm, nein«, antwortete Keller abwesend, denn er hielt

immer noch Ausschau nach Béatrice. »Wie geht's dir denn, mein Schatz?«

»Passt schon. Ich muss gleich zur Probe.«

»Ach ja? Was spielt ihr eigentlich?«

»›Nora‹ von Henrik Ibsen.«

»So? Interessant.«

»Sagt dir das Stück denn überhaupt etwas?«

»Ja, sicher. Es geht um … äh …«

»Vergiss es, du Kulturbanause. Jedenfalls ist es ziemlich anspruchsvoll.«

»Du wirst jedem Anspruch gerecht.«

Die Landschaft rundherum war zu dieser frühen Stunde menschenleer. Auch auf dem Kanal blieb es ruhig, noch hatten die anderen Freizeitkapitäne nicht abgelegt. Wo konnte Béatrice bloß geblieben sein?, fragte sich Keller zum wiederholten Mal.

»Hörst du mir überhaupt richtig zu?«, beschwerte sich Sophie.

»Ja«, sagte Keller. »Das heißt: nicht so ganz. Ich bin gerade etwas in Sorge.« Er erklärte ihr, warum.

»Vielleicht ist sie Frühaufsteherin und will einfach nur ein wenig die Gegend erkunden?«, mutmaßte Sophie. »Taucht bestimmt bald wieder auf.«

»Aber heute ist ihr Abreisetag«, entgegnete Keller. »Sie müsste alles für die Rückfahrt vorbereiten.«

»Nur Geduld, Paps. Mach dir doch nicht gleich Sorgen.«

Doch, die machte er sich. Angesichts der Tatsache, dass ein zweifacher Mörder frei herumlief und inzwischen sehr wahrscheinlich von ihrem Interesse an dem Fall wusste, erkannte er durchaus eine Gefahr für Béatrice und sich selbst. Um sich selbst machte Keller sich weniger Gedanken, doch er fürchtete um Béatrice. Der Täter hatte bewiesen, wie kaltblütig und unerschrocken er zu Werke ging. Keller mochte sich gar nicht ausmalen, dass Béatrice sein nächstes Opfer sein könnte.

»Du bist in Panik, weil der Fall immer noch nicht gelöst ist. Und weil es der Täter vielleicht auch auf deine Freundin abgesehen haben könnte...« Sophie hatte ins Schwarze getroffen. »Gäbe es denn einen Grund dafür?«

»Nicht direkt«, wich Keller aus.

»Aber indirekt?«

»Nun – wir haben diesen Maler im Visier: Timo Match. Es ist nicht auszuschließen, dass er mein Engagement in der Sache bemerkt hat. Wenn er mein Bild in der Zeitung gesehen und mich darauf wiedererkannt hat, kann er sich zusammenreimen, was ich vor ein paar Tagen wirklich von ihm wollte. Und das dürfte ihm nicht gefallen. Wie du weißt, ist Match ein extrem aufbrausender Typ.« Nachdenklich fügte er hinzu: »Es gibt noch eine weitere Möglichkeit: Mireille Boutella, die Mutter von Odile, hat uns gestern überraschend auf dem Boot besucht. Sie trat sehr freundlich und gewinnend auf, aber Béatrice traut ihr nicht über den Weg.«

»Und du?«

»Auch ich bin skeptisch. Mir kommt es so vor, als würde sie etwas vor uns verbergen. Und dann gibt es ja auch noch Ex-Frau Nummer zwei, Stéphanie, in ihrer verzweifelten Lage...«

»Jetzt fürchtest du, dass sich einer deiner Tatverdächtigen deine Béatrice geschnappt hat?«

»Auszuschließen ist das nicht.«

»Dann ruf die Polizei!«, forderte Sophie ihn auf. »Sofort! Wenn du zu lange damit wartest, kann es vielleicht zu spät sein.«

»Ja, das wird das Beste sein...«, sagte Keller und hielt inne. Doch gleich darauf konnte er seiner Tochter Entwarnung geben, und erleichtert beendete er das Gespräch.

Denn gerade hatte er das helle Läuten einer Fahrradklingel vernommen. Béatrice fuhr auf dem Treidelpfad auf das Boot zu, unter einem Arm zwei schlanke Baguettestangen.

»Ich habe uns etwas zum Frühstücken geholt«, rief sie fröhlich und drückte ihm, kaum dass sie das Deck betreten hatte, zur Begrüßung zwei Küsschen auf die Wangen. »Machst du uns Kaffee?«

Nichts lieber als das! Während der Kaffee durchlief, deckte er den Tisch auf dem Sonnendeck, wo sie kurz darauf einträchtig zusammensaßen und Béatrice ihn ein zweites Mal an diesem Tag überraschte.

»Ich war recht früh wach, weil ich meine Sachen packen wollte, aber auch, weil mich der Abend sehr beschäftigt hat. Diese Sache mit Timo Match – vielleicht hat Mireille wirklich recht damit. Vielleicht war er es, auf den Noiret dich bei eurem Treffen hinweisen wollte.« Sie bestrich ein Baguettestück daumendick mit Marmelade. »Jedenfalls bin ich über meinen Schatten gesprungen und habe Capitaine Giraud angerufen.«

»Schon heute Morgen?«, fragte Keller mit hochgezogenen Brauen.

»Ja, ich fand, dass wir ihm unsere Erkenntnisse nicht vorenthalten durften.«

Keller stimmte voll und ganz zu und war froh, dass von den ungünstigen Schwingungen des Vorabends nichts mehr zu spüren war. »Wie hat er reagiert?«

»Wie erwartet: Er war nicht begeistert davon, sich von einer Kommissarin der Police nationale belehren zu lassen. Hat so getan, als wäre das für ihn nichts Neues, und behauptet, Match stünde ohnehin auf seiner Agenda.«

»Mit anderen Worten: Er hatte ihn bisher nicht auf dem Radar.«

»Ganz offensichtlich nicht. Dann habe ich ihn noch

auf Mireille Boutellas spezielles Parfüm hingewiesen. Was Giraud jetzt daraus macht, ist seine Sache.«

»Stimmt. Für uns ist an dieser Stelle Schluss – zumal dein Urlaub heute ohnehin zu Ende geht.«

»Ja, leider. Die Zeit war viel, viel zu kurz.« Béatrice seufzte. »Es hat mir sehr gut gefallen im Burgund. – Und bei dir«, ergänzte sie mit einem liebevollen Blick.

Sie beendeten ihr Frühstück, und Keller erkundigte sich, wie es nun weitergehen sollte. »Wann fährt dein Zug ab? Sollen wir dir ein Taxi rufen, das dich zum Bahnhof in Dijon fährt?«

Béatrice wirkte sehr entspannt. »Keine Eile. Ich habe ein Ticket für den TGV am späten Nachmittag. Wir können also in aller Ruhe in die Stadt radeln und noch eine Kleinigkeit essen. Dann bringst du mich zum Bahnhof und nimmst dir selbst ein Großraumtaxi, das dich und die Räder wieder zum Boot zurückbringt.«

»Und deine Sachen?«

»So viel ist es ja nicht, ich habe mich beim Packen sehr zurückgehalten. Wenn du dir meine kleine Reisetasche auf den Gepäckträger klemmst, nehme ich den Rest.«

»So machen wir's!« Keller freute sich, dass ihm noch einige weitere Stunden an der Seite von Béatrice blieben.

»Prima! Lass uns bald aufbrechen, dann können wir in aller Ruhe durch die Stadt bummeln«, sagte sie.

23

Noch einmal verwöhnte sie das Wetter mit fast hochsommerlichen Temperaturen, gleichzeitig sorgte ein steter Wind dafür, dass ihnen beim Radfahren nicht zu warm wurde. An der Peripherie der Altstadt hielten sie an, um einen Schluck Wasser aus ihren Trinkflaschen zu nehmen. Als Keller die Flasche wieder in seinem Rucksack verstaute, fiel ihm auf, dass sein Handy einen verpassten Anruf anzeigte. Inzwischen kannte er die Nummer: Es war die von Capitaine Giraud.

»Was er wohl von dir will?«, fragte Béatrice.

»Soll ich den Anruf ignorieren?«, fragte Keller, der nichts von der kostbaren Zeit hergeben wollte, die ihm an Béatrice' Seite blieb.

»Besser nicht«, empfahl sie.

Mit einem gewissen Widerwillen rief Keller zurück.

Giraud wirkte kurz angebunden und stand offenbar unter Stress. »Wie schnell können Sie hier sein?«, fragte er ungeduldig, kaum dass Keller seinen Namen genannt hatte.

»In der Gendarmerie?«

»Ja. Wenn Sie sich beeilen, dürfen Sie nämlich dabei sein.«

Keller konnte nicht folgen. »Ich verstehe nicht …«

»Hören Sie, Kollege: Sie haben sich in diesen Fall ziemlich hineingehängt, und ich habe Ihnen das Leben nicht gerade leicht gemacht. Deswegen mein Angebot, Sie zur Verhaftung von Timo Match mitzunehmen. Natürlich bleiben Sie dabei im Hintergrund, außerhalb der Gefahrenzone.«

»Was?« Keller sah Béatrice überrascht an.

Sie hatte mitgehört und nickte heftig: »Sag zu!«, zischte sie ihm zu.

»Haben Sie Match überführen können?«, wunderte sich Keller über den plötzlichen Erfolg.

»Er hat sich quasi selbst überführt«, erklärte Giraud. »Wir haben versucht, ihn telefonisch zu einer Befragung vorzuladen. Am Telefon ist er ausfällig geworden und hat uns gedroht. Deswegen fahren wir jetzt hin und holen ihn uns.«

»Danke, dass Sie mich mitnehmen wollen«, sagte Keller. »In zehn Minuten könnte ich bei Ihnen sein. Reicht das?«

»Ja, aber beeilen Sie sich!«

Keller wusste gar nicht, wie ihm geschah, als er das Telefon einsteckte und Béatrice ansah. »So was …«

»Sei doch froh!«, spornte sie ihn an. »Du bist dabei, wenn der Fall abgeschlossen wird.«

»Du hast recht«, meinte Keller. »Dann lass uns gleich weiterfahren.«

»Nein, nein, ich halte mich da raus«, entgegnete Béatrice, deren dunkle Brillengläser keinen Blick in ihre Augen zuließen. »Ich will dem Kollegen nicht in die Quere kommen. Schließlich hat er explizit nur dich eingeladen. Wir treffen uns später am Place de la Libération. Melde dich, wenn du so weit bist.«

»Was willst du denn inzwischen tun?«, fragte Keller, der sich nur ungern von ihr trennte.

»Einen kurzen Abstecher in die Senffabrik vielleicht«, meinte sie und setzte den Fuß aufs Pedal. »Mitbringsel für meine Mutter besorgen.«

Die könnten wir später auch gemeinsam aussuchen,

dachte sich Keller und hatte ein ungutes Gefühl. Doch die Zeit drängte, er musste schleunigst in die Gendarmerie. »Also gut. Wir sehen uns nachher.«

Sie warf ihm eine Kusshand zu und radelte davon.

Zwei Einsatzwagen parkten abfahrtbereit vor der Gendarmerie, auf den Dächern blitzten die Blaulichter.

»Na endlich!«, rief Giraud Keller zu. Der Capitaine stand an der geöffneten Fahrertür des vorderen Fahrzeugs. »Viel länger hätte ich nicht gewartet.«

»Danke!«, rief Keller, lehnte sein Rad an die Hauswand, griff sich Béatrice' Reisetasche und sprang auf den Rücksitz.

Mit quietschenden Reifen fuhren sie an.

»Was haben Sie gegen Match in der Hand?«, erkundigte sich Keller, während er nach der Handschlaufe tastete, um sich daran festzuhalten. »Ich meine, außer dass er sich geweigert hat, zu Ihnen auf die Gendarmerie zu kommen.«

»Zeugenaussagen, die belegen, dass Match am Tatabend bei Noiret gewesen ist. Ein Arbeiter und eine Reinigungskraft haben ihn beim Verlassen des Verwaltungsgebäudes gesehen.«

»Ja, ich bin ihm auch begegnet«, bestätigte Keller. »Das allein wird aber nicht reichen, oder?«

»Nein, aber wenn er Widerstand leistet, nehme ich ihn in Beugehaft, dann bringe ich ihn schon zum Reden. Danach wird er sich dreimal überlegen, ob er uns weiter Schimpfworte an den Kopf werfen will.«

Der Verkehr wich ihnen aus, Autos, Transporter und Fußgänger machten eilfertig die Strecke frei, sodass sie innerhalb weniger Minuten die Fachwerksiedlung erreicht hatten, wo sich Matchs Atelier befand. Schon im Straßenzug davor hatte Giraud die Sirene ausgeschaltet, damit Match nicht gewarnt wurde.

Doch wie sie schnell feststellen mussten, hatte Match sich sehr wohl vorbereitet.

»Dreckige *flics!*«, schrie er, kaum dass die ersten Uniformierten auf dem Hof auftauchten.

Keller, der im Schutz eines schulterhohen Bretterzauns zurückblieb, beobachtete, wie der Künstler halb aus der Tür des Ateliers heraustrat. Mimik und Gebärden verrieten, dass er verdammt schlecht aufgelegt war. Und offenbar hatte er sich munitioniert, denn in seinen Händen konnte Keller kugelförmige Gegenstände erkennen. Was zum Teufel mochte das sein?

Auch die Polizisten sahen die potenzielle Gefahr. Einer von ihnen suchte sofort Deckung hinter einer von Matchs Skulpturen, während Giraud nach seiner Pistole griff. In diesem Moment flog das erste Wurfgeschoss. Keller beobachtete, wie ein Gendarm noch versuchte, auszuweichen. Doch die faustgroße Kugel traf ihn auf Brusthöhe. Sie platzte auf und hinterließ einen grell orangefarbenen Fleck.

Farbbomben, durchfuhr es Keller. Match hatte Lack in Tüten oder Ballons abgefüllt, um sich gegen den Polizeizugriff zu verteidigen. Keller war gespannt auf Girauds Reaktion. Von seiner Waffe konnte er angesichts der niederschwelligen Bedrohung jedenfalls keinen Gebrauch machen.

Wie erwartet steckte Giraud seine Pistole zurück in das Holster. Er gab seinen Leuten Handzeichen und ging in gebückter Haltung weiter voran. Die nächste Farbkugel flog, verfehlte Giraud um Haaresbreite. Dafür traf es den Gendarm hinter ihm, dessen Schulter jetzt in knalligem Grün leuchtete.

Ein dritter Gendarm schützte sich mit einem Holzbrett, das er wie einen Schild vor sich hertrug. Mit Erfolg, denn die nächste Farbbombe explodierte dort. Auch Giraud kam unbeschadet bis auf wenige Meter an Match heran. Dieser stieß weitere Flüche aus, als er merkte, dass seine Munition zur Neige ging. Ihm gelang noch ein Treffer, der einen der Polizisten am Kopf erwischte und seine Kappe ampelrot färbte. Dann schnappte die Falle zu: Zwei der Gendarmen nahmen den tobenden Maler in die Zange. Giraud zückte die Handschellen.

Während man den wild um sich tretenden Match auf dem Rücksitz des zweiten Wagens fixierte, nahm Keller wieder neben Capitaine Giraud Platz. Auch dessen Uniform wies Spuren des Kampfes auf: Sprenkel in den verschiedensten Farben zierten Jacke und Hose.

»So etwas habe ich noch nicht erlebt«, stöhnte Giraud. »Ich hoffe, Sie haben von Ihrem Logenplatz aus alles mitbekommen und hatten Ihren Spaß.«

»Ja, ich habe alles gesehen«, sagte Keller. »Ein renitenter Bursche. Dürfte nicht leicht werden, ihn zu vernehmen.«

»Ja, es wird wohl seine Zeit kosten«, ahnte auch Giraud. »Aber irgendwann wird er auspacken, ich halte Sie gern auf dem Laufenden.«

Sie näherten sich wieder der Gendarmerie. Keller verabschiedete sich mit Handschlag von Giraud.

»Was haben Sie nun vor?«, erkundigte sich der Capitaine.

»Eine Abschiedsrunde durch Dijon, morgen lege ich ab und fahre mit meinem Boot weiter den Kanal entlang«, antwortete Keller. »Wenn nichts dagegen spricht.«

»Von meiner Seite aus nicht. Sie wissen ja: Ich habe Ihre Nummer.«

Ja, die hatte er, dachte Keller und hoffte, nicht mehr so bald etwas von Giraud zu hören. Er klemmte Béatrice' Tasche auf den Gepäckträger, schwang sich wieder auf sein Rad und fuhr in die Innenstadt. Schließlich hatte er eine Verabredung, auf die er sich sehr freute.

Das Ende des Falls ließ ihn dabei seltsam kalt.

24

Da Béatrice nicht ans Telefon gegangen war, hatte Keller ihr eine Nachricht hinterlassen und mitgeteilt, dass der Polizeieinsatz beendet war und er am vereinbarten Treffpunkt auf sie warten würde. Auf dem von Kolonnaden gesäumten Place de la Libération tummelten sich wie stets die Touristen. Gruppen in Schulklassenstärke folgten Fremdenführern, die sich durch emporgehobene, zusammengefaltete Regenschirme kenntlich machten. Pärchen, darunter auffällig viele Asiaten, brachten ihre Selfie-Sticks in Position, um sich dutzendfach selbst zu fotografieren. Dazwischen gingen immer wieder Einheimische vorüber, die Keller daran zu erkennen glaubte, dass sie den Platz überquerten, ohne die prachtvollen Gebäude zu beachten. Auch einige Gendarmen waren unterwegs, an ihren Schultern hingen Maschinenpistolen. Diese martialische Bewaffnung stand im Gegensatz zur unbeschwerten Leichtigkeit des Lebens auf dem schönen Platz – gleichzeitig aber empfand Keller die Anwesenheit der gut gerüsteten uniformierten Kollegen als beruhigend.

Er hatte sein Rad unter einem Torbogen abgestellt und schlenderte über den Platz, um ein passendes Lokal zu suchen. Die Auswahl war groß und eines ansprechender als das andere. Doch nach einigem Abwägen fand er ein geeignetes Restaurant, das Tische im angenehmen Halbschatten einer weinroten Markise bot und dessen Speisekarte sich besonders verführerisch anhörte: Da gab es zum Beispiel *Jambon braisé à la lie du vin,* in Hefewein geschmorten Schinken. Keller musste sein Smartphone zurate ziehen, um herauszufinden, worum es sich bei »Hefewein« handelte: ein einfacher Trunk, für den die nach der Gärung verbliebenen Heferückstände aus dem Fass verwendet wurden.

Eine vielversprechende Adresse, wie Keller fand. Er ließ sich gleich einen Tisch für zwei reservieren und spazierte anschließend noch einmal über den Platz, um zu prüfen, ob es eine noch bessere Alternative gab. Währenddessen wartete er auf Béatrice' Rückruf.

Keller ließ seinen Blick schweifen und versuchte, sie im Getümmel der Touristen zu entdecken. Vielleicht war sie bereits eingetroffen und wartete auf der anderen Seite des Platzes? Doch so gründlich er sich auch umsah, nirgends konnte er das honiggelbe Kleid sehen, das sie heute trug.

Zwar wollte er sie nicht drängen, doch die kostbare gemeinsame Zeit verrann. Daher schickte er ihr eine kurze Botschaft aufs Handy und wartete auf eine Reaktion. Sie blieb aus. Zwar wurde die Nachricht zugestellt, doch es kam keine Lesebestätigung.

Das musste nichts heißen. Wahrscheinlich hatte es im Souvenirshop der Boutella-Werke länger gedauert, und sie war unterwegs hierher und konnte nicht an ihr Smartphone gehen.

Er selbst hatte ja auch nur eine Hand zur Verfügung, denn in der anderen hielt er Béatrice' kleine Reisetasche. Da ihm das Schleppen zu anstrengend wurde, beschloss er, sich schon einmal hinzusetzen und etwas zu trinken. In einer weiteren Nachricht wollte er Béatrice mitteilen, wo sie ihn finden konnte.

Er ließ sich einen Platz zuweisen, bestellte ein Wasser und

lehnte sich auf dem Stuhl zurück, da stieß sein Bein gegen die Reisetasche. Er schob sie tiefer unter den Tisch und schaute auf das Display seines Telefons. Noch immer hatte Béatrice seine Nachricht nicht zur Kenntnis genommen. Da inzwischen fast eine Stunde vergangen war, wollte er es mit einem zweiten Anruf versuchen. Er gab ihre Nummer ein und wartete. Wieder ohne Resultat: Sie ging einfach nicht dran.

Keller nahm einen Schluck aus seinem Glas und merkte, dass er immer unruhiger wurde. Fahrig sah er sich um, in der Hoffnung, Béatrice würde plötzlich auftauchen, so wie es heute Morgen der Fall gewesen war. Dabei kam er mit den Füßen abermals an die Tasche. Der Reißverschluss war nicht ganz geschlossen, und durch seinen Tritt fiel eine zusammengerollte Zeitung heraus, die nur zur Hälfte im Seitenfach gesteckt hatte. Keller bückte sich, um sie zurück in die Tasche zu stopfen, dabei fiel ihm auf, dass es sich um eine ältere Ausgabe handelte. Nämlich die, die sich Keller neulich gekauft hatte, um sich über die Boutella-Ermittlungen zu informieren. Keller wunderte sich darüber. Warum hatte Béatrice sie eingepackt? Bekanntlich war doch nichts so alt wie die Zeitung von gestern.

Neugierig und auch stutzig geworden, schlug er sie auf. Er blätterte bis zu dem Bericht über den Mord an Odile, um festzustellen, dass eine Stelle mit Kugelschreiber markiert war: Béatrice hatte einen Kreis um ein Foto gemalt, das Odile in einem sommerlichen Kostüm zeigte. Aus welchem Grund?

Keller rückte seine Brille zurecht und betrachtete die Aufnahme genauer. Laut Bildunterschrift war das Foto während eines Empfangs im Juni entstanden, es zeigte Odile in einem mondänen Garten mit akkurat geschnittenen Hecken im Hintergrund. Sie war umgeben von fein gekleideten

Herrschaften, die Herren in hellen Sommeranzügen, die Damen teils mit extravaganten Hüten. Viele von ihnen hielten Champagnerkelche in den Händen. Eine ganz gewöhnliche Aufnahme, fand Keller, er konnte bei den Gästen, die Odile umgaben, keine verdächtigen Aktivitäten ausmachen, auch kannte er niemanden. Also musste es Béatrice wohl um Odile selbst gegangen sein.

Er hob die Zeitung an, um sich noch besser auf Details konzentrieren zu können. Er musterte Odiles Gesicht, studierte ihre Mimik, die allerdings nichts als ausgelassene Fröhlichkeit ausstrahlte. Anschließend versuchte er, aus ihrer Körperhaltung zu lesen, was ihn genauso wenig weiterbrachte.

Keller nahm seine Brille ab, rieb sich die Augen und setzte die Brille wieder auf. Noch einmal ließ er seine Blicke über die Fotografie gleiten, betrachtete Odiles Ballerinas, die schlanken Fersen, den perfekten Sitz ihrer Kleidung. Die Ärmel hatte sie lässig hochgeschoben, wodurch ihre gebräunten Arme zur Geltung kamen. Und da sah er es: eine Art Zeichnung auf dem linken Unterarm, ein Tattoo. Während ihres kurzen Aufenthalts auf seinem Boot war Keller die Tätowierung nicht aufgefallen. Ob das winzige Symbol der Grund dafür sein konnte, dass Béatrice sich gerade für dieses Foto interessierte? So sehr, dass sie die alte Zeitung aufbewahrt und eingesteckt hatte?

Mit dem Versuch, Einzelheiten des Tattoos zu erkennen, scheiterte er. Dafür war die Druckauflösung einfach zu schlecht. Mit dem beunruhigenden Gefühl, Béatrice' Abwesenheit könnte etwas mit diesem Foto zu tun haben, blätterte Keller um – und erschrak. Auch auf der Folgeseite hatte Béatrice ein Bild mit Kugelschreiber umrandet, und auf dieser Aufnahme ließ sich das Tattoo viel besser erkennen: Es stellte zwei ineinander verschränkte Ringe dar. Was Keller aber elektrisierte, war die handgeschriebene Anmerkung, die Béatrice daneben hinterlassen hatte. Es war nur ein einziges Wort: »Victor!«

Langsam legte Keller die Zeitung ab und griff nach dem Wasserglas. Seine Kehle war plötzlich wie ausgetrocknet. Die sommerlich leichte Stimmung, die auf dem Platz herrschte, schien wie von einer dunklen Wolke verschattet. Zwar saß er nach wie vor neben unbekümmerten Touristen, doch empfand Keller seine Umgebung mit einem Mal mehr bedrohlich als entspannt.

Victor. Weshalb hatte Béatrice diesen Namen neben dem Foto notiert und noch dazu mit einem dicken Ausrufezeichen versehen?

Er konnte sich beim besten Willen keinen Reim darauf machen. Habe ich irgendetwas übersehen?, fragte sich Keller. Hatte er irgendwann den Anschluss verloren und konnte Béatrice' Schlussfolgerung daher nicht mehr nachvollziehen?

Ihm wurde unangenehm warm, während er über den rudimentären Hinweis nachgrübelte und sich den Gästeführer aus der Senffabrik ins Gedächtnis rief: Victor hatte er als aufgeschlossenen, offenen jungen Mann kennengelernt, der einen Schlag bei den Frauen hatte und sich über die Lage seines Arbeitgebers seine eigenen Gedanken machte. Eine ehrliche Haut, wie Keller meinte. Noch dazu jemand, der einsprang, wenn es drauf ankam. Keller hatte bildlich vor Augen, wie Victor versucht hatte, Noiret zu Hilfe zu eilen, obwohl es dafür längst zu spät war.

Victor – Keller hatte ihn nur ganz am Rande zum Kreis der Verdächtigen gezählt, doch niemals ernsthaft als möglichen Täter in Betracht gezogen. Aber Béatrice' Vermerk musste eine Bedeutung haben, und es musste ein Zusammenhang mit Odiles Tattoo bestehen. Bloß welcher?

Von drängender Unruhe erfasst, versuchte Keller noch

einmal, Béatrice telefonisch zu erreichen. Sie nahm wieder nicht ab. Kein gutes Zeichen.

Keller winkte nach dem Kellner und klemmte eine Fünfeuronote unter das Glas. Dies alles tat er wie mechanisch, während seine Gedanken unentwegt um Béatrice' kryptische Anmerkung kreisten.

Das Tattoo. Keller hatte ja auch auf Victors Haut das ein oder andere Symbol gesehen, so wie das bei jungen Leuten üblich war. Es gab ja kaum noch einen jungen Menschen ohne Tätowierung. Ob Victor ein Tattoo auf dem Arm trug, das zu dem von Odile passte, konnte er aber nicht mit Bestimmtheit sagen …

Doch auf einmal kam ihm eine Beobachtung in den Sinn, die er ganz zu Anfang gemacht hatte. Etwas, das seine Aufmerksamkeit erregt hatte, dem er dann aber keine größere Bedeutung zugemessen hatte: Bei ihrer ersten Begegnung hatte Victor ein Pflaster auf dem Arm getragen, etwa an der gleichen Stelle, wo auch Odiles Tattoo saß. Auch Béatrice hatte von dem Pflaster gesprochen und vermutet, dass Victor eine Verletzung darunter verbarg. Nun wusste sie es offenbar besser.

Sophie hatte ihm einmal von einem befreundeten Pärchen erzählt, das sich jeweils den Namen des Partners in die Haut stechen ließ. Ein unvergänglicher Liebesschwur, dem seine Tochter wenig abgewinnen konnte, denn sie war realistisch genug, um zu wissen, wie brüchig Beziehungen sein konnten. Odiles Tattoo zeigte zwar weder einen Schriftzug oder gar den Namen, so viel konnte Keller trotz der geringen Auflösung des Bildes erkennen, doch vielleicht handelte es sich bei den verschränkten Ringen ebenfalls um ein Liebessymbol. Eines, das sich auch Victor hatte stechen lassen und das er nun unter dem Pflaster verbarg.

Wäre es möglich, dass Odile und Victor ein Paar gewesen waren? Eine Verbindung, von der kaum jemand etwas gewusst hatte? Verheimlicht, weil nicht standesgemäß? Eine Liebesbeziehung, die in einer großen Tragödie geendet hatte?

Zu ebendiesem Schluss musste Béatrice gekommen sein, nachdem sie die Fotos in der Zeitung studiert hatte. Doch offenbar war ihr der Verdacht zu vage und unsicher erschienen, um ihn Keller gegenüber zu erwähnen. Vielleicht auch deshalb, weil Keller bei ihrem Gespräch über mögliche Verdächtige, das sie an ihrem ersten Abend geführt hatten, Victor so überzeugt in Schutz genommen hatte. Hatte sie also geschwiegen, um sich nicht gegen ihn zu stellen? Das würde ihren Abstecher in die Senffabrik erklären, wo sie Victor anzutreffen hoffte, um ihrer Vermutung nachzugehen. Keller wurde ganz anders bei dieser Vorstellung. Denn falls Béatrice richtiglag, könnte das ein gefährliches Unterfangen sein.

Noch schwerer wog der Verdacht, dass Victor möglicherweise auch für den zweiten Mord verantwortlich war: War Noiret ihm auf die Schliche gekommen, und Victor hatte kurzen Prozess mit ihm gemacht – kurz bevor Keller am Tatort eintraf? Seine eigenen Spuren hatte Victor anschließend dadurch verwischt beziehungsweise für die Ermittler wertlos gemacht, indem er den Helfer in der Not gemimt hatte. Jeder musste annehmen, dass seine DNA nur deshalb am Tatort nachzuweisen war, weil er das Opfer retten wollte. Eine geradezu teuflische List.

Keller zwang sich zur Bedachtsamkeit, während er die Zeitung zurück in die Tasche steckte und aufstand. Es kam jetzt darauf an, einen kühlen Kopf zu bewahren. Heute war Sonntag, das Senfwerk war geschlossen. Doch der kleine Shop hatte bestimmt geöffnet, und vermutlich wurden an Wochenenden auch Führungen angeboten. Béatrice war wohl mehr oder weniger auf gut Glück dort hingegangen. Dass sie nicht zurückkam, interpretierte Keller so, dass sie Victor dort wirklich angetroffen hatte.

Was nun?, fragte sich Keller, während er den belebten Platz überquerte und den kürzesten Weg zu den Boutella-Werken suchte. Gleichzeitig tippte er wieder Béatrice' Nummer ein.

Er erreichte sie nicht.

25

Der Schweiß rann Keller von der Stirn, während er sich durch enge Gassen kämpfte, durch die Menschen aus aller Herren Länder in aller Ruhe schlenderten und ihm den Weg versperrten. Das Fahrrad hatte er abgesperrt am Place de la Libération zurückgelassen, er hätte es in der übervollen Altstadt nicht benutzen können. In dieser Situation wünschte er sich eine Polizeiuniform herbei und eine Pistole, mit der er notfalls in die Luft schießen konnte, so groß war seine Sorge, zu spät zu kommen.

Polizei – dieses Stichwort ließ ihn an Capitaine Giraud denken. Wäre es nicht an der Zeit, ihn zu alarmieren? Keller würde Verstärkung brauchen, falls er in der Fabrik Béatrice zu Hilfe kommen musste. In der nächsten Sekunde verwarf er diesen Gedanken wieder. Was hatte er an Konkretem vorzuweisen, um Giraud vom Ernst der Lage zu überzeugen? Bislang spielte sich das neue Drama ja nur in Kellers Kopf ab. Womöglich hatte Béatrice' anhaltendes Schweigen ganz andere, harmlose Gründe. Sie könnte beim Einkaufen die Zeit aus den Augen verloren haben, ihr Handy steckte in ihrer Handtasche und war auf stumm geschaltet oder der Akku war leer…

Doch sosehr Keller sich selbst zu beruhigen versuchte, desto mehr wuchs seine Nervosität, je näher er dem Werksgelände kam. Als er den historischen Ziegelbau mit seinen

Jugendstilverzierungen endlich am Ende der Straße auftauchen sah, spürte er sein Herz bis zum Hals klopfen. So angespannt wie jetzt war er lange nicht gewesen.

Noch einmal drängte sich ihm der Gedanke auf, Giraud hinzuzuziehen. Doch würde er den Capitaine an einem Wochenende überhaupt erreichen oder mit seinem unkonkreten Anliegen an der Einsatzzentrale scheitern? Wohl eher Letzteres.

Wie erwartet, wirkte die Fabrikhalle wie ausgestorben. Wo sonst das Rattern und Rauschen der Maschinen und Förderbänder zu hören war, herrschte sonntägliche Ruhe. Das schmiedeeiserne Tor zum Hof jedoch stand offen, und vor dem Souvenirshop am anderen Ende sah Keller ein paar versprengte Touristen stehen.

Er atmete auf, denn alles hier wirkte friedlich und gelöst. Jetzt musste er nur noch nachsehen, ob er Béatrice dort fand, und alles wäre gut. Er überquerte den Hof, vorbei an einigen Transportern mit dem bekannten geschwungenen Boutella-Schriftzug, die an der Rampe der Fabrikationshalle parkten. Die Ladenglocke bimmelte, als er eintrat und sich zwischen den hübsch dekorierten Regalen mit Senfprodukten wiederfand. Das Geschäft war nicht ganz so voll wie bei seinem letzten Besuch, und so konnte er sich relativ schnell orientieren. Er schritt die schmalen Gänge zwischen den Regalen ab, sah auch bei der Bildergalerie mit den historischen Aufnahmen nach und landete schließlich an der Kasse. Von Béatrice war nichts zu sehen. Daher fragte er bei der Kassiererin nach und gab ihr eine Beschreibung von Béatrice.

»Aber ja«, sagte die Verkäuferin mit erfrischendem Lächeln. »Ihre Frau hat bei uns eingekauft. Eine ganze Menge sogar, sie konnte sich kaum entscheiden.«

»Wann ist das gewesen?«, fragte Keller.

»Etwa vor einer halben Stunde, würde ich sagen.«

»Wissen Sie, ob sie noch hier auf dem Gelände ist oder wo sie danach hin wollte?«

»Nein, tut mir leid.«

»Versuchen Sie sich bitte zu erinnern, es ist wichtig«, drängte Keller. »Hat sie den Laden sofort verlassen, nachdem sie gezahlt hatte? Und war sie allein, als sie ging?«

»*Pardon, Monsieur,* aber da kann ich Ihnen nicht helfen.«

Wieder draußen auf dem Hof sah er als Erstes auf sein Handy. Hatte sich Béatrice inzwischen gemeldet und auf seine Nachrichten geantwortet? Nein. Er umrundete den Laden, um nachzusehen, ob Béatrice sich womöglich ein schattiges Plätzchen dahinter gesucht hatte, wo sie in Ruhe ihre Einkäufe sortierte. Doch da war niemand. Alles, was Keller entdeckte, waren ein abgestellter Motorroller und ein paar Fahrräder. Er wollte gerade weitergehen, als er eines der Räder wiedererkannte. Es handelte sich um das, das Béatrice benutzt hatte, deutlich zu erkennen an der Farbe und dem Aufkleber des Bootsverleihs am Rahmen! Keller spürte, wie sein Puls anzog. Wenn das Fahrrad hier stand, musste sich auch Béatrice noch auf dem Fabrikgelände aufhalten.

Ratlos schaute er sich auf dem verlassenen Hof um. Wo konnte Béatrice bloß stecken? Ohne festen Vorsatz näherte er sich dem Verwaltungsbau, wo er vor gar nicht langer Zeit die grausige Entdeckung von Noirets Leiche gemacht hatte. Er stieg drei steinerne Stufen bis zur Eingangstür hoch, versuchte sie aufzuziehen. Doch es war abgeschlossen. Hier konnte Béatrice also schon mal nicht sein.

Auf dem Rückweg zur Ausfahrt versuchte Keller sein Glück an einem der Rolltore der Werkhalle. Es war heruntergelassen und ließ sich nicht bewegen. Suchte er also doch am falschen Ort? Aber weshalb stand dann ihr Fahrrad noch hier?

Fast hatte er schon wieder den Ausgang erreicht, als er

Schritte hörte und sich umdrehte. Ihm war, als müsste sein Herzschlag aussetzen, denn es war Victor, der da schlendernden Schrittes aus einer Seitentür der Fabrik kam. Lässig gekleidet wie immer und mit unbekümmertem Gesichtsausdruck. Als er auf Keller aufmerksam wurde, schien er ihn nicht gleich zu erkennen, sondern für irgendeinen Besucher zu halten.

Erst als Keller seinen Namen rief, sah Victor ihn ein zweites Mal an und kam mit freundlichem Blick auf ihn zu.

»Monsieur Keller!« Er reichte ihm die Hand. »Schön, Sie wiederzusehen.«

Keller fiel sofort auf, dass Victor das Pflaster auf dem Arm noch immer trug. Das bewies natürlich gar nichts, also riss er sich zusammen und versuchte, seine Sorge und Anspannung, so gut es ging, zu überspielen. »Ja, gut, dass ich Sie treffe«, sagte er und merkte, wie zittrig seine Stimme klang.

»Was hat Sie denn erneut hierher verschlagen?«, erkundigte sich Victor, der Keller um Kopflänge überragte und ihm auch sonst körperlich überlegen war.

Keller nickte in Richtung des Souvenirshops. »Ein paar letzte Erledigungen. Erinnerungen an Dijon besorgen, bevor die Reise weitergeht. Und was machen Sie hier an einem Sonntag?«

»Ich hatte eine Führung. Eine Gruppe chinesischer Touristen. Da stoße dann selbst ich an meine Grenzen, was die Verständigung betrifft.« Er grinste.

Konnte das sein? War Victor so abgebrüht, dass er Keller ins Gesicht lachte und das Unschuldslamm spielte, während er Béatrice in seiner Gewalt hielt und irgendwo eingesperrt hatte? Oder täuschte er sich, und Victor hatte mit all dem wirklich nichts zu tun?

Es gab nur eine Möglichkeit, das herauszufinden, nämlich, indem er Victor offen nach Béatrice fragte. Er fasste sich ein Herz. »Eigentlich sind wir ja zu zweit unterwegs: meine Bekannte Béatrice Bardot und ich. Aber wir haben uns aus den Augen verloren. Haben Sie sie vielleicht gesehen? Sie trägt ein gelbes Kleid.«

Victors Reaktion fiel völlig unverdächtig aus: »Ja, ich glaube schon. Ganz sicher bin ich nicht.« Er kratzte sich an der Stirn. »Sie hat ein gelbes Kleid an, sagen Sie?«

»Ja!«, rief Keller und hätte den anderen am liebsten gepackt und geschüttelt, um schneller Bescheid zu wissen. »Wo ist sie?«

»Drüben, in der Fabrik«, antwortete Victor gelassen. »Sie hat sich einer der anderen Führungen angeschlossen, wenn ich mich nicht täusche.« Dann neigte er den Kopf und fragte: »Warum rufen Sie sie nicht einfach an, wenn Sie sie suchen?«

»Sie geht nicht an ihr Handy«, sagte Keller mit Blick zur Werkshalle.

»Eigentlich wollte ich zwar gerade gehen, aber wenn Sie wollen, bringe ich Sie hin«, bot Victor an.

Keller zögerte. Er witterte eine Finte. Dennoch ging er zum Schein auf das Angebot ein. Nach ein paar Schritten erkundigte er sich beiläufig: »Sie haben da so ein Pflaster an Ihrem Arm, das ist mir beim letzten Mal schon aufgefallen. Eine Verletzung?«

Victor zeigte nicht das geringste Anzeichen von Nervosität. »Nein, nein. Ich habe mir einen Leberfleck entfernen lassen. Aber die Wunde ist fast verheilt. Ich könnte das Ding eigentlich abmachen.«

Sie erreichten die Seitentür, aus der Victor gekommen war, und jetzt hieß es ganz oder gar nicht! Keller zögerte: Sollte er den sicheren, weithin sichtbaren Betriebshof verlassen und Victor in die Fabrik folgen? Es blieb ihm wohl nichts anderes übrig. Außerdem würde Victor ihm nichts tun, solange sich eine Besuchergruppe in der Fabrik aufhielt. Deshalb folgte er Victors Aufforderung, ihm in die Halle zu folgen, die angesichts der stehenden Bänder in einen Dornröschenschlaf gefallen zu sein schien. Der Raum lag in einem diffusen Halbdunkel, Tageslicht fiel nur durch zwei milchige Reihen hoch gelegener Fenster. Die Maschinen und Anlagen wirkten auf Keller so klobig und grob wie Repräsentanten längst vergangener Tage. Der penetrante Geruch nach Öl und Schmiermitteln unterstrich den Eindruck, dass die Fabrik aus der Zeit gefallen war. Keller empfand diese Empfindungen als unangenehm, ja bedrohlich. Hinzu kam die unheimliche Stille.

Als hinter ihm die Tür ins Schloss fiel, wurde ihm schlagartig bewusst, dass es keine weitere Besuchergruppe gab.

26

»Ihr Handy«, sagte Victor und sah Keller mit einem Blick an, der keinen Widerspruch duldete. Jede Freundlichkeit war daraus gewichen. Breitbeinig stand er vor ihm, die Muskeln der Oberarme angespannt. Er wirkte auf Keller plötzlich wie ein anderer Mensch.

Keller hatte keine Chance, sich zur Wehr zu setzen, denn er war Victor kräftemäßig weit unterlegen. Jede Art von körperlichem Widerstand wäre von vornherein zum Scheitern verurteilt. Er überlegte, welche Optionen ihm blieben. Wie es aussah, fürs Erste keine, außer auf Zeit zu spielen.

»Das Handy!«, Victor streckte seine Hand aus.

Keller fügte sich und händigte ihm sein Smartphone aus.

Victor riss es an sich, warf einen kurzen Blick darauf und schleuderte es auf den Betonboden. Mit der Hacke seines rechten Schuhs trat er so lange zu, bis nur noch verbogenes Metall, Plastik und Glassplitter übrig blieben. Gleich darauf zog er ein zweites Smartphone aus seiner Hosentasche. Wie Keller sofort erkannte, handelte es sich um das von Béatrice. »Das brauchen wir jetzt auch nicht mehr«, sagte Victor und zerstörte es auf die gleiche Weise.

Keller musste es tatenlos geschehen lassen. »Wo ist sie?«, fragte er und sah seinem Gegenüber direkt in die Augen.

»Gegenfrage: Wie zum Teufel sind Sie beide drauf gekommen?«

Keller deutete auf das Pflaster. »Damit haben Sie sich verraten.«

»Im Ernst?« Victor schüttelte ungläubig den Kopf. Dann sagte er spöttisch: »Aber es nutzt Ihnen nichts, denn von Ihrer Freundin weiß ich, dass die Gendarmerie von Ihrer Aktion bisher keine Ahnung hat.«

»Wo ist sie?«, wiederholte Keller. »Was haben Sie mit Madame Bardot gemacht?«

»Eins nach dem anderen.« Victor machte deutlich, dass er hier das Sagen hatte. »Sie werden sie gleich sehen. Ich habe doch gesagt, dass ich Sie zu ihr bringe. Ich halte mein Wort. Ob Sie allerdings viel davon haben ...«

»Lassen Sie diese Spielchen«, sagte Keller verärgert. »Zeigen Sie mir, wohin Sie sie verschleppt haben. Sofort!«

Victors Augen verengten sich. »Warum so ungemütlich? Sie sind im Urlaub, oder? Um das Leben in unserer schönen Stadt zu genießen.«

»Was soll das?«

»Was das soll?«, erwiderte Victor gereizt. »Das kann ich Ihnen sagen: Leute wie Sie stehen mir bis hier.« Er legte die Handkante an seinen Hals. »Jeden Tag die gleiche Leier: Ich führe die Gäste herum und erzähle ihnen, wie einzigartig die Burgunder Art des Schwelgens und Genießens ist. Aber denken Sie wirklich, dass ich solchen Mist glaube? Dass ich darauf abfahre wie diese idiotischen Touris, die unsere Stadt überschwemmen? Dass mir irgendetwas an den liebreizenden Weinbergen, den ach so hübschen Gebäuden und dem viel gepriesenen *savoir-vivre* liegt? Vergessen Sie's!«

»Wie Sie wissen, bin ich auf dem Kanal unterwegs und erlebe Ihr Land ganz anders«, sagte Keller und bemühte sich, in der Tiefe der Werkshalle hinter Victor etwas zu erkennen. Irgendeinen Hinweis darauf, wo der junge Mann Béatrice verborgen hielt.

»Ach ja? Die kranken Platanen am Ufer und die trübe Kanalsuppe, die in der Mittagssonne stinkt – so was mögen Sie? Ringsherum bloß Stillstand und Langeweile. Nein danke, nichts für mich. Und was den Senf betrifft: Ich hasse die gelbe Pampe, damit können Sie mich jagen.«

»Das ist eine sehr negative Sicht. Ich habe Sie bisher ganz anders erlebt: weltoffen, engagiert und optimistisch.« Keller spürte, dass dieser junge Mann voller Sehnsucht, voller Wut und voller Schmerz war und dass all diese schwierigen Gefühle gleichzeitig zum Vorschein kamen.

»Ihnen gefällt wohl nicht, was Sie sehen«, fuhr Victor ihn an.

»Mir gefällt nicht, was ich da höre.«

»Weil Sie sich haben blenden lassen. Sie nehmen nur die Fassade eines Menschen wahr und erkennen nicht, was sich dahinter verbirgt.«

»Ja, ich habe mich in Ihnen getäuscht. Aber das ist jetzt geklärt, also führen Sie mich zu Béatrice!«, forderte Keller.

»Halten Sie den Mund, Sie haben hier gar nichts zu melden! Sie haben ja keine Ahnung, was ich durchgemacht habe!«

»Sie sprechen jetzt von Ihrer unglücklichen Liebe zu Odile, ja? Dieser Liaison, die aus Odiles Sicht nur ein Strohfeuer gewesen ist, eine unverbindliche Affäre, während Sie sich Hoffnungen gemacht hatten, durch Odile in die Welt der Wohlhabenden aufzusteigen, habe ich recht? Damit hätten Sie all die Einschränkungen und Entbehrungen überwinden können, unter denen Sie offenbar leiden.« Keller trat näher auf ihn zu. »Verraten Sie mir: Was hat es mit dem Tattoo auf sich, das Sie unter dem Pflaster verbergen?«

Victors Augen blitzten feindselig. »Sie wollen es sehen? Ja? Das können Sie haben!« Mit einem Ruck riss er das Pflaster vom Arm. Nun bekam Keller eine kleine Tätowierung zu Gesicht, die zwei verschlungene Kreise darstellte. Das Pendant dazu hatte Odile auf der Haut getragen.

Victor spuckte auf den Boden. »Wir waren betrunken, als wir uns das haben stechen lassen. Ich stand dazu, Odile wollte es aber wieder loswerden. Sie hatte schon einen Termin ausgemacht, um es sich entfernen zu lassen. Es war ihr lästig – genau wie ich.«

»Und deswegen musste sie sterben?«

Victor gab keine Antwort, sondern starrte nur hasserfüllt vor sich hin.

»Odile hatte eine Weile auch einen Ring getragen, später dann nicht mehr. Ein weiterer Ihrer Liebesbeweise?«, fragte Keller.

»Der Ring?« Victor war anzusehen, wie erneut Wut in ihm aufstieg. »Na, der war ihr wohl nicht gut genug. Wer weiß, wohin sie ihn hat verschwinden lassen.«

»Sagen Sie mir, wie es mit Noiret gewesen ist«, redete Keller weiter. »Warum haben Sie auch ihn getötet? Er wusste von Ihrer Liaison mit der Juniorchefin, richtig? Er war der Einzige, der zumindest etwas von Ihrer Beziehung geahnt hatte, denn ihm konnte Odile nichts vormachen. Dafür kannte er sie zu lange. Als Sie dann befürchten mussten, Noiret würde sich mir oder, schlimmer noch, der Polizei anvertrauen, mussten Sie die Reißleine ziehen: indem Sie auch ihn umbrachten. Ist es so gewesen?«

»Sie halten sich wohl für einen ganz Schlauen, dabei haben Sie keinen blassen Schimmer. Sie wissen überhaupt nicht, wie es mir ergangen ist. Was ich durchgemacht habe.«

»Die Trennung hat Sie sehr getroffen, nicht wahr?«

»Sie hat mich umgeworfen! Denn es war nicht so, wie Sie behaupten: Mir ging es nicht ums Geld oder um irgendwelche Aussichten auf einen guten Job in der Fabrik. Nein, ich habe Odile wirklich geliebt. Doch sie hat mir das Herz gebrochen. Seitdem hat das Leben für mich seinen Sinn verloren, ich bin völlig am Ende.«

»Glauben Sie denn, Sie wären der einzige Mensch, der jemals am Abgrund gestanden hat? Aber es gibt immer eine Lösung.«

»Mag sein. – Aber nicht mehr für Sie«, sagte Victor kalt.

Die Redezeit war offenbar beendet, denn nun packte er Keller grob am Arm und führte ihn auf eine Reihe von Silos zu.

»Ich könnte um Hilfe rufen«, sagte Keller in dem Bemühen, sich loszumachen. »Laut schreien.«

»Könnten Sie. Aber niemand würde es hören«, entgegnete Victor und stieß Keller vor sich her. »Die Tore sind zu, die Mauern dick. Da dringt nichts nach außen. Ich könnte hier eine Sau abstechen, und niemand würde es bemerken.«

Keller ließ den jungen Mann gewähren, denn wichtig war ihm jetzt vor allem, Béatrice zu sehen. Victor schubste ihn vor eine schmale Treppe mit eisernen Handläufen. Sie führte nach oben auf einen Steg aus Lochblechen, der an stählernen Depots entlangführte.

»Los!«, befahl Victor und blieb dicht hinter Keller.

»Ist sie dort oben?«, fragte Keller und sah sich nach verborgenen Nischen und dunklen Winkeln um, in der Erwartung, Béatrice auf dem Boden kauernd und gefesselt vorzufinden.

»Nicht direkt«, sagte Victor, der sich seiner Sache offenbar sehr sicher war. Er ballte die rechte Hand zur Faust und klopfte gegen einen der Silos. Damit löste er einen dumpfen, blechernen Widerhall aus.

Aber da war noch etwas anderes. Täuschte sich Keller oder hörte er ein klägliches Wimmern? Es kam aus dem Inneren des Kessels!

»Was haben Sie getan?« Fassungslos starrte er Victor an.

»Ein kleiner Schubs durch die Luke«, antwortete er, als wäre das nichts.

»O mein Gott! Sind Sie wahnsinnig?«, herrschte Keller ihn an. »Wie tief ist sie gefallen?« Er schätzte die Höhe des Silos ab: fünf, sechs Meter oder mehr. Dann trat er dicht vor die stählerne Wand, formte mit seinen Händen einen Trichter und schrie: »Béatrice! Ich bin es, Konrad. Bist du verletzt?«

Victor riss ihn an der Schulter zurück. »Und wenn schon«, sagte er mit kaltem Blick. »Sie bekommt wahrscheinlich nichts mehr davon mit.«

»Was? Wie?« Keller sah ihn an. Verwirrt und in tiefster Sorge.

»Haben Sie denn bei meiner Führung nicht aufmerksam zugehört? Durch den Gärprozess in den Bottichen werden Kohlendioxid und Nitrosegase frei. Das farb- und geruchlose Kohlendioxid ist schwerer als Luft und doppelt gefährlich, denn es verdrängt den Luftsauerstoff.«

»Sie Unmensch! Sie Monster!«

»Schon acht Prozent Kohlendioxid in der Atemluft machen schwindlig, dann kommt die Bewusstlosigkeit und schließlich der Tod durch Ersticken«, redete Victor ungerührt weiter. »Ich gebe Ihrer Freundin noch zehn Minuten, höchstens.«

Sein Griff wurde fester, als er Keller über eine weitere Stiege nach oben zwang. Sie führte zu einem mattsilbernen Deckel, der mit Schraubverschlüssen arretiert war. Das musste die Luke sein, durch die er Béatrice gestoßen hatte. Jetzt sollte also auch er an der Reihe sein, ahnte Keller und spürte eine Art Übelkeit in sich aufsteigen.

Fest stand, dass er nicht gegen Victor ankäme, selbst wenn er sich mit Händen und Füßen zu wehren versuchte. Dafür war er einfach nicht kräftig genug. Auch ein Entkommen war auf dem beengten Gang nicht möglich. Und wenn doch, hätte Victor ihn sehr schnell wieder eingeholt. Nein, seine einzige Chance bestand darin, seinen Gegner auszutricksen. Aber wie?

Fieberhaft dachte er nach, während Victor sich daranmachte, die Verschlüsse der Luke zu öffnen. In den Mostrichsilos fanden Gärungsprozesse statt, hatte Victor gesagt. Dabei wurden Gase freigesetzt. Gase… Keller zermarterte sich den Kopf: Wie konnte er sich diese Information zunutze machen?

»Los!«, trieb Victor ihn an. »Vorwärts!«

Da fiel es Keller ein: Durch die Gärung wurde noch ein weiteres Gas gebildet, Methan. Zusammen mit flüchtigen Alkoholen konnte Methan eine explosive Mischung bilden – und im Gegensatz zum Kohlendioxid stieg es nach oben. Kein Wunder, dass überall in der Halle Warnhinweise hingen, die Rauchen und offenes Feuer verboten. Zeichnete sich da eine Chance für ihn ab – und vielleicht auch für Béatrice?

Victor stemmte sich gegen ihn und schob ihn bis dicht vor die Luke. Gnadenlos hielt er Keller in Schach.

Doch der schöpfte neue Hoffnung, während er in seiner Hosentasche nach dem Feuerzeug tastete. Gleichzeitig wurde ihm angst und bange bei dem Gedanken, dass sein Rettungsversuch Béatrice einer zusätzlichen Gefahr aussetzte. Egal! Er musste es versuchen, koste es, was es wolle. Andere Möglichkeiten gab es nicht mehr.

Victor wuchtete den Deckel auf. »Gleich treffen Sie Ihre Freundin wieder. Darf ich bitten?«, fragte er mit bitterstem Sarkasmus.

Keller wartete, bis er genau oberhalb der Öffnung stand. Ehe Victor begriff, was vor sich ging, ließ er die Flamme seines Feuerzeugs auflodern und streckte den Arm aus. Was jetzt kam, überstieg seine Erwartungen: Ein lautes Puffen, gefolgt von einer grellweißen Stichflamme ließ den metallenen Steg erzittern. Im gleichen Moment fegte eine ofenheiße Druckwelle über sie hinweg. Während es Keller gerade so gelang, sich am Handlauf festzuhalten, riss der Stoß Victor von den Beinen. Wie von einer unsichtbaren Hand gepackt, schleuderte es ihn über das Geländer. Rückwärts stürzte er mit dem Kopf voraus in die Tiefe, prallte mit dem Genick gegen die Kante des Betonfundaments und rollte erschlafft über den Boden.

Schon in der nächsten Sekunde war der Spuk vorbei. Die Dämpfe waren in Flammen aufgegangen und hatten sich in den Weiten der Fabrikhalle verflüchtigt.

Keller lehnte sich über die Brüstung und vergewisserte sich, dass sich Victor nicht mehr rührte. Er konnte sehen, wie sich eine Blutlache rings um seinen Kopf ausbreitete. Dann riss Keller sich los, beugte sich tief in die Öffnung des Silos und rief: »Béatrice?«

Da er im Dunkel des Depots nichts erkennen konnte, es aber nicht wagte, noch einmal sein Feuerzeug zu benutzen, rief er erneut ihren Namen. Immer und immer wieder.

Und dann – endlich! – gab sie ein Lebenszeichen von sich. Ganz schwach nur und sehr leise. Aber er konnte ihre Stimme erkennen. Béatrice hatte die Tortur überstanden – bisher. Aber er musste sich beeilen.

»Halt durch!«, brüllte er in die Tiefe. »Ich hole Hilfe!«

Zwei Tage später

Keller saß an Béatrice' Krankenbett und hielt ihre Hand. So nahe und vertraut waren sie einander zuvor noch nie gewesen.

»Warum muss ich eigentlich noch hierbleiben?«, fragte Béatrice und sah ihn unternehmungslustig an. »Wir könnten jetzt am Place de la Libération sitzen, uns von der sanften Abendluft streicheln lassen und den Urlaubern beim Flanieren zusehen. Wäre das nicht herrlich?«

»Vorläufig muss es reichen, wenn ich dich streichele«, sagte Keller mit fürsorglichem Blick. Noch hing Béatrice nämlich am Tropf, und ihr schönes Haar war unter einem Verband verborgen.

»Ach was, ich hasse diese Untätigkeit. Am liebsten würde ich mir die Infusionsnadel aus dem Arm reißen und mit dir türmen«, begehrte Béatrice auf.

Zugegeben: Ihre Verletzungen waren weit weniger gravierend, als man es nach dem Sturz hatte erwarten können. Der Silo war zum Glück hüfthoch mit Maische gefüllt gewesen. Daher war Béatrice relativ weich gelandet, nachdem Victor sie hineingestoßen hatte. Außer einer Platzwunde am Kopf, einigen Prellungen und einer Verstauchung des rechten Fußgelenks war ihr erfreulicherweise nichts passiert. Doch die Ärzte hatten Keller gesagt, dass die Nachwirkungen der eingeatmeten Gase tückisch sein konnten. Manchmal kam es selbst Tage danach noch zu Komplikationen. Deshalb musste Béatrice eine Weile zur Beobachtung im Krankenhaus bleiben.

»Na ja, es hat auch seine Vorteile, ans Bett gefesselt zu sein«, sagte sie etwas besänftigter. »Zum Beispiel hat man dabei viel Zeit zum Nachdenken. Was Victor anbelangt, ist mir nämlich einiges nach wie vor schleierhaft.«

»Was denn?«, fragte Keller.

»Was hat ihn zum Mörder gemacht? War es wirklich nur die unerfüllte Liebe?«

»Der springende Punkt war, dass Odile ihn verstoßen hat. Das kratzte dermaßen an seinem Ego, dass Victor sich entschloss, seine Angebetete zu töten.«

»Also vorsätzlicher Mord?«

Keller neigte den Kopf. »Ich nehme es an, denn wie kaltblütig er zu handeln imstande war, haben wir zwei am eigenen Leib zu spüren bekommen. Genauso gut kann die erste Tat aber auch im Affekt passiert sein: Möglicherweise suchte er anfangs nur das Gespräch mit Odile. Als sie ihm die kalte Schulter zeigte, ihn vielleicht sogar verhöhnte, sah er rot und brachte sie um. Damit waren dann all seine Hemmungen gefallen, sodass er später auch zum Mord an Noiret fähig war.«

»Klingt nachvollziehbar, hört sich aber nach sehr viel Theorie und Spekulation an. Nichts, womit sich ein Untersuchungsrichter zufriedengeben würde.«

Keller zog die Schultern nach oben. »So ist es nun mal. Jetzt, nachdem der Hauptverdächtige tot ist, muss die Gendarmerie hart arbeiten und die Tatverläufe rekonstruieren, so gut es geht.«

»Um diese Aufgabe beneide ich den Kollegen Giraud ganz sicher nicht. Auch wenn es niemanden mehr gibt, den man vor Gericht stellen kann, muss alles Punkt für Punkt aufgeklärt und dokumentiert werden, um beide Mordfälle ordnungsgemäß abschließen zu können. Eine Sisyphusarbeit.«

»Ganz genau. Es gilt jetzt, Victors Motivation zu ergründen sowie seine Wege und Aktionen nachzustellen.«

»Apropos Wege«, griff Béatrice seine Worte auf. »Wenn Victor – dem ich all diese Grausamkeiten übrigens nie im Leben zugetraut hätte – mit Gästeführungen in der Senfmanufaktur beschäftigt war, wie konnte er dann fernab von Dijon seiner Ex-Freundin auflauern?«

»Erstens befindet sich die Liegestelle am Canal de Bourgogne, wo ich mein Boot vertäut hatte, nicht sehr weit von Dijon entfernt. Mit dem Auto ist das keine halbe Stunde«, erklärte Keller. »Zweitens handelte es sich bei den Besuchertouren ja nicht um einen Vollzeitjob. Victor blieb genügend Zeit, um sich während Odiles Reise an ihre Fersen zu heften. Anhaltspunkte lieferten ihm ihre Posts in den sozialen Medien, so wusste er stets, in welchen Gegenden sie sich gerade aufhielt. Nachdem er herausgefunden hatte, dass sie sich an Bord meines Schiffes befand, musste er nur noch auf die geeignete Gelegenheit warten, um sie abfangen zu können.«

»Was ist eigentlich mit der Gestalt im Wald?«, fragte Béatrice unvermittelt. »Der Mann, den du einige Tage nach Odiles Verschwinden zusammen mit Sophie gesehen haben willst. War das auch Victor?«

»Möglicherweise ja«, antwortete Keller, der sich darüber selbst immer wieder Gedanken gemacht hatte. »Es könnte sein, dass er uns beschattet hat, um herauszufinden, was wir tun und ob wir ihm gefährlich werden könnten.« Selbstkritisch fügte er hinzu: »Das Phantom im Wald kann allerdings genauso gut meiner Fantasie entsprungen sein. Ich war zu diesem Zeitpunkt ziemlich angespannt …«

»... und hast möglicherweise Gespenster gesehen.«

Keller zuckte die Achseln. »Jedenfalls würde ich nicht die Hand dafür ins Feuer legen, dass es wirklich Victor war.«

»Lass uns noch einmal darauf kommen, was Victor mit uns vorhatte: Uns in den Maischebottich zu werfen und dort ersticken zu lassen diente dem Ziel, seine vorherigen Taten zu verschleiern. Siehst du das genauso?«

»Ja. Er wiederholte im Prinzip das, was er zuvor mit Noiret getan hat. Auch in ihm sah er eine Bedrohung, weil Noiret geahnt haben muss, dass es Victor war, der Odile getötet hatte. Es gibt allerdings einen gravierenden Unterschied: Im Fall von Noiret ist es Victor gelungen, durch geschicktes Agieren seine Spuren zu verwischen und sich sogar als vermeintlichen Helfer aufzuspielen. Ich habe ihm diese Masche abgekauft, ebenso Capitaine Giraud. So leicht wäre ihm das bei uns beiden nicht gefallen. Ich glaube kaum, dass er sich schon eine plausible Erklärung dafür zurechtgelegt hatte, wie wir durch eigenes Verschulden in dieses Silo geraten sein sollten. Aber wer weiß ...«

»Jedenfalls bin ich heilfroh, dass alles überstanden ist und wir unser Leben nicht in dem Kessel verloren haben.« Béatrice lächelte erleichtert.

»Ich auch, zumal ich nach wie vor nicht begreife, wie du so unvorsichtig sein konntest«, sagte Keller jetzt ganz offen, denn – Schonfrist für Kranke hin oder her – er konnte sich nicht länger zurückhalten: »Nenn mir einen guten Grund dafür, weshalb du die Sache ohne mich durchziehen wolltest.«

Béatrice zuckte leicht zusammen. Sie hatte ganz offensichtlich nicht damit gerechnet, plötzlich so angefahren zu werden. »Dieselbe Frage hast du mir schon gestellt, kaum dass du mich mit dem Hausmeister aus dem Silo gezogen hattest und ich einigermaßen ansprechbar war. Du wolltest von mir wissen, warum ich dir vorher nichts gesagt habe, weshalb diese Geheimniskrämerei.«

»Genau.« Keller sah sie abwartend an.

»Weil ich keine unausgegorene Theorie verbreiten wollte, die sich hinterher als falsch erweisen könnte. Einen Fehlschlag hätte ich ziemlich blamabel gefunden, so was kratzt an meiner Ehre.« Sie seufzte. »Kannst du das nachvollziehen? Reicht das als Rechtfertigung dafür, sich in Gefahr zu begeben?«

»Einerseits ja, denn ich habe in vergleichbaren Situationen ähnlich gehandelt«, gab Keller zu. »Außerdem bin ich selbst ja lange auf der falschen Fährte gewesen, indem ich Noiret für den Täter gehalten habe. Dann kamen wir auf dessen Günstling Timo Match – und zuletzt keimte sogar ein Verdacht gegen Mireille Boutella auf. Alles Fehleinschätzungen, sodass ich gut verstehen kann, wenn du nicht schon wieder mit einer neuen vagen Theorie hausieren gehen wolltest.« Er machte eine nachdenkliche Pause. »Dennoch kann ich das nicht einfach so übergehen. Du hast einen Fehler begangen, der dich um ein Haar das Leben gekostet hätte.«

»Ich ahnte nicht, dass es gefährlich werden könnte. Alles, was ich haben wollte, waren ein paar Informationen.«

»Für Profis haben wir uns wohl beide nicht mit Ruhm bekleckert«, räumte Keller ein, der sich selbst Vorwürfe machte: Schließlich war er es gewesen, der Béatrice dazu angestiftet hatte, ihn bei seinen inoffiziellen Ermittlungen zu unterstützen. Damit hatte er sie regelrecht zum Leichtsinn ermuntert und dazu gebracht, ihre berufliche Vorsicht und Bedachtsamkeit über Bord zu werfen.

»Ich habe mich gefragt, was jetzt aus den Boutella-Werken wird«, wechselte Béatrice das Thema, was Keller ganz recht war. »Jetzt, da es niemanden mehr gibt, der Verantwortung übernehmen kann.«

»Darauf gibt es keine einfache Antwort. Aber immerhin ist Bewegung in die Sache gekommen. Mireille hat mir gesagt …«

»Mireille?«, unterbrach ihn Béatrice. »Hast du sie etwa noch einmal getroffen?«

Keller lächelte vieldeutig. »Wir haben uns auf eine Tasse Kaffee verabredet, und sie hat mich in ihre Pläne eingeweiht: Sie will über ihren Schatten springen und sich mit Stéphanie aussöhnen. Gemeinsam mit ihr möchte sie eine Art Stiftung ins Leben rufen, die sich um die Weiterführung des Unternehmens kümmert. In welcher Form auch immer.«

»Klingt vielversprechend.«

»Schon, aber die beiden werden einige juristische Hürden nehmen müssen, denn offiziell haben sie mit der Firma ja nichts mehr zu tun.«

»Dann wünsche ich ihnen, dass sie für ihr Projekt Rückendeckung aus der lokalen Politik und von der Presse bekommen.« Béatrice rieb sich den Bauch. »Wenn ich an den guten Boutella-Senf denke, bekomme ich glatt Hunger. Die Krankenhauskost hier kann man ja leider vergessen. Da sehne ich mich nach ein paar Köstlichkeiten wie marinierte Feigen mit Ziegenkäse, Canapés, Pasteten …«

»Höre ich da etwas von Pasteten?«, fragte jemand, der gerade das Zimmer betrat.

»Monsieur Giraud!«, rief Keller und stand auf, um den Capitaine zu begrüßen.

Dieser stellte einen Picknickkorb auf den Nachttisch und sagte: »Damit kann ich zwar nicht dienen, ebenso wenig mit Canapés, Madame Bardot. Dafür hat meine Frau für Sie pochierte Eier in Wein-Senf-Soße zubereitet. Können Sie sich aufrichten? Sie müssen sie nämlich gleich essen, ehe sie kalt werden. Eine besondere Spezialität *à la bourguignonne*. Lassen Sie es sich schmecken!«

Das ließ sich Béatrice nicht zweimal sagen. Während sie mit Heißhunger zulangte, wandte sich Giraud an Keller und raunte ihm zu: »Und nun, Monsieur Keller: Nachdem Sie mit Ihren Hausboottouren zweimal baden gegangen sind, haben Sie nicht allmählich die Nase voll davon?«

»Wo denken Sie hin?«, entgegnete Keller. »In dieser Saison werde ich zwar nicht mehr viele Kanalkilometer schaffen, dafür ist der Herbst inzwischen zu weit fortgeschritten. Aber im nächsten Frühjahr gehe ich wieder an Bord. Oder glauben Sie etwa, ich würde mir durch ein paar Morde die Freude am Reisen verderben lassen? Nie und nimmer.«

»Und *Madame le commissaire* ist wieder mit von der Partie?«, erkundigte sich der Capitaine.

Hoffentlich, dachte Keller. Ihn würde es sehr freuen.

Bon appétit

Bei einer Hausboottour durch Frankreich, das Land der Gourmets und Spitzenköche, darf der kulinarische Aspekt nicht zu kurz kommen. Die Fahrt über den Canal de Bourgogne bietet jede Menge Gelegenheit für Einkäufe auf Wochenmärkten und in den Geschäften kleiner und großer Orte entlang der Route. Die Auswahl an Fleisch, Fisch, erntefrischem Obst und Gemüse sowie köstlichen Backwaren lässt keine Wünsche offen – doch wie soll man sie mit den bescheidenen Mitteln einer Bordküche zubereiten? *Pas de problème!* Denn erstens sind die meisten Boote der namhaften Anbieter inzwischen nicht nur mit Kühlschrank und (Gas-)Herd samt der nötigen Töpfe und Pfannen ausgestattet, sondern verfügen meist auch über Backofen und Mikrowelle. Außerdem lassen sich selbst mit einfachen Mitteln leckere Gerichte *à la bourguignonne* zaubern.

Genau wie Lyon, die gastronomische Hauptstadt Frankreichs, ist Dijon für seine Küche berühmt. Wahrscheinlich denken die meisten Reisenden an den legendären Dijon-Senf, wenn sie den Namen dieser Stadt hören. Es gibt jedoch auch andere lokale Spezialitäten, die einen Versuch wert sind, wie *Escargots de Bourgogne* (Burgunder-Schnecken mit Knoblauchöl), *Bœuf bourguignon* (Burgunder-Rind mit Rotwein), *Coq au Vin* (in Wein geschmortes Huhn) und *Pauchouse* (Fischeintopf). Etwas Besonderes sind auch

Anis de Flavigny (Anisbonbons). Viele Geschäfte bieten die traditionellen Bonbons, die wie kleine weiße Dragees aussehen, in hübschen Geschenkpackungen an. Diese Süßigkeiten haben eine lange Geschichte und wurden bereits vor Jahrhunderten im Burgund hergestellt. Heutzutage ist diese Nascherei in ganz Frankreich sehr gefragt.

Kartoffeln mit Senfkruste

Zutaten:

5 mittelgroße Kartoffeln
5 Scheiben Baguette, 1–2 Tage zuvor getoastet oder in der Pfanne etwas angeröstet
50 g Butter und zusätzlich einige Butterflöckchen
Thymian, ca. 8 Stängel
80 g Parmesan, frisch gerieben
80 g Senfcreme Dijonnaise

Die Kartoffeln kochen und längs halbieren, dann je nach Geschmack geschält oder ungeschält mit der Schnittfläche nach oben auf ein mit Backpapier ausgelegtes Backblech setzen, leicht salzen.

Für die Kruste das Brot fein zerbröseln, eventuell zwischen zwei Haushaltstüchern zerdrücken. Die Butter in einer Pfanne schmelzen, die Brotkrümel sowie die abgezupften Blättchen des Thymians unterrühren, kurz anrösten und mit Pfeffer und wenig Salz würzen. Mit dem fein geriebenen Parmesan und der Senfcreme mischen. Diese Mischung auf den Kartoffeln verteilen, mit Butterflöckchen bestreuen und bei 160–170 Grad Heißluft ca. 15 Minuten backen.

Die Senf- und Parmesanmenge kann natürlich dem jeweiligen Geschmack angepasst werden.

Dazu passt ein frischer grüner Salat.

Senfsoße zu Fisch

Zutaten:

100 ml Weißwein
100 ml Gemüsebrühe (Instant)
100 ml Sahne
100 g Original Dijon-Senf – evtl. grobkörnig
Salz, Pfeffer, Zitronensaft
etwas heller Soßenbinder

Den Weißwein auf etwa die Hälfte einkochen; dann Gemüsebrühe, Sahne und Senf zugeben und einige Minuten leicht köcheln lassen.

Mit Salz, Pfeffer und etwas Zitronensaft abschmecken und eventuell mit Soßenbinder leicht andicken. Zum Schluss mit einem Stabmixer oder auch mit einem Schneebesen cremig aufschlagen.

Die Soße zu gedünstetem oder gebratenem Fischfilet (z.B. Dorade oder Lachs) reichen; passt auch gut zu gekochten Eiern.

Pochierte Eier in Wein-Senf-Soße

Zutaten:

8 Eier
½ Liter burgundischer Pinot Noir
4 Scheiben Brot vom Vortag
2 Scheiben geräucherter Bauchspeck
(in Stücke geschnitten)
50 g Perlzwiebeln
1 Karotte
2 Schalotten
100 g Butter
20 g Zucker
100 g Champignons
1 Lorbeerblatt
1 frischer Thymianzweig
10 cl Essig
1 Zwiebel
1 EL mittelscharfer Senf
Mehl
Salz, Pfeffer

Karotte und Schalotten in Würfel schneiden. Die gebutterten Brotscheiben im Ofen bräunen und den Speck in der Pfanne anbraten. Die klein gehackten Schalotten, die zuvor in Scheiben geschnittenen Champignons, die Karotten- und Zwiebelstücke sowie den Senf hinzugeben, anschließend mit der Hälfte des Weins übergießen. Mit Mehl bestreuen, rund 5 Minuten köcheln lassen und dann mit der Hälfte des restlichen Weins ablöschen. Warten, bis die Flüssigkeit zur Hälfte eingekocht ist. Je nach Geschmack würzen und Butter in kleinen Stücken unterrühren.

Nun den Rest des Weins in eine Schwenkpfanne gießen, einen Viertelliter Wasser, den Thymian und das Lorbeerblatt hinzugeben. Gut 5 Minuten aufkochen lassen, währenddessen den sich bildenden Schaum abschöpfen. Die aufgeschlagenen Eier darin pochieren und abtropfen lassen.

Nun die Eier zu den Croûtons anrichten und mit der Soße übergießen.

Insidertipps für Dijon-Besucher

Die historischen Markthallen *(Les Halles)* von Dijon wurden von Gustave Eiffel konstruiert. Von Mitte Mai bis Ende September gibt es dort sonntags den »Brunch aux Halles« mit allem, was die burgundische Küche zu bieten hat.

Der Eulenrundgang *(Parcours de la Chouette)* ist der schönste Weg, um die Stadt zu erkunden: An der Rückseite der Kirche Notre-Dame befindet sich eine Eule aus Stein. Angeblich soll es Glück bringen, wenn man sie mit der linken Hand berührt, sie ist daher auch schon ganz glatt gescheuert. Weitere Eulen markieren den vielfältigen Rundweg.

Das *La Causerie des Mondes* ist ein sehr niedliches Teehaus in einer Seitenstraße zur Place de la Libération, es bietet viele regionale und Bio-Produkte.

Im *Comptoir des Colonies,* einem Café am Place François Rude, erwartet den Gast ein sehr atmosphärischer Ort, der sich auch für ein Frühstück eignet. Allerdings haben die Franzosen keine große »Frühstückskultur«: Eine Schale Milchkaffee, ein Croissant, das war es oft schon. Auch sehr hübsch: Auf dem Platz vor dem Café steht ein historisches Karussell.

Und abends? Das *La fine heure* bietet typische Burgund-Küche mit großer Weinkarte. Es befindet sich in der

Rue Berbisey, mitten im Ausgehviertel von Dijon, in dem es zahlreiche Restaurants und Bars gibt. Das *Le Bistrot des Halles* ist schick und schön an den Markthallen gelegen.

Kleiner Sprachführer für Freizeitkapitäne

Entschuldigung	*Excusez-moi*
Wo können wir anlegen?	*Oú peut on s'amarrer?*
Können wir hier über Nacht bleiben?	*Peut on passer la nuit ici?*
Können Sie mir den Weg nach … zeigen?	*Pouvez vous me montrer le chemin pour aller …*
Gibt es einen Bus, der nach … fährt?	*Y a t-il un bus qui va à …*
Bitte / Danke	*S'il vous plaît / Merci*

Merci

Für die großartige Unterstützung bei den Recherchen für dieses Buch danke ich Monika Fritsch und Verena Linda Rumpf von »Atout France« sowie Jörg Hartwig. Bei Katja Meinken-Wiedemann von »Le Boat« bedanke ich mich für ihre Tipps zum Hausbootfahren. Lieben Dank an Marie-Anne Tan aus Straßburg für ihre sorgsame Begleitung des Projekts. Waltraud Gräwe danke ich für ihre kreativen Rezeptideen, Oliver Grill für seine kriminalistische Beratung und Dr. Uwe Meier für seine – wie immer – tolle Hilfe bei der Entwicklung der Story. Dank für ihre wachsamen Blicke an Sabine Gräwe und Werner Hellwig sowie Dietlind und Peter Beinßen. Für die wiederholt sehr gute Zusammenarbeit möchte ich mich ganz herzlich bei meiner Lektorin Uta Rupprecht und bei Regine Schmitt vom Piper Verlag bedanken. Und natürlich danke ich meiner Frau Susanna und meiner Familie für ihre Unterstützung. Ahoi!